Ein Mann läßt sich im Meer treiben und seine Gedanken auf Reisen gehen. Erinnerungen ziehen an ihm vorbei wie die Wolken am Horizont. Er denkt an die schmerzvollen Erfahrungen auf seinem Lebensweg, aber er denkt auch an Susanna, seine erste Liebe, die ihm inzwischen noch kostbarer erscheint als damals, weil er lernen mußte, daß die Liebe zwischen einem Mann und einer Frau etwas ganz Seltenes ist. Und er erinnert sich an jenen Nachmittag, an dem er beinahe ertrunken wäre und an dem er ein anderer geworden ist. Es war der Nachmittag, an dem er Theresa kennenlernte, Theresa, die er so sehr liebte, daß er nicht den Mut hatte, sein Glück festzuhalten, weil er es nicht durch Gewöhnung gefährden wollte.
Erst auf einer Reise nach Ägypten faßte er endlich den Entschluß, aufzuhören mit dem Leben aus zweiter Hand, sich nicht länger hinter dicken Büchern zu verstecken, sondern sich der Realität zu stellen. Denn für das Glück ist es nie zu spät.
»Ich saß auf meinem Balkon in Kairo und dachte daran, daß es angesichts der kurzen Zeit des Daseins keine Sekunde zu verlieren gilt.«

Gabriel Barylli, 1957 in Wien geboren, ist Regisseur, Schauspieler und Buchautor. Sein Debütroman ›Butterbrot‹ wurde auf Anhieb zum Bestseller und zum meistgespielten Stück der letzten zehn Jahre auf über achtzig deutschsprachigen Bühnen. Sein neuer Roman, ›Wer liebt, dem wachsen Flügel‹, erschien 1999 als Buch und Kinofilm. Gabriel Barylli lebt in München und Wien.
Lieferbare Titel im Fischer Taschenbuch Verlag: ›Butterbrot‹ (Bd. 10403), ›Honigmond‹ (Bd. 12353), ›Denn sie wissen, was sie tun‹ (Bd. 14346), ›Nachmittag am Meer‹ (Bd. 14004).

Unsere Adresse im Internet: www.fischer-tb.de

Gabriel Barylli

Nachmittag am Meer

Roman

Fischer Taschenbuch Verlag

Limitierte Sonderausgabe
Veröffentlicht im Fischer Taschenbuch Verlag GmbH,
Frankfurt am Main, Juni 2000

Lizenzausgabe mit freundlicher Genehmigung der
F. A. Herbig Verlagsbuchhandlung GmbH, München

Druck und Bindung: Clausen & Bosse, Leck
Printed in Germany
ISBN 3-596-50341-8

Für Therese …

»Keep on –
keeping on …«

White Eagle

Ich schwamm weit hinaus ins Meer.
Das Wasser war noch warm von dem heißen, langen Sommer.
Heiß und lang und glühend war die Sonne in den letzten Wochen über dem Land gestanden und hatte alles durchdrungen. Wind war selten gewesen in diesen Tagen der großen Hitze, und Regen hatte es auch keinen gegeben. Mit jedem Tag war es heller geworden und trockener, und die Erde war aufgebrochen in der Hitze und lag still unter dem leeren blauen Himmel. Tiefe Risse zogen ihre Furchen durch die ausgetrockneten Wiesen und Täler, und nur in den dichten Wäldern gab es ein wenig Ausruhen von dem Brennen der Sonnenstrahlen.
Am Morgen nach den kurzen Nächten sangen die Vögel. Sie sangen erleichtert in ihren Bäumen und begrüßten einander und den neuen Tag. Dann aber schwiegen sie. Sie hatten keine Kraft, sich gegen die breite Wand der Hitze zu stemmen mit ihrem Gesang, saßen unter den Blättern und warteten auf die nächste Nacht. Die Nächte in diesem Sommer waren weich und mild wie alter dunkelroter Samt. Fast schien es so, als

wollten die Nächte in diesem Sommer nicht schwarz werden. Die weißgelbe Helligkeit des Tages begann sich am Abend in ein orangerotes Pulsieren zu verwandeln, das über dem Horizont aufgezogen wurde. Die Sonne versank hinter dem Horizont und griff noch lange nach ihrem Abgang in den violettfarbenen Himmel hinein. Es war, als könnte sie sich nicht losreißen von dem Land, über dem sie einen ganzen Tag lang gestanden war, ohne sich zu bewegen.

Sie bewegte sich nicht.

In diesem Sommer bewegte sich die Sonne nicht. Es wurde Tag in diesem Sommer, und dann war es so, als hielte die Zeit ihren Atem an. Die Erde drehte sich nicht, die Vögel sangen nicht, die Winde sprachen nicht, und die Sonne stand weiß und hart über den Köpfen der Menschen, ohne sich zu bewegen. Widerwillig fast verschwand sie, um der Nacht Platz zu machen, und auch diese wenigen Stunden Rast wollte sie der Dunkelheit nicht gönnen. Sie griff in den violettfarbenen Himmel hinein und ließ ihr Echo zurück. Auf den Wänden der Häuser, den Steinen der Felder, auf jedem Baum hinterließ die Sonne ihren Atem und glühte weiter. So wurden die Nächte nicht dunkel. Vorsichtig und wie ein ungebetener Gast strich der Wind durch die Straßen der Städte. Er war müde und hatte keine Kraft. Die Menschen warteten auf den Wind wie auf einen langersehnten Freund, der ihnen Abwechslung bringen sollte. Der Wind konnte jedoch nicht mehr sein als ein schwacher Hauch. In diesem Sommer war der Wind wie das Atmen eines kleinen

Kindes, das schläft und keine Kraft hat, die Träume wegzublasen, die schwer und breit auf seiner Stirn liegen.
Die Menschen stellten ihre Stühle vor die Häuser, spritzten sich Wasser ins Gesicht und fächelten sich mit alten Zeitungen Kühlung zu. Sie fächelten mit matten Armen, um dem Wind zu zeigen, was eigentlich seine Aufgabe gewesen wäre – aber auch diese Bemühungen halfen nicht gegen die Hitze, die das Atmen schwer machte. Die Menschen saßen vor ihren Häusern und fächelten und tranken eisgekühlte Limonade. Die Würfel aus gefrorenem Wasser, die sie in ihren Kühlschränken angesammelt hatten, konnten sich nur kurz wehren, dann vergingen sie und lösten sich auf. Die Hände der Menschen waren so warm, und sie hielten ihre Gläser so fest, daß sich die Flüssigkeit aufheizte und die kleinen Eisberge schneller verschwanden, als man die Limonade trinken konnte.
Es wurde viel Limonade getrunken in diesem Sommer, weil die Menschen keinen Alkohol vertrugen. Am Anfang hatten sie noch hie und da eine Flasche Rotwein geöffnet. Mit den Tagen und Wochen aber, in denen die Hitze nicht nachließ, sondern, im Gegenteil, immer stärker wurde, hatten sie erfahren, daß der Alkohol sie um den Verstand brachte. Diejenigen, die früher eine ganze Flasche Rotwein getrunken hatten, ohne in ihrem Denken beeinträchtigt zu sein, konnten in diesen heißen Nächten nach nur einem Glas keinen zusammenhängenden Satz mehr sprechen. Der Alkohol raste durch ihr dickes Blut, sprang in ihr Gehirn und entzün-

dete dort ein Feuerwerk und trieb die Klarheit so wuchtig aus ihren Gedankengängen, daß die Menschen Angst bekamen. Sie spürten, daß der Alkohol in diesem Sommer nicht mehr ihr Freund war, der sie erleichterte und zum Tanz verführte – sie spürten, daß er ein Kobold geworden war, der sie an der Kehle packte und zu wütenden Tieren verwandeln konnte. Die Menschen des Nordens waren diese Hitze nicht gewöhnt. Es war eine Glut, wie sie seit Jahrtausenden bei den Pyramiden herrschte. Die Menschen des Südens verstanden es, den Alkohol zu meiden, der ihre Seelen rasend machen konnte, rasend und zerstörend.

Die Pyramiden Ägyptens waren die wartenden Zeugen ganz anderer Ekstasen. Ekstasen, die keine Drogen zur Hilfe brauchten, um die Seelen fliegen zu lassen …

Ich begegnete diesen steinernen Aufforderungen, uns zu besinnen, an einem Punkt meiner Reise durch dieses Leben, der lange zurücklag und nichts von der Grausamkeit dieses letzten Sommers wissen wollte. Weit hatten die Pyramiden mich in eine Wahrheit geführt, in der die Lösung der Gewalt keine Antwort auf unsere menschlichen Verirrungen darstellt – so wie es sich zugetragen hat in diesen letzten heißen Wochen …

Es waren viele Morde geschehen zu Beginn dieses Sommers. Morde, die in den Familien ausgebrochen waren wie Vulkane, die schon jahrhundertelang kein Feuer mehr gespuckt hatten. So lange war der Haß versteckt worden und die Wut, daß die Menschen geglaubt hatten, in Frieden zu leben.

Es war jedoch nur die Stille und das Schweigen, das über den verglasten Lavafeldern lag, die vom letzten Vulkanausbruch übriggeblieben waren. Schwarz und hart und unbeweglich lag diese Lavaschicht über den Herzen der Menschen, und an manchen Stellen hatten sogar einige Blumen und Gräser ihre Wurzeln geschlagen und zu blühen begonnen. In dieses Bild der Ruhe und des Stillstandes nun schlug der Rotwein seine klaffenden Lücken. Ein Glas genügte schon, und das lange zurückgehaltene Pulver der unterdrückten Wünsche explodierte und riß alle Umstehenden in einen Abgrund.
Ein Wort, ein Blick, eine Bewegung konnte genügen, um eine Verwüstung hervorbrechen zu lassen, die selbst Polizisten, die schon lange im Dienst waren und schon oftmals dem Grauen begegnet waren, zutiefst entsetzte. Einer der schrecklichsten Vorfälle ereignete sich in einer Vollmondnacht im August.

In einem kleinen, ruhigen Haus am Stadtrand war ein Mann damit beschäftigt, für seine Frau und sich einen Grillabend vorzubereiten. Er hatte seinen fahrbaren Kugelgrill aus dem Keller geholt und gereinigt. Dieser Kugelgrill war sein ganzer Stolz. Im Winter vor drei Jahren hatte er den Katalog eines Versandhauses durchgeblättert, das darauf spezialisiert war, Gartengeräte und Partyzubehör aus den Vereinigten Staaten zu importieren. Dieser Mann liebte seinen Garten über alles. Über viele Jahre hinweg hatte er exotische Pflanzen angesetzt, die in früheren Zeiten in unserem Klima niemals heimisch geworden wären.

Im Lauf der Zeit war das Wetter jedoch auch im Winter immer milder geworden, und so konnte man es wagen, sogar Oleander zu pflanzen. Dieser Mann, der mit seiner Frau am Stadtrand lebte, hatte immer schon eine große Zuneigung zu Oleander gehabt. Diese Liebe war in seiner Kindheit entstanden, als er mit seinen Eltern ausgedehnte Reisen in den Süden unternommen hatte. Seine Mutter war Italienerin, und ihre Sehnsucht nach der Heimat hatte immer dazu geführt, daß die Familie zu Beginn der Schulferien in den Wagen gestiegen war, um über die Berge nach Italien zu reisen.
Einmal nun beschloß der Vater, seiner Frau eine Überraschung zu bereiten, und fuhr Tag und Nacht immer weiter. Er blieb nicht in Turin stehen, nicht in Florenz, sie ließen sogar Rom hinter sich, und nachdem sie ihren Wagen auf die Fähre eingeschifft hatten und übergesetzt waren, befanden sie sich auf Capri. Die Mutter des kleinen Jungen war außer sich vor Glück und erlebte mit ihrem Mann zweite Flitterwochen auf dieser blühenden kleinen Insel. Die Familie lief glücklich und sorgenfrei über die hügeligen Wege, die die Insel überzogen, man sonnte sich in kleinen Buchten und fuhr mit den buntbemalten Schiffen der Fischer hinaus aufs Meer. An einem kleinen Strand fand der Junge durchsichtige Steine in leuchtenden Farben. Er sammelte so viele davon ein, wie in seinen Hosentaschen Platz hatten, und füllte auch seine Badekappe mit diesem Piratenschatz, den er entdeckt hatte.
Am Abend wanderte man zu dritt durch die schmalen,

hell erleuchteten Straßen und ging dann in ein Restaurant, um auf der Terrasse in der Milde dieser Sommernacht gegrillten Fisch zu essen und ein Glas Wein zu trinken.
Es gab einen leichten, duftigen Weißwein auf der Insel, und in diesem Sommer durfte der kleine Junge zum ersten Mal in seinem Leben mit seinen Eltern ein ganzes Glas für sich allein bestellen. Seine Mutter empfahl ihm, das Glas langsam zu trinken, und zwischendurch einen Schluck Mineralwasser zu sich zu nehmen. Das war ein sehr liebevoller Ratschlag, da der kleine Junge im Taumel des Glücks, wie die Erwachsenen essen und trinken zu dürfen, seinen Weißwein wie Limonade in großen Schlucken auszutrinken begonnen hatte. Den Rest in seinem Glas behandelte er in der Folge wie eine seltene Kostbarkeit, weil ihm sein Vater erklärt hatte, daß er nicht mehr als dieses eine Glas Wein zum Abendessen bekommen würde. Der ungewohnte Alkohol machte den Jungen müde und übermütig zugleich; er lachte ununterbrochen und spielte mit seiner Gabel in den Spaghetti, die vor ihm auf seinem Teller lagen. Immer wieder zog er einzelne Nudeln hervor und saugte sie durch die gespitzten Lippen in den Mund. Als das Nudelende durch den Schwung des Einsaugens sich aufbäumte, klatschte ihm die rote Tomatensoße auf die Nase und die Wangen, und bei jeder eingeschlürften Nudel, die auf sein Gesicht klatschte, fiel er wieder aufs neue vor Lachen fast von seinem Stuhl. Seine Eltern hatten ihn sehr gern und störten ihn nicht in seinem

Glück, das er mit den Spaghetti erlebte. Doch dann sagte seine Mutter leise zu ihm: »Das Mädchen da drüben schaut dir schon die ganze Zeit beim Essen zu …«
Mit diesem Satz begann ein neues Leben für den kleinen Jungen. Nachdem seine Mutter ihm diese Worte ins Ohr geflüstert hatte, blickte er auf und sah am anderen Ende des Lokals ein kleines blondes Mädchen, das mit seinen Eltern beim Essen saß und ihn beobachtete. Sie mochte zwei oder drei Jahre älter sein als er. Ruhig und ernst sah sie zu ihm herüber, und als ihre Blicke sich trafen, wußte er, daß es mit der unbeschwerten Zeit in seinem Leben vorbei war.
Er hatte noch nie ein so hübsches Mädchen gesehen. Ja, mit einem Mal schien es ihm, als hätte er überhaupt noch nie ein Mädchen gesehen. Diese Wesen waren nicht einmal uninteressant gewesen, sie hatten einfach nicht existiert. Sie hatten keinen Raum eingenommen in seinem Leben, weil da kein Raum war in seinen Tagen. Es war kein Raum vorhanden für kleine Mädchen, die mit ruhigen, großen Augen zusehen, was so geschieht.
Es mußten Bäume erklettert und Burgen aus alten Blechtonnen gebaut werden. Es mußten Pfeil und Bogen geschnitzt und an alten Spielzeugautos die Reifen repariert werden – alles hatte seine Zeit und seinen Raum. Und mit einem Mal war alles anders, weil ihn diese Augen angeblickt hatten. Sie trafen ihn, wie ein Baseballschläger auf den Lederball trifft und ihn im Idealfall hoch über die Absperrung des Spielplatzes hin-

ausfliegen läßt. Sie trafen ihn wie ein verirrter Pfeil, der in ein Nachbarfenster schlägt und dahinter im Dunkel des Zimmers eine Vase vom Tisch reißt. Sie packten ihn, wie man ein Seil packt, mit dem man vom Baumhaus in der Linde zum Ast des Apfelbaumes schwingt – und ließen ihn nicht mehr los.

Sie sah ihn ruhig an, und er wußte, daß er sich schämen mußte. Er schämte sich, weil er mit seinen Spaghetti gespielt hatte, wie es die kleinen Kinder tun, und er wußte, daß diese Zeit für immer vorbei war. Er wischte sich mit der Serviette über den Mund und das Gesicht und sah zu dem Mädchen hinüber, das sich wieder über ihr Essen beugte. Sie trug ein helles Haarband, das ihre langen blonden Haare zurückhielt, so daß er ihre runden Wangen sehen konnte, während sie sich wieder auf ihren Fisch konzentrierte. Gern hätte er die letzte halbe Stunde aus seinem Leben gestrichen. Gern hätte er sich nicht wie ein kleiner Junge benommen, sondern wäre gerade gesessen und hätte langsam seine Spaghetti um die Gabel gewickelt, ohne den Löffel zu Hilfe zu nehmen. Gern hätte er ihr gezeigt, daß er langsam seinen Weißwein trank. Es war zu spät. Er wußte, daß sie einen kleinen dummen Jungen beobachtet hatte, der bis vor einer halben Stunde noch keinen Raum für ihren Blick in seinem Leben gehabt hatte. Er wußte, daß er es nicht wert war, daß sie ein zweites Mal zu ihm herüberschauen würde. Er war es nicht wert, daß sie seinetwegen aufhörte, zu essen und zu trinken. Sie hatte Rotwein in ihrem Glas, und als sie sich den Mund abwischte, bevor sie den nächsten Schluck nahm, sah er, wie weich ihre Lippen waren. Sie waren weich und folgten dem Stoff der Serviette, der über sie strich, und dahinter sah er ihre kleinen weißen Zähne, und dann sah er, wie sie langsam einen Schluck von dem Rotwein nahm, und während sie trank, sah sie noch einmal über den Glasrand zu ihm herüber …

Es war nur ein kurzer Blick aus ihren ruhigen Augen, doch in diesem Augenblick erkannte sie, daß sie sein Leben verändert hatte. Sie sah in diesem Moment, wie tief er es bereute, seine Spaghetti so gegessen zu haben, als sei er nur ein kleiner Junge und allein in diesem Restaurant und allein auf dieser Welt. Sie sah, daß er aufrecht dasaß und ihre Aufmerksamkeit suchte – sie sah, daß er in Zukunft nicht mehr in seinem Teller spielen würde, und sie sah, daß sich ein neuer Raum in ihm aufgetan hatte. Als sie all das bemerkt hatte, stellte sie ihr Glas ab, lächelte ein wenig und sprach weiter mit ihrem Vater, der wenig später zahlte und mit ihr und seiner Frau das Lokal verließ.

Sie gingen hintereinander aus dem Lokal, und die Mutter des Mädchens schob sich zwischen sie und den kleinen Jungen, so daß niemand mit Gewißheit sagen konnte, ob sie ihm noch einen letzten Blick zugeworfen hatte.

Der kleine Junge saß da und blickte stumm zu dem Tisch, an dem sie gesessen hatte, und sah den Oleander.

Dieses Restaurant auf Capri lag unweit über der Stadt in den sanften Hügeln, in denen der süße leichte Wein wuchs. Die Terrasse war mit einem Balkon aus kleinen Steinsäulen umgeben, aus denen Holzbalken hervorwuchsen, die eine Pergola trugen, die einigen Weinranken Halt bot. Das Mädchen hatte mit ihren Eltern dicht beim Ausgang gesessen, und auf der anderen Seite der niederen weißen Steinsäulen, die die Terrasse umgaben, stand ein großer alter Oleanderbusch. Der Abgang des Mädchens nun hatte den Blick freigegeben auf seine dicht an dicht blühenden Blüten. Das warme Licht der Terrasse warf einen zarten Schimmer auf seine Zweige, und das violette Rot strahlte zu dem kleinen Jungen herüber.

»Warum ißt du denn nichts mehr?« fragte seine Mutter, und er konnte keine Antwort geben und nichts mehr tun, als diesen Oleander anzusehen, der hinter seinem ersten Mädchen geblüht hatte.

Nach einer Weile zahlte sein Vater, und sie verließen die Terrasse. Beim Hinausgehen blieb der kleine Junge kurz vor dem Oleander stehen und brach sich einen Zweig ab. Auf dem Nachhauseweg hielt er ihn fest in seiner Hand. So etwas hatte er noch nie getan. Aber er wollte auch nicht darüber nachdenken, weil in diesem Sommer so vieles anders war, als jemals zuvor in seinem Leben. Also hielt er den Zweig auch noch in seiner Hand, als er in seinem Bett in seinem Zimmer lag und nebenan im anderen Zimmer seine Eltern hörte.

Es war der erste Sommer, in dem seine Eltern für ihn ein eigenes Zimmer bestellt hatten. In den Sommerferien der Jahre zuvor hatte es immer ein drittes Bett gegeben. Seine Eltern waren manchmal vom Strand aufgestanden und ins Hotel gegangen. In diesen Stunden hatten sie immer andere Familien gebeten, auf ihren kleinen Jungen aufzupassen. Als sie am späten Nachmittag dann wieder am Strand erschienen, waren sie meistens sehr guter Laune, und sein Vater baute mit ihm eine Sandburg oder ließ sich im Wasser beim Wettschwimmen überholen. Immer waren die Nächte jedoch von einer eigenartigen Stille erfüllt, wenn sie zu dritt in dem Zimmer lagen. Der kleine Junge hörte den Atem seiner Eltern, und manchmal bewegten sich die Decken zwischen seiner Mutter und seinem Vater. Immer lag diese Stille über den Nächten, die damals bei weitem nicht so heiß waren wie in diesem Sommer.

Damals war vieles anders als heute, und so lag der kleine Junge in der Nacht allein in seinem Bett, hörte seine Mutter im Nebenzimmer seufzen, hielt seinen Oleanderzweig fest und dachte an sein Mädchen auf der Terrasse. Er dachte an ihre Augen, die geglänzt hatten wie die Seeräuberjuwelen, die er in seiner kleinen Bucht gefunden hatte. Sie glänzten, weil das Licht der Kerze sich in ihnen spiegelte, die auf dem Tisch vor ihr stand, und sie glänzten, weil sie die schönsten Augen waren, die er jemals gesehen hatte und die niemals mehr in seinem Leben von anderen Augen übertroffen wurden.

Am nächsten Tag fuhren sie zurück in die Heimat, und all sein Bitten, noch einen Tag länger zu bleiben und noch einmal Abendessen zu gehen, half nichts. Die

Fähre verließ den Hafen, und die Insel blieb zurück im Meer und wurde kleiner und kleiner, und der Junge stand am Heck an der Reling und hielt den Oleanderzweig in der Hand. Als sie daheim angekommen waren, zeigte ihm seine Mutter, wie man solche Blüten trocknen kann, und preßte ihm den Zweig in einem dicken alten Buch, das sie aus der Bibliothek geholt hatte. Viele Jahre lang blieb die Farbe in den Blüten erhalten, doch als das Leben weiterschritt und der kleine Junge schon ein großer Mann geworden war, fiel seiner Frau bei einem Umzug einmal der staubige Rest der Blüten aus einem Buch entgegen, und weil sie ohnehin viele andere Sorgen hatte, warf sie den Zweig weg, ohne ihren Mann zu fragen, welche Geschichte sich mit diesen flachgepreßten Knospen verband.

Dieser Mann nun war dazu übergegangen, seine Oleandersammlung in den Garten zu verpflanzen. Viele Jahre lang hatte er immer wieder die in Töpfe gesetzten Oleander im Herbst von der Terrasse in den Keller getragen. Immer wieder hatte er den Bäumen im Winter Wasser gebracht, immer wieder die Temperatur in seinem Keller überwacht. Im Frühling, wenn die letzten Schneezungen kaum von seiner Wiese abgetaut waren, hatte er die schweren Tontöpfe hinaus auf seine Terrasse getragen. Er hatte sie zurechtgerückt und ihnen Dünger gegeben und mit ihnen gesprochen. Oft hatte ihn seine Frau, die er glaubte, zutiefst zu lieben, dabei überrascht, wie er zwischen den Büschen stand, die Zweige streichelte und den dünnen braunen Knospen

zuredete, prachtvolle Blüten zu entwickeln. Er war zutiefst in seinem Herzen davon überzeugt, daß die Bäume ihn verstanden und seine Zuneigung spürten. Jeden Sommer hatte er das Gefühl, es seien noch einige Blüten mehr hinzugekommen, und ihr Duft sei noch betörender geworden. Er liebte die weichen Wolken aus schwebender Vanille und Zimt, die an manchen heißen Tagen mit einer Nuance dunkler Schokolade ergänzt wurden. Mehr und mehr vertiefte er sich in die Pflege seiner Familie, die aus wortlosen, duftenden Pflanzen bestand. Mehr und mehr hatte seine Frau das Gefühl, als müsse sie Eifersucht entwickeln, als sie bemerkte, mit welcher Zärtlichkeit er über die feinbehaarten Knospen streichelte und im Höhepunkt der Blütezeit sogar manche Blüte an seine Lippen heranzog und seine strahlenden Geliebten küßte.
Die Sträucher beeinträchtigten nicht nur die Aussicht von ihrem Schlafzimmerfenster zu den angrenzenden Wiesen – nein, die Gewächse standen mit einem Mal zwischen ihr und ihrem Mann, der seinen Geliebten mehr Nähe und Zuneigung angedeihen ließ, als ihr selbst. Zu oft hatte er sich schon ihren Küssen entzogen. Zu oft hatte er sich in der Nacht weggedreht, wenn sie ihre heiße Hand fragend auf seine Hüften gelegt hatte. Zu oft schon war er in den selten gewordenen Momenten der körperlichen Liebe mittendrin einfach müde geworden und eingeschlafen. Sie waren schon lange Jahre ein Paar, und sie war eine vernünftige Frau. Sie wußte, daß das Feuer der Leidenschaft sich eines Tages

in die Glut der mitfühlenden Freundschaft verwandeln konnte – all das wußte sie und war bereit, es zu ertragen, doch erst, wenn eines Tages auch die Stürme ihrer Leidenschaft besänftigt wären. Noch war es ihr zu früh. Noch fühlte sie die forschenden Blicke der anderen Männer auf der Straße und noch wollte sie ihren Leib nicht in die klösterliche Stille einer leidenschaftslosen Seelenliebe verschwenden. Sie stand oft allein im Badezimmer und betrachtete ihren vollen Busen und ihre straffen Schenkel. Langsam streichelte sie sich dann zwischen den Beinen und atmete tief ein, weil sie ihre Finger von ihrem Bauch abwärts wandern ließ. Jede Woche rasierte sie sich einmal zwischen den Beinen, um glatt und duftend für ihn da zu sein, um jede Berührung ihrer empfindlichen Haut ohne störendes Haar zwischen seinen Händen zu empfinden – umsonst. Auch dieses verführende Detail, von dem sie in Büchern über die arabische Liebeskunst gelesen hatte, ließ ihn kalt. Ja mehr noch, er bemerkte es nicht einmal, als sie seine Hand zum ersten Mal dorthin führte, er schlief mitten in der Bewegung ein und forderte sie damit geradezu auf, sich selbst zu streicheln. Während er schlief, lag sie neben ihm und streichelte und rieb sich, während sie an andere Männer dachte, bis sie endlich zitternd und keuchend zu Ende kam. Sie horchte gespannt, ob der Mann an ihrer Seite etwas bemerkt hatte, und erkannte an seinem tiefen langen Atem, daß er vermutlich von seinen Büschen träumte.
Diesen Zustand konnte und wollte sie nicht länger er-

tragen und beschloß eines Tages, die Initiative des Handelns wieder zu ergreifen, um ihre schal gewordene Ehe zu retten.

Es war der Tag, an dem ihr Mann seinen geliebten Kugelgrill zum ersten Mal in diesem Sommer aus dem Keller holte. Der Grill war der Rolls-Royce unter den Gartengrillern, und an diesem sehr heißen Tag im August hatte der Mann zwei Stunden im Keller zugebracht und die Räder neu geölt und ein paar Schrauben festgezogen, die sich gelockert hatten. Währenddessen hatte er hie und da einen Schluck aus dem großen Weinglas genommen, das ihm seine Frau gefüllt hatte, bevor er in den Keller verschwunden war.

»Laß dir bitte etwas Zeit, bevor du rauskommst … Ich bereite eine Überraschung vor …«, hatte sie ihm ins Ohr geflüstert und sich nah an ihn gedrängt. Mit der einen Hand umarmte sie ihn und preßte ihren Körper an seine Hüften und mit der anderen hielt sie ihm das Glas mit dem eiskalten Weißwein an die Wange. Er fühlte die Hitze in ihrem Bauch, die ungehindert an seinen Bauch schlug, da sie nur einen knapp sitzenden gelben Bikini trug. Er roch an ihrem Atem, daß sie auch schon von dem Weißwein probiert hatte, und war froh, ihrer Annäherung in den Keller zu entkommen. Der Keller war ein wenig kühler als der Rest des Hauses, aber auch in diesen unterirdischen Schutzraum begann schon die alles zerschmelzende Hitze vorzudringen. Der Mann war froh, allein zu sein, und trank schnell den Weißwein aus, als wäre es Limonade. Seine Handgriffe wurden etwas unsicherer, und er brauchte länger als erwartet, um seinen roten Kugelgrill vorzubereiten. Endlich aber war er fertig und zog das Kochgerät ins Freie.

Er schwankte ein wenig, als er in den Garten trat, weil ihn die heiße Luft dort unvorbereitet traf und ihn doppelt spüren ließ, daß er seinen Wein zu schnell getrunken hatte. Als er mit dem Kugelgrill bei der Terrasse ankam, war seine Frau soeben mit ihrer Überraschung fertiggeworden. Sie hatte allen Oleanderbüschen die Zweige abgeschnitten und die schönsten Blüten in eine flache Wasserschale gelegt. Die übrigen Äste und Blüten hatte sie schon in dem elektrischen Häcksler hinter dem Haus entsorgt. Sie strich sich eine Haarsträhne aus dem Gesicht, nahm einen Schluck Weißwein und sagte: »Schau mal, mein Lieber – jetzt können wir wieder die Wiesen sehen. Die schönsten Blüten habe ich in diese Wasserschale auf dem Tisch …«

Weiter konnte sie nicht mehr sprechen. Das letzte, was sie sah, war das Umfallen des roten Kugelgrills und die erhobenen Hände ihres Mannes, die auf ihren Kopf niedersausten und sie zu Boden streckten. Die Polizei stellte später fest, daß schon bei diesem Sturz das Genick der Frau gebrochen sein mußte. Das war, bei allem Grauen dieser Tat, ihr Glück und ein Segen, weil ihr dadurch erspart blieb, bei Bewußtsein miterleben zu müssen, was ihr betrunkener Ehemann in der Folge mit ihr anstellte.

Das am wenigsten auffallende Detail des abstoßendgrausamen Berichts, den die Polizei an die Presse weitergab, war die Information des Gerichtsmediziners, der darauf hinwies, daß die ungewohnten Anstrengungen in der Hitze, gepaart mit Alkohol, die Hemmschwelle für Aggression stark herabgesetzt hätte. Der Bericht füllte die Nachrichten und erschütterte die Bevölkerung über drei Tage hinweg – dann nahmen andere Exzesse und Unregelmäßigkeiten die Schlagzeilen ein.

Geblieben war in diesem atemlosen Sommer, der von einer Hitze bestimmt war, wie man sie noch nie erlebt hatte, die ausdrückliche und unausgesprochene Warnung vor alkoholischen Getränken. Eine Zeitlang hatten die Familien an den Wochenenden mit leichter Erdbeer- oder Pfirsichbowle versucht, einen Hauch von Südseezauber in ihre Grillparties zu bringen. Mit den Wochen aber der nicht nachlassenden karibischen Hitze war man wortlos übereingekommen, nur mehr Limonade zu trinken. Limonade, in der sich die Eiswürfel erstaunlich schnell aufzulösen begannen …

Ich drehte mich auf den Rücken und ließ mich auf dem Wasser treiben. Die Wellen schaukelten mich sanft in ihren Armen, und ich sah hoch über mir im Himmel einen weißen Vogel. Er schwebte mit ausgebreiteten Flügeln und nützte den Wind aus, der von der See kam. Ganz sachte nur bewegte er hie und da eine seiner Federn, um den Auftrieb zu halten, und stand auf diese Weise fast regungslos im tiefen Blau. Aufmerksam drehte er seinen Kopf hin und her und beobachtete die

Fische, die sich unter der Wasseroberfläche sicher fühlten. Er flog genau über mir, und mit einem Mal hatte ich das Gefühl, daß er wußte, daß er beobachtet wurde.
Tief unter ihm lag im weiten, gleißenden Meer ein Mensch mit ausgebreiteten Armen und nützte jede Welle, um nicht unterzugehen. Mir war, als seien wir auf eigentümliche Weise ein Spiegelbild füreinander. Breitete er nicht seine Flügel parallel zu meinen Armen aus? Langsam bewegte ich eine Hand, um auf diese Weise in eine leichte Kreisbewegung zu kommen. Wie ferngesteuert drehte sich auch der Vogel über meinem Gesicht und blieb so direkt über mir, um mir in die Augen zu sehen. Jetzt stieß er einen Schrei aus und wartete auf meine Antwort. Ich öffnete meinen Mund und rief: »Vogel ... Vogel ...«
Er ließ sich etwas tiefer gleiten und drehte seinen Kopf neugierig zur Seite. Noch einmal rief ich: »Vogel ... Vogel ...«
Er schrie etwas zurück, was ich nicht verstand, wußte jedoch, daß er von diesem unerwarteten Gespräch angenehm überrascht war. Ob er solche Momente schon öfter erlebt hatte? Ob er schon öfter mitten auf der Jagd von einem Fremden angesprochen worden war, der tief unter ihm auf dem Rücken lag und seine Nähe suchte?
Was würde er seiner Familie zu berichten haben, für die er vermutlich auf die Pirsch gegangen war? Seine Kinder warteten wahrscheinlich in einem der dichten Pinienwälder am Ufer darauf, daß er einen frischen Fisch heimbrachte. Was konnte er ihnen heute berichten?

Würde er ihnen davon erzählen, daß es ihm gelungen war, ein fremdes Wesen dazu zu bringen, parallel zu seinem Schweben sich im Wasser um die eigene Achse zu drehen? Vielleicht beobachteten sie ihn aus der schützenden Dunkelheit eines Dickichts dabei, wie er selbstvergessen über einem Punkt schwebte und dabei seine Absicht völlig vergaß. Seine Absicht, die darin bestand, unvorsichtige Fische, die sich zu weit von ihrem Schwarm entfernt hatten, zu packen. Ich sah uns beide mit einem Mal durch die Augen seiner Kinder, die erstaunt dieses für sie neue Bild beobachteten. War ich nicht eine Ablenkung für ihn, dic ihn von seiner Pflicht fortzog? Verführte ich ihn nicht durch mein Im-Wasser-Treiben und Ihn-Fixieren dazu, daß er seine Aufgabe vernachlässigte? Ich fühlte, daß es in meiner Verantwortung lag, ihn aus dieser ungewohnten Abwechslung zu entlassen, drehte mich um und schwamm weiter. Im selben Atemzug kippte der weiße Vogel zur Seite, löste sich aus unserer magischen Umarmung, zog einen weiten Bogen und entdeckte einen einsam schwimmenden Fisch. Die Flügel angelegt und den Kopf nach vorn gezogen, ließ er sich aus der Höhe auf das Wasser fallen. Knallend durchschlug sein Körper die Wellen und stieß auf den Fisch. Wie von einer elastischen Ebene zurückgeworfen tauchte er im nächsten Moment wieder hoch und hielt den silbrig glänzenden Fang in seinem Schnabel. Zwei oder drei kräftige Flügelschläge befreiten ihn von den Schaumkronen, und dann hatte er genügend Freiheit, um zu seinem Nest zu fliegen. Ich verfolgte

seinen Flug und war mir sicher, daß er unsere Zweisamkeit schon wieder vergessen hatte.
Als ich ihn dabei beobachtete, wie er auf das Ufer zuflog, entdeckte ich am Strand zwei Reiter, die nebeneinander in leichtem Trab am Wasser entlangritten. Entspannt und mit geübter Eleganz hoben sie sich im Takt ihrer Pferde aus dem Sattel und verschwanden nach einigen Minuten hinter den flachen Dünen. Ich glaubte, das Aufschlagen der Hufe zu hören, obwohl der Wind landeinwärts blies, und wurde an meine Jugendzeit erinnert.
Reiten.
Reiten war für mich damals ein Zauberwort gewesen.
Reiten …
Ich saß immer wie gebannt vor dem Fernsehapparat, wenn Pferde auftauchten, und konnte nicht genug davon bekommen, sobald in alten amerikanischen Filmen die blaugekleidete sechste US-Kavallerie zu einem Sturmgalopp ansetzte. Wie auf einem Drahtseil gezogen wirbelten die muskulösen Beine der Tiere durch die staubige Prärie, und ganz im Gegensatz zu ihren stampfenden, rasenden Bewegungen saßen die Reiter unbeweglich wie Statuen auf ihren Tieren. Diese wunderbare Mischung aus Bewegung und Ruhe, aus Sturm und Windstille, aus Enthemmtheit und Beherrschung war es, die mich anzog und an diese Bilder fesselte. Mein Atem ging tiefer, und ich verlor das Bewußtsein für meine Umgebung. Dies geschah mit einer derartig verläßlichen Wiederholung, daß sich meine Familie je-

desmal über mich erheiterte, wenn ich wieder einmal bei der Attacke einer Reiterarmee sprachlos vor dem Apparat saß.

Eine der schönsten Reiterszenen, die ich in meinem ganzen Leben gesehen habe, ist der Sturmangriff der französischen Kavallerie im Film »Waterloo«.

Man muß die Hintergründe dieser Attacke kennen, um wirklich bewundern zu können, wie sehr es in diesem Film gelungen ist, die unzähligen miteinander verwobenen Schicksale von Reitern und Tieren zu würdigen. Schicksalhaft war dieser Tag damals in den Hügeln von Waterloo.

»Die Macht des Schicksals« könnte man als Überschrift wählen, wenn nicht eine andere Formulierung noch treffender wäre: »Die Macht des Irrtums ...«

Ein Irrtum war nämlich verantwortlich für eine der weitreichendsten militärischen Fehlentscheidungen der Kriegsgeschichte.

Die Zusammenhänge sind irritierend einfach zu erzählen. So wie die Draufsicht des Zuschauers fast immer das tragisch Einfache in den großen Katastrophen der Menschen enthüllt ...

An diesem Tag in Waterloo standen sich die Engländer und die Franzosen auf zwei sanften Hügeln gegenüber und beschossen einander. Das, was uns heute am meisten irritiert, ist der Umstand, daß es damals eine Frage der Ehre und der Ritterlichkeit war, nicht in Deckung zu gehen. So schwer es für einen sensibel empfindenden Menschen auch sein mag – es gehörte damals einfach zur Etikette der Kriegführung, aufrecht auf den Gegner zuzugehen, die eigenen Kugeln auf ihn abzuschießen und gleichzeitig bereit zu sein, seine Kugeln zu empfangen. Die Frage der Entscheidung einer Schlacht bestand oft nur darin, wer mehr Soldaten hatte, wer öfter schießen konnte, wer die meisten Gefallenen verkraften konnte und welchem Feldherrn zu guter Letzt die meisten Truppen nicht weggeschossen waren.

Das ist eine seltsame Aufforderung der Realität, dachte ich mir, als ich zum ersten Mal von dieser anachronistischen Art, sich umzubringen, erfahren hatte. Die Realität des Todes, dem man aufrecht und offen entgegenmarschiert, ist die Aufforderung, sich diesem Tod zu entziehen.

Jeder kluge Mensch würde weglaufen, sich verstecken oder Gott bitten, ihn unsichtbar zu machen. Damals war es eine Frage der Ehre, die runden großen Bleikugeln mitten in die Brust geschossen zu bekommen. Eine irritierende Vorstellung, dachte ich, als ich zum ersten Mal den Film »Waterloo« sah. Man muß allerdings dazu bemerken, daß diese Männer damals nicht freiwillig handelten, als sie so aufgerichtet in das Mündungsfeuer marschierten und miterleben mußten, wie die Freunde neben ihnen plötzlich nicht mehr weitergehen konnten, weil ihnen die Kugeln der Gegner den Kopf abgerissen hatten.

Es war keine Freiwilligkeit, es war eine Not, weil es für sie nur zwei Möglichkeiten zu sterben gab, zwischen denen sie wählen konnten: Die eine Möglichkeit war der sehr wahrscheinliche Tod durch eine Kugel des Feindes, der vor ihnen stand und mit gesenktem Bajonett und betrunkenem Kampfschrei auf sie losschritt. Der andere sichere Tod stand in ihrem Rücken. Im Rücken hinter den gepreßten Soldaten standen ihre eigenen Offiziere mit schußbereiten Waffen, um jeden zu erschießen, der flüchten wollte. Damals war es nicht so, daß ein Offizier mit heldenhaftem Beispiel als erster dem Feind entgegenlief.

Bei Waterloo aber war zum ersten Mal im Lauf der ritualisierten Tötungen, die im Zuge der Jahrhunderte ihren eigenen Kodex entwickelt hatten, etwas anders. Zum ersten Mal siegte die Einsicht in den Wahnsinn des Geschehens und veranlaßte einen Feldherrn dazu, eine Handlung zu setzen, die so unerhört war und so sehr nicht eingeplant in die Inszenierung, daß daraus einer der größten Irrtümer der Kriegsgeschichte erwuchs. Diese Handlung ist mit dem Namen Wellington verbunden.

Dieser Heerführer, der seine englischen und schottischen Truppen organisierte, um Napoleon endlich besiegbar zu machen, saß während der Schlacht auf einem Hügel. Große Teile seiner schottischen Regimenter standen als Reserve Gewehr bei Fuß kurz vor der Hügelkuppe, neben der sich sein Beobachtungsposten befand. Rot gekleidet mit Schottenrock und Gamaschenstiefeln standen sie da und warteten darauf, in die Schlacht geworfen zu werden – so wie man einen weiteren Knochen zwischen zwei ineinander verbissene Rottweiler wirft. Sie standen da und warteten und rochen stark nach Whisky, weil es in diesen Tagen üblich war, den Männern vor einer Schlacht eine doppelte, manchmal sogar eine dreifache Ration Whisky zu geben. Der Alkohol sollte sie angstfrei machen und auch angriffsbereiter, ihnen den Gedanken, einfach wegzulaufen, nachhaltig vernebeln. Diese in Bereitschaft stehenden Regimenter waren im Verlauf der Schlacht zu einem Ziel für die französische Artillerie geworden, die an den bewegungslos dastehenden, rotgekleideten Highlandern in aller Ruhe das Zielen und Schießen üben konnte.

Wellington nun saß auf seinem Pferd, überblickte die Lage und sah, daß seine Reserve in aller Ruhe Reihe um Reihe zusammengeschossen wurde. Er durfte mitverfolgen, wie die Splitterbomben der französischen Kanoniere seinen Männern die Beine wegfetzten, wie die Granaten Köpfe halbierten und hellgraues Hirn über das Scharlachrot der Waffenröcke sickerte.

All das wurde Wellington mit einem Mal zuviel, und er befahl das einzig Naheliegende. Er befahl, was in all den hinter ihm liegenden Schlachten noch niemals befohlen worden war – er befahl seinen schottischen Truppen, hinter der Hügelkuppe in Deckung zu gehen und sich auf diese Weise dem französischen Beschuß zu entziehen. Dieser Befehl mochte gegen die Etikette verstoßen – doch war diese Regelwidrigkeit Wellington wichtiger, als zusehen zu müssen, wie seine Männer dahingerafft wurden.

Dieser Befehl war es nun, der den Irrtum von Waterloo auslöste.
Der französische Marschall Ney, der die Reiterei der Franzosen befehligte, sah mit einem Mal, wie sich die rotgekleideten Massen der Schotten in Bewegung setzten und hinter der Hügelkette verschwanden.
»Diese Feiglinge ziehen sich zurück …«, war die einzige logische Erklärung, die Ney in seinem Kopf finden konnte.
»Sie verlassen die Schlacht – Wellington bläst zum Rückzug – er gibt auf – der Sieg wird unser sein – vorwärts – ihnen nach – Attacke!!!«
Das waren die Gedanken des Marschall Ney, als er den folgenschweren Angriffsbefehl gab und mit seiner Kavallerie ohne Unterstützung der Infanterie oder der Artillerie den vermeintlich flüchtenden Soldaten nachsetzte. Was er nicht ahnen konnte, durfte er in der Folge erleben …
Die Schotten hatten nämlich hinter der schützenden Hügelkette Karrees gebildet und erwarteten nun, abgesichert wie im Kriegslehrbuch, die überstürzte Attacke der französischen Reiter und bereiteten den Kavalleristen einen grauenhaften Empfang. So wie die Schotten eben noch Schießscheiben gewesen waren, so waren es nun die fassungslos herumirrenden Reiter des Marschall Ney, die mit allem gerechnet hatten, nur nicht mit einem gut organisierten Hinterhalt der schottischen Feinde, die sie nun in Scharen von ihren Pferden schossen.

Diesen Irrtum von Waterloo nun hatte die grandiose Szene zum Inhalt, die Filmgeschichte gemacht hatte.
Zuerst sieht man die unruhigen Reiter, die darauf warten, daß Ney seinen Säbel senkt und vorprescht in Richtung der Feinde. Ganz nah hält sich die Kamera bei den dampfenden Pferdeleibern auf und beobachtet, wie sich die tonnenschweren Leiber in Bewegung setzen. Schneller und schneller beginnen die Hufe, die Grasmatte von Waterloos Hügeln zu zerpflügen, und gleichzeitig sieht es aus, als würden sie alle schwimmen, weil diese ersten Bilder in Superzeitlupe gedreht worden sind. Jeden Muskel in den Pferdebeinen sieht man pulsieren, jedes erschreckte Aufreißen der Pferdeaugen, wenn die Zügel in die Gebisse fassen, jeden Schaumfetzen, der von den weit geblähten Nüstern tropft, sieht man elegisch wie einen Löwenzahnsamen durch das Bild fliegen.
Immer rasender hauen die Beine der Tiere in die Erde, um sich vorwärtszureißen, da wechselt auf einmal das Tempo, der Film läuft mit Normalgeschwindigkeit, und die Kamera fliegt hoch über die Tiere und Menschen, und mit den ersten Galoppierenden schwebt sie über die Hügelkette empor und zeigt aus der Sicht eines ruhig stehenden Vogels, wie die Kavallerie sich zwischen die roten Vierecke der Schotten ergießt.
Wie ein kleines Dorf aus Vierkanthöfen sieht diese Formation aus, die die Schotten gebildet haben. In Dreierreihen, die im rechten Winkel aufeinanderstehen, bilden sie ein Viereck, das sich nach allen Seiten verteidigen kann und in das es kein Eindringen gibt.

Verwirrt wie ein aus den Ufern getretener Bach, strömen die Franzosen mit ihren Pferden zwischen diesen kleinen Festungen aus Menschenleibern hin und her, bis sie kurz davor sind, zur Gänze aufgerieben zu werden …

Dieser Moment in der Kriegsgeschichte zeichnet dafür verantwortlich, daß Waterloo die letzte Schlacht war, die im Sinne des alten selbstmörderischen Ehrenkodex geschlagen wurde. In Zukunft war es den Feldherren wichtiger, ihre Truppen zu decken, als sie dem Ehrentod preiszugeben.

Für mich war die Verfilmung dieser entscheidenden Wende der Anlaß, reiten zu lernen.

Meine Eltern erkannten, daß mein Entschluß felsenfest war, und schenkten mir einen Kurs in der Reitschule unserer Stadt.

So – da stand es also vor mir – mein erstes Pferd. Natürlich war es nicht mein Pferd in dem Sinn, daß es mein Eigentum war, es gehörte mit vielen anderen Pferden zum Besitz der Reitschule, aber trotzdem war der braune Hengst, den ich eines Tages am Zügel hielt, mein Pferd.

Ich war erschüttert von der Größe dieses Tieres, von seiner Stärke, von der Wucht seines Geruchs. Er stand neben mir, während ich ihn am Zügel hielt, und betrachtete mich mit seinen großen Augen, die schon so viele unsichere Menschen gesehen hatten, die zum ersten Mal in seine Nähe getreten waren und den Geruch seiner Natur geatmet hatten. Ich war nicht darauf vor-

bereitet gewesen, wie stark dieses Tier war. Ich war nicht darauf vorbereitet, daß es so stark riechen würde. Seine Brustmuskeln zuckten im Stehen, und seine Vorderfüße stachen nervös in den mit Sägespänen bestreuten Boden der Reitschule.
Sein Geruch war dicht, ein Geruch aus vielen einzelnen Düften, die sich vermischten und das Atmen in seiner Nähe fast unerträglich machten. Wenn man Leder verbrennt, riecht das so. Verbranntes Leder und harter Wacholderschnaps, der über einen Holztisch geronnen ist, waren in seinem Duft. Wacholderschnaps und Torf. Den Geruch von frisch gestochenem Torf und zu meiner großen Überraschung auch karamelisierter Zukker … All das dünstete mein Hengst aus, als ich neben ihm stand und versuchte, ihn am Zügel zu halten.
»Wir werden jetzt eine Runde mit den Pferden gehen«, sagte meine Reitlehrerin, »wir gehen einfach im Kreis und achten darauf, wie das Tier sich bewegt, um vertraut zu werden.« Mir schien dieser Anfang doch etwas unspektakulär, aber schon nach den ersten Schritten an der Seite meines Tieres verstand ich, warum wir auf diese einfache Art mit diesen Riesenlebewesen vertraut gemacht wurden. Irgend etwas hatte meinen Hengst gestört, und er hatte seinen Kopf ruckartig nach oben geworfen. Vielleicht war es nur eine Fliege, die seinen Weg gekreuzt hatte, vielleicht ein Schattenwurf im Sägemehl auf seinem Weg, ich weiß es nicht. Ich wußte nur, daß dieses Wesen auf eine gnadenlose Art und Weise stärker war als ich, als es seinen Kopf ruckartig in

die Höhe zog und meinen Arm mit sich riß. Ich wollte ihn zu mir zurückholen und zog stark am Zügel, was zur Folge hatte, daß er mir ganz deutlich zeigte, wer der Stärkere war. Das Lederband rutschte durch meine Finger, riß mir die Haut auf, und im nächsten Moment war mein Pferd einige Schritte nach vorn gelaufen, um endlich wieder frei zu sein. Er wollte sich und seine Kraft nicht mühsam beherrschen, weil der Mensch an seiner Seite zum ersten Mal ein paar Schritte mit ihm tat. Das Peitschenknallen und der schneidende Befehlston der Reitlehrerin jedoch ließen ihn sofort wieder wie angewurzelt auf der Stelle verharren. »Du mußt bereit sein, daß er seinen Kopf durchsetzen will«, sagte sie zu mir. »Du mußt in jeder Sekunde bereit sein und spüren, daß er dich besiegen will, und in dem Moment mußt du ihm zeigen, daß dein Kopf kleiner ist als seiner, aber daß dein Wille größer ist als seine Muskeln.«
Ich stand sprachlos da, als sie mir wieder die Zügel in die Hand drückte und meinen Arm damit nach unten führte, so daß der Kopf des Pferdes in leichte Spannung versetzt wurde.
»Er fühlt es, wenn du auslassen willst, und kommt dir zuvor«, sagte sie zu mir. »Du mußt ihm immerzu das Gefühl geben, daß du ihn niemals auslassen wirst. Niemals darf er das Gefühl bekommen, daß er mit dir machen kann, was er will. Schau ihn dir gut an. Siehst du seine Hinterbacken, siehst du diese breiten atmenden Flanken? Er ist geboren worden, um frei zu sein und über Wiesen zu laufen, du aber willst auf ihm sitzen und

ihm zeigen, wohin er dich zu bringen hat. Glaubst du, daß dieses große Tier das freiwillig tun wird?«

Ich stand da, sah in die Augen meines Pferdes und sah, daß sich seine Ohren nach vorn stellten, als er den vertrauten, strengen Ton der Reitlehrerin hörte. Ich konnte fühlen, daß er mitverfolgte, was geschah. Ein Mensch, den er kannte und fürchtete, eröffnete einem anderen Menschen die Geheimnisse, die zum Ziel hatten, ihn zu besänftigen und zu unterwerfen. Sein kurzes Spiel mit mir war schon wieder beendet, noch bevor er richtig zu spielen begonnen hatte.

Ein neuer Mensch würde lernen, ihm seinen Geist aufzuzwingen, und ihn gefügig machen. In diesem Moment tat er mir leid. Ich fühlte, was in ihm vorging, und wollte ihn streicheln. »Du kannst ihn abklopfen«, sagte meine Reitlehrerin, »aber laß ihn spüren, daß du sein Meister bist. Bei aller Liebe ist er dein Diener, und nicht umgekehrt, hast du mich verstanden?«

Ich nickte und ließ meine Hand auf seinem breiten Hals liegen, in dem ich sein großes Herz schlagen fühlte.

»Gut, dann werden wir jetzt als nächstes aufsteigen und versuchen, dort oben auf dem Pferd zu bleiben.«

Sie lachte über ihren eigenen Witz, den sie an dieser Stelle schon hundertmal gemacht hatte, und half mir in den Sattel. Mit einem Mal saß ich in über zwei Meter Höhe. Ich hielt die Zügel so kurz, wie sie es mir gezeigt hatte, und auf ein kleines Zungenschnalzen von ihr setzten sich die Pferde unserer Gruppe in Bewegung. Ich fühlte, wie sich mein Atem beschleunigte, als das Pferd

zu gehen anfing und ich lose im Sattel hin- und herrutschte. Der Schweiß brach mir aus, der Lederriemen in meinen Händen wurde feucht, und ich hatte Mühe, ihn festzuhalten. Auch das entging meiner Lehrerin nicht, und so zog sie ihre eigenen Handschuhe aus und warf sie zu mir herauf in den Sattel. Ich mußte den Zügel kurz loslassen, um die Handschuhe überzustreifen, und in diesem Moment strich sie mit ihrer drei Meter langen Peitsche leicht über die Kruppe, worauf er sofort in leichten Trab verfiel.
Ich versuchte verzweifelt, mit den halbangezogenen Handschuhen nach dem Zügel zu greifen, und verlor dadurch noch mehr das Gleichgewicht, bis ich wie ein Korken bei hohem Seegang auf den Wellen hin- und hergeschleudert wurde. Kurz bevor ich abstürzte, hielt sie mein Pferd an und sah mir voll Resignation in die Augen.
»Was habe ich gesagt?« fragte sie, und ich bemerkte, wie die anderen Reiter meiner Gruppe zu lachen begannen.
»Ich weiß – Entschuldigung«, stotterte ich und nützte die Pause, um mir schnell die Handschuhe überzustreifen.
»Wenn wir draußen im Freien reiten, nützt dir eine Entschuldigung nichts, da wärst du nämlich schon längst abgeworfen.«
»Ja, Entschuldigung.«
Sie schüttelte nur leicht den Kopf, rückte mich im Sattel zurecht und fuhr mit dem Unterricht fort.

Die erste Stunde ging vorüber, ohne daß ich aus dem Sattel gefallen war, und auch die nächste und die darauffolgenden Lektionen sahen mich immer sicherer und fester mit meinem Tier umgehen. Meine anfängliche Angst begann sich zu verwandeln, bis ich mich letztlich auf die Stunden mit meinem neuen Freund zu freuen begann.
Eines Tages war dieses Glück für immer vorbei.
Wir ritten wieder einmal in einer Reihe durch einen kleinen Wald, der an die Reitschule anschloß, als in der Ferne die Fehlzündung eines Wagens krachte.
Schlagartig legten alle Pferde ihre Ohren an und begannen durchzugehen. Gehen ist das falsche Wort für diese unvermittelte Explosion, die die Pferde vorwärtspeitschte, so als hätten sie auf diesen Zwischenfall nur gewartet, um ihre jahrelang unterdrückte Lebendigkeit endlich wieder einmal hervorbrechen zu lassen. Von einer Sekunde auf die andere jagten sie in gestrecktem Galopp zwischen den Bäumen dahin und waren nicht zum Halten zu bringen. Ich versuchte all das anzuwenden, was mir meine Lehrerin für diesen Fall eingeschärft hatte, und mußte nun lernen, was das Wort Ohnmacht bedeutet. Ich preßte meine Beine gestreckt nach vorn gegen die Steigbügel und lehnte mich im Gegenzug so stark ich konnte nach hinten. Meine Arme zitterten und meine Sehnen traten hervor, als ich versuchte, mein Pferd zum Stehen zu bringen. Es war alles umsonst. Mit immer stärker nach vorn gestrecktem Kopf rasten die Tiere zwischen den Bäumen hindurch, und

ich hörte nur noch das hysterische verzweifelte Schreien meiner Reitschülerkollegen, die genauso hilflos wie ich auf ihren Pferden herumgeworfen wurden. Ich sah, wie zu meiner Linken ein Mädchen aus dem Sattel geworfen wurde, sich zweimal überschlug und dann mit einem seltsam verrenkten Bein im Gras liegenblieb. Ihr befreites Pferd wurde durch den Verlust seiner Last noch schneller und raste an den anderen Pferden vorbei, was die Tiere nur anstachelte, dieses Rennen anzunehmen.
Ich fühlte, wie mein rechter Fuß aus dem Bügel glitt und ich nach links hinten abzurutschen begann. Neben mir hörte ich das Fluchen der Reitlehrerin, die ihrem Pferd zeigen wollte, daß sie seine Herrin war. Sie schrie auf ihren Hengst ein und zerrte genauso ohnmächtig wie ich am Zügel, was überhaupt kein Ergebnis zeigte. Bebend und rollend und stampfend trieb mein Pferd seinen Leib durch den Wald, und plötzlich begann es, bergab zu gehen, was unseren Teufelsritt noch einmal verschärfte.
Was ich als nächstes sah, werde ich mein Leben lang nicht vergessen. Das Pferd, auf dem unsere Lehrerin saß, galoppierte an einer Tanne vorbei, von der ein mächtiger, gesplitterter Ast abstand. Unmöglich war es geworden, die Richtung des Tieres zu ändern, und in der nächsten Sekunde durchbohrte der abgesplitterte Ast den Hals der Reitlehrerin und brach auf der Nackenseite durch ihr Genick. Der Schwung des Pferdes ging weiter, sie selbst aber wurde aus dem Sattel ge-

rissen und hing, noch kurz zuckend, an dem Ast – dann erloschen ihre Bewegungen, sie war tot.
Als ich das sah, fühlte ich, wie mein Herz, meine Seele und mein Denken sich zusammendrückten, bis ich nur mehr ein schwarzer, harter Punkt aus Wut, Haß und Todesangst war. Ich warf mich nach vorn und schlug schreiend vor Tobsucht meinem Hengst mit beiden Fäusten auf den Kopf. Wie ein Besessener hämmerte ich ihm meine Panik auf den Schädel und schrie wie ein Wahnsinniger ein ums andere Mal: »Bleib stehn! Bleib stehn! Bleib stehn!«
Offenbar hatte mein Pferd so etwas noch nicht erlebt. Er warf gepeitscht den Kopf zurück, blieb stehen, ging in die Höhe und warf mich ab. Als ich mich wieder aufrichtete und feststellte, daß ich zu meiner Verwunderung nichts gebrochen hatte, stand mein Hengst ruhig grasend neben mir und sah mich fast freundlich an. Ich kam auf die Beine und ging langsam auf ihn zu. Jung und unschuldig blickten mich seine Augen an. Noch einmal schnaubte er vertraulich auf, als ich meine Hand auf seine Nüstern legte.
»Verzeih mir«, sagte ich, »verzeih mir … Ich habe verstanden …«
Es gab kein Zurück. Ich nahm seine Zügel in die Hand und führte ihn langsam zur Reitschule.
In meinem Rücken hörte ich nach einer Weile die Sirenen eines Rettungswagens, und auch mein Hengst spielte mit seinen Ohren und drehte sie Richtung Wald. Die enervierenden Frequenzen der Sirenen schienen

ihn nicht im mindesten zu beunruhigen. Ich führte ihn in seine Box und nahm seinen Sattel ab. Ich rieb ihm das Fell trocken und ging dann langsam nach Hause. Auf dem Weg durch unser Haustor überkam mich eine Welle von Übelkeit, und ich mußte mich kurz setzen. Ich war sehr erschöpft und schlief ein, um nach kurzem Schlaf hochzuschrecken, in unsere Wohnung zu gehen und nie mehr auf ein Pferd zu steigen …

Ich rollte in den warmen Meereswellen und atmete tief aus. Ich entspannte mich von Kopf bis Fuß, da diese Erinnerung doch ihre Spuren hinterlassen hatte. Als ich wieder von diesen Bildern befreit war, sah ich einen Seestern unter mir.

Er saß auf einem kleinen Felsen, der aus dem Sand hervorragte. Der Felsbrocken war mit Löchern und Furchen übersät. Als ich den Stein langsam umrundete, sah ich einen Schwarm kleiner, bunter Fische, die sich auf der Schattenseite des Brockens aufhielten, um Schutz vor der hoch stehenden Sonne zu finden. Es waren Hunderte von kleinen Fischen, von denen der größte nicht länger war als der kleine Finger eines vierjährigen Mädchens. Sie waren blau mit einem gelben Streifen an der Seite, und sie schwammen so dicht aneinander gepreßt, daß ihr Schwarm aussah wie eine kleine Wolke, die durch den Sommerhimmel treibt.

So mußte es ausgesehen haben, als die Soldaten Napoleons in ihren bunten Kostümen um die Grenzen der Pyramiden geritten waren. Wie ein buntschillernder

Schwarm leuchtender Fische waren sie im Sandmeer an die Berge aus Menschenhand gespült worden.

Ihr Feldherr hatte geahnt, welch kurze Sekunde auf der Weltenuhr ihm vergönnt war, als er die Moral seiner Krieger angesichts dieser sprachlosen Macht der Pyramiden zu beschwören versuchte. Hatten diese Riesensteine ihm eine Ahnung der Ewigkeit geben können – eine Ahnung, daß sein Geist weiter reichen konnte, als es ihm jeder militärische Sieg ermöglichen würde? War er einer inneren oder äußeren Stimme gefolgt, als er in den Cheopsberg einstieg – in diese Öffnung der Pyramide, deren Dunkel mich an diesen Steinbrocken im Wasser unter mir erinnerte?

Auf halber Höhe hatte der Fels eine Vertiefung. Ich sah genau hin und entdeckte, daß diese Vertiefung nicht nur ein kleines Tal war, sondern ein Kanal, der durch den Stein hindurchführte, um auf der gegenüberliegenden Seite einen Ausgang zu finden. Dieser Fels hatte also eine Grotte in sich, die so angelegt war, daß man sie auf den ersten Blick nicht erkennen konnte. Jetzt wußte ich auch, wieso die Wolke aus kleinen Fischen mit einem Mal um die Hälfte kleiner geworden war. Als sie meinen großen Schatten über sich gefühlt hatten, waren die Fische in diese schützende Höhlung hineingeschwommen, um sich in Sicherheit zu bringen. Schnell wechselte ich die Seiten des kleinen Gebirges, das da unter mir lag, und sah, wie am Ausgang des Labyrinths die ersten Fische wieder auftauchten. Man konnte diesen Auslaß leicht übersehen, da er sich unterhalb eines vorstehenden

Zackens im Gestein befand. Dieser Gang war ein perfektes Fluchtsystem, wenn man als Fisch nur vorsichtig genug war, nicht einfach hindurchzuschwimmen und somit durch das Auftauchen an der anderen Seite das Vorhandensein dieses Geheimganges zu verraten. Die Anführer dieses Fischvolkes schienen erfahrene Schwimmer zu sein. Die ersten beiden standen genau an der Schattengrenze der Grotte und hielten mit kleinen, fast unsichtbaren Flossenbewegungen die Stellung. Vorsichtig sahen sie hinaus in das Wasser und versperrten gleichzeitig den hinter ihnen nachdrängenden Freunden das Weiterschwimmen. Nach einer Weile sah ich, daß sich der gesamte Schwarm in die Höhlung begeben hatte und im Bunker saß. Ein zufällig vorbeischwimmender Jäger würde nur einen einsam daliegenden Stein zu Gesicht bekommen, auf dem ein Seestern langsam bergab stieg. Er würde das Interesse verlieren, weiterschwimmen, und so waren Hunderte von Leben gerettet.

Wie lange würden sie es in ihrer Festung aushalten, dachte ich und schwebte so über dem kleinen Unterwasserriff, daß ich beide Ausgänge beobachten konnte. Vielleicht eine Stunde … vielleicht einen Tag … vielleicht hundert Jahre?

Vielleicht würden sie nie wieder herauskommen, um sich den Gefahren des Meeres auszusetzen. Vielleicht würden sie eine Besprechung abhalten und mehrheitlich zu dem Schluß kommen, daß es besser sei, sich aus den Wellen der Brandung zurückzuziehen und ein neues, unsichtbares Reich zu gründen. Die weiteren

Entwicklungen dieser Felsenbewohner konnten das Studium ganzer Generationen von Meeresforschern ausfüllen. Eines Tages würden die Fische vielleicht sogar ihr Wesen und ihren Körper verändern, um durch eine schlagartige Verkleinerung ihres Leibes noch mehr Raum in ihrer dunklen Grotte herbeizuzaubern. Sie wären auf diese Weise ein Zwergfischvolk geworden, über dessen tatsächliche Existenz nur geraunt würde unter den Meeresbewohnern. Die Hammerhaie würden ihren Nachkommen Geschichten erzählen von seltsamen Begebenheiten, die in manchen Vollmondnächten bei jenem einsamen Fels in der weiten Bucht gesehen worden sind – von Vätern und Vorvätern …

Der Fels erinnerte mich an einen riesigen alten Baumstrunk, an dem ich mit meinen Eltern einmal auf einem Waldspaziergang vorbeigegangen war.

Vor vielen Jahren hatte diese Begebenheit mein Denken und meine Phantasie verändert.

Es war ein heißer Tag in jenem Sommer, als mich meine Eltern zu einem Waldspaziergang mitgenommen hatten. Die Hitze in jenen fernen Sommern war eine andere. Die Sonne hatte einen runden Ton, wenn sie ihren Gesang anstimmte. Die Wärme umarmte die Menschen und löste ihre Eispanzer auf, die sich in den dunklen Zeiten um ihre Brust gelegt hatten. Man mußte keine Angst haben, wenn man die Kleider ablegte, um sich auf die Wiese zu legen. Man konnte mit ein wenig Vorsorge den ganzen Tag über im Freien bleiben und sich vergnügen. Die kleinen Kinder trugen lediglich einen run-

den weißen Stoffhut, der sie vor den schärfsten Strahlen beschützen sollte – damals war es noch nicht so weit, daß man die Kleinsten überhaupt nicht mehr im Freien spielen lassen konnte.
An einem jener heißen Tage nun vor vielen Jahren, als ich ein kleiner Junge war, wanderte ich mit meinen Eltern auf einen Berg. Jeder von uns hatte einen Rucksack umgeschnallt, in dem Brot, Äpfel, etwas Fleisch und eine Flasche mit Wasser waren.
Ich wußte genau, daß sich im Beutel meiner Mutter auch noch eine zweite Flasche mit Milch befand und ein Stück selbstgebackenen Kuchens. Ich hatte am Morgen zufällig gesehen, daß sie diese beiden Köstlichkeiten noch schnell zu ihren anderen Sachen in den Sack steckte, um meinen Vater und mich damit zu überraschen. Der Kuchen war vom Vortag übergeblieben. Der Teig hatte eine dunkelgelbe Farbe und schmeckte nach Vanille. Tief drinnen in der leicht feuchten Masse waren halbe Mandeln verborgen, die beim Daraufbeißen knackten und sich mit dem Vanillegeschmack vermischten. Der Rand des Kuchens war goldgelb gebräunt und mit hellem, weißen Zucker überzogen, den sie wie ein Schneegestöber aus einer großen Dose darübergestreut hatte. Diese Dose war aus rundem Glas, das mit vielen Kanten verschliffen war, so daß sie aussah wie ein riesiger Diamant. Obenauf steckte ein metallener Deckel, in dem zwei gegeneinander verdrehbare Scheiben eingelassen waren. Hielt man die Dose nun in der rechten Hand und drehte mit der linken am oberen

Deckelrand, verschoben sich die beiden Teile gegeneinander und gaben unzählige kleine Löcher frei, durch die dann der Staubzucker herausrieseln konnte.
Ich hatte ihr zugesehen, wie sie den noch warmen Kuchen eingestäubt hatte, bis das helle Braun seiner Hülle fast völlig unter dem dichten Weiß des Zuckerschnees verborgen war. Diesen Kuchen nun – oder besser gesagt, das, was von ihm übriggeblieben war – hatte sie in eine Dose aus Blech gelegt, die an den Deckelrändern mit kleinen Löchern versehen war, damit der Inhalt weiter atmen konnte. Neben diese Blechdose hatte sie auch noch eine Spezialflasche gestellt, in der die Milch, die sie uns dann zum Kuchen einschenken wollte, frisch und kühl bleiben konnte. Diese Flasche sah aus wie ein großes, dickes, roasafarbenes Rohr mit weißem Deckel. Das Geheimnis dieser Flasche aber war ihr Innenleben. Wenn man von oben in sie hineinsah, blickte man in einen Spiegelschlauch, der die Flasche ausfüllte. Man sah am Boden des Gefäßes die Öffnung widergespiegelt und sein eigenes, näherkommendes Auge. Hinter diesem Glas war ein isolierendes Material, das die Temperatur der eingefüllten Flüssigkeit bewahrte. Heißes blieb heiß, und Kaltes kalt. An diesem Sonntag also vor vielen vielen Jahren war es die kalte Milch, die verspiegelt in dieser Zauberflasche aufbewahrt wurde. Ich wußte den ganzen Aufstieg auf den Berg hindurch, welches Geheimnis mich am Gipfel erwarten würde, und diese Aussicht ließ mich die Beschwerlichkeit des Fußmarsches vergessen.

Wir waren am Vormittag vom Tal aus aufgebrochen und hintereinander über die holprigen ausgetretenen Wege gegangen, die zum Gipfel führten. Nach einer Stunde traten wir in einen dichten grünen Wald ein. Damals waren die Wälder noch dicht und grün und die Zweige der Tannen und Fichten waren mit fleischigen, langen Nadeln übersät. All das hat sich so sehr verändert. Es hat sich so sehr verändert, daß es kaum mehr Freude bereitet, durch den Wald zu gehen. Wohin man blickt, ragen verkrüppelte Äste in den Himmel, die nur noch die Hälfte der Nadeln tragen, die in früheren Zeiten zu finden waren. Bei vielen Bäumen sieht man, wie unter ihrem Wipfel dreimal so viele Zapfen hängen – ein letztes, verzweifeltes Aufbäumen des Baumes, der in einem aberwitzigen Todesrausch ein letztes Mal alles herschenken will, was von ihm geblieben ist, um daraufhin zu verkümmern. Rasend vor Ohnmacht steckt er all seine erlöschenden Kräfte in seine Fortpflanzung, um danach gehen zu können. Die Samen selbst aber sind ohne Kraft, und wenn sie vom Wind auf ein Stück Erde getragen werden, bleiben sie liegen und verdorren, ohne Wurzeln zu schlagen.

Damals waren die Bäume saftig und schön.

Als wir in den dunklen, kühlen Wald eintraten, wurde es anders. Es wurde anders um einen herum. Die Luft war kühl und frisch, und man atmete tiefer und leichter, wenn man über den weichen, festen Waldboden ging. Zwischen den Stämmen lag eine dichte braune Schicht aus abgefallenen Nadeln vom Vorjahr. Auf kleinen Lichtungen wuchsen Farne, die sich im schräg einfallenden Sonnenlicht wärmten. Vereinzelte Schmetterlinge hatten ihren Weg zu diesen Lichtungen gefunden und landeten auf hohen, schlanken, gelben Blumen, die immer paarweise zwischen den Farnen standen. Im Wald gab es ein ganz außergewöhnliches Echo. Wenn man stehenblieb, um zu lauschen, konnte man einen Specht hören, der weit weg an einen Stamm hämmerte, um an weiche, dicke Larven heranzukommen. Dieses Hämmern mochte Hunderte Meter weit weg sein, aber durch die Stämme der Tannen wurde der Schall so verteilt und umgeleitet, daß man völlig eingehüllt wurde von dem Klopfen. Das Rattern des Vogelschnabels gegen den Stamm schien von überall herzukommen. Hundertfach gespiegelt schwirrten die Töne des pochenden Spechtes um meinen Kopf, und ich konnte niemals sagen, wo genau der Baum stand, der bearbeitet wurde.

An diesem Sonntag vor vielen Jahren standen wir wieder einmal auf so einer Lichtung und hielten kurz inne, um durchzuatmen. Ich wollte mich eben auf einen umgestürzten Baum setzen, als mein Vater sagte: »Nicht da draufsetzen – sonst weckst du die Zwerge!«

Sofort sprang ich wieder von meinem bemoosten Sitz hoch und starrte fassungslos auf meinen Vater. »Welche Zwerge?«

Was wußte er, was ich nicht wußte? Was wurde hier gespielt? Ich blickte zu meiner Mutter und sah, wie sie ernst nickte und ihren Finger auf die Lippen legte.

»Sei leise, sonst wecken wir sie auf.«

»Genau«, sagte mein Vater, »und wenn man sie bei Tag in ihrem Schlaf stört, dann können sie verärgert sein und sorgen dafür, daß man beim Weitergehen über eine Wurzel stolpert.«
»Es gibt überhaupt keine Zwerge«, sagte ich energisch und war mir jedoch nicht sicher, was ich von der Situation halten sollte, weil ich meine Eltern selten so ernst gesehen hatte.
»Sei leise und komm zu mir herüber«, sagte mein Vater und winkte mich zu sich heran. Ich wollte über den riesenhaften Stamm klettern, der umgebrochen quer über die Lichtung lag. Meine Mutter nahm mich jedoch an der Hand und führte mich zu meinem Vater.
»Nicht über den Stamm klettern«, flüsterte sie, »sonst hören sie dich und wachen auf.«
Vorsichtig setzten wir Schritt vor Schritt, um nur ja nicht auf einen morschen Zweig zu treten, der vielleicht unter einem Farnblatt verborgen lag. Als wir bei meinem Vater angekommen waren, ging er in die Hocke und bedeutete mir, mich ebenfalls neben ihn hinzuknien.
»Da«, sagte er, und zeigte auf den alten toten Stamm. »Da, das ist der Eingang zu ihrer Burg ...«
Ich sah seinen ausgestreckten Finger entlang auf die Unterseite des uralten, abgeborstenen Wurzelstocks, der halb vermodert vor mir lag. Wie eine Riesenhand ragten die abgebrochenen Wurzelfinger in die Luft, mit denen sich der große Baum bis zu seinem Tod im Boden festgehalten hatte. In der Mitte des Wurzeltellers war ein dunkles Loch zu sehen, das einen Eingang zu bilden

schien in die Tiefe des hohlen, morschen Stammes. Einige Spinnweben hingen quer über das Loch, und kleine Tautropfen spiegelten sich im Sonnenlicht.
»Das ist der Eingang zu ihrer Burg«, sagte mein Vater und flüsterte diese Worte in mein Ohr. Ich war in einem Zwiespalt der Gefühle. Natürlich hatte ich von Zwergen in Märchenbüchern gelesen, doch diese Nachrichten aus der anderen Welt hatten immer den Beigeschmack des Nichternstzunehmenden. Das war etwas für kleine Kinder, um sie zum Schlafen zu bringen. Ich war in diesem Sommer aber schon fünf Jahre alt und für solche Späße nicht mehr zu haben. Wenn meine Eltern in diesem Augenblick nur nicht so ernst und besonnen gewirkt hätten. Ihre Gespanntheit und ausschließliche Konzentration auf diese Höhlung und ihr Bemühen, nicht einmal laut zu atmen, ließen Zweifel in mir aufsteigen. Was, wenn sie recht behielten? Was, wenn es tatsächlich das Zwergenburgtor war, das hier vor mir lag? Vielleicht war ich aufgefordert, meinen Zweifel fallenzulassen und …
»Da«, flüsterte mein Vater aufgeregt, »da war der Wächter, hast du gesehen?«
Ich blickte schnell von meiner Mutter, die ich während meiner Gedankengänge angesehen hatte, zum Burgtor. Ja, da hatte sich etwas bewegt. Ich sah es ganz genau, das Spinnennetz zitterte noch wie von einem ungenauen Etwas, was an ihm vorbeigehuscht sein mußte. Plötzlich sah ich es.
Ein dunkles Ding kam an die Schattengrenze, die der

obere Rand der Höhle auf den Boden warf, blieb dort stehen und sah zu uns herüber. Es war ein großer Käfer mit zwei riesigen Zangen, die er langsam in die Höhe hob.

»Beweg dich nicht«, flüsterte mein Vater. »Er kann nicht sehr gut sehen.«

»Aber das ist doch nur ein Käfer«, sagte ich atemlos und versuchte, dabei meine Lippen beim Sprechen nicht zu bewegen, damit der Wächter mich nicht sehen konnte.

»Ja genau, aber er steht im Dienst des Zwergenkönigs, um die schlafenden kleinen Ritterzwerge zu warnen, falls Menschen ihrer Burg zu nahe kommen. Wir Menschen haben ja auch Tiere, die uns bewachen, denk nur an den Hund von unseren Nachbarn.«

Sie hatte recht, dieser schwarze Hund stand am Sonntagnachmittag auch immer stundenlang am Gartenzaun und funkelte durch die Holzlatten, wenn jemand vorbeiging. Kaum blieb jemand stehen, fing er wütend an zu bellen und konnte sich erst wieder beruhigen, wenn der Mensch weitergegangen war, der sein Reich bedrohte.

»Siehst du, wie er sich umschaut, weil er nicht sicher ist, ob wir da sind«, sagte mein Vater, »paß auf, jetzt wird er gleich wieder in die Burg gehen, weil keine Gefahr vor seiner Türe lauert.«

Kaum hatte mein Vater diese Worte gesagt, drehte sich der Käfer um und schritt wieder in das Dunkel des Burghofes, um dort zu verschwinden.

Das war der Beweis, daß meine Eltern recht hatten.

Wie sonst hätte mein Vater das Verhalten des Wächters voraus sagen können, wenn er nicht genau über die Bräuche in der Zwergenburg unterrichtet gewesen wäre? Langsam und erschüttert richteten wir uns auf und sah einander an.

»Gehen wir weiter?« flüsterte ich, und das Nicken meines Vaters war das Signal, sich von dieser Lichtung vorsichtig zurückzuziehen. Ich drehte mich noch einige Male um und sah, wie die Schmetterlinge im schrägeinfallenden Sonnenlicht über dem umgestürzten Baumstamm tanzten. Wahrscheinlich waren sie vorgeschobene Beobachter, die zufrieden feststellten, daß diese drei Menschen aus der Außenwelt weitergingen, ohne dabei den geringsten Lärm zu machen. Noch als wir weit von diesem Platz entfernt waren, achtete ich ganz genau darauf, wie ich meine Schritte setzte, um ja nichts zum Knacken zu bringen, das unsere Anwesenheit im Walde verraten konnte.

Man konnte ja nie wissen, ob es nicht ein geheimes Meldesystem gab, das die Tatsache unserer Anwesenheit im dichten Tann umgehend zum Zwergenkönig weitergeleitet hätte.

Nach einer Stunde der Waldwanderung erreichten wir die Baumgrenze und traten hinaus auf eine weite grüne Alm.

Wie mit einer unsichtbaren Schnur gespannt verlief die Grenze. Keine einzige Tanne hatte die Kühnheit, auch nur einen einzigen Meter weit über diese Demarkationslinie hinauszutreten und mutwillig dort zu leben,

wo es zu wenig Sauerstoff zum Atmen für sie gab. Die Familien der Tannen und Fichten hatten ihren Kosmos, und jenseits davon begann ein anderer Lebensraum.
Dieser andere Bereich gehörte den niedrig wachsenden Sträuchern, den Almblumen und dem dichten Gras, das von den Kühen abgefressen wurde, die man jeden Sommer hinauf auf die Alm trieb. Wenn man noch im Wald die letzten Schritte tat, hörte man das Läuten der Glocke, die die Leitkuh um ihren Hals trug. Ruhig und regelmäßig begleitete dieses Läuten die Kuh, die ohne Eile über die weichen Bodenwellen wanderte und den ganzen Tag lang fraß und kaute. Am Nachmittag legte sie sich hin und ruhte sich aus. Dann lag sie da, umgeben von ihrer Herde, und alle kauten wieder, was sie in den vorangegangenen Stunden in sich hineingefressen hatten. Die Leiber der Tiere lagen in gebührendem Respektabstand voneinander im Gras, und so blieben sie zwei bis drei Stunden lang auf einem Fleck beisammen und bewegten sich nicht. Ab und zu schlug ein Schweif mit einer kurzen unangestrengten Bewegung über ihr Hinterteil, um die kleinen Fliegen zu verscheuchen, die sich auf ihrem Fell niedergelassen hatten. Langsam gingen wir an jenem Sonntag durch die ruhende Herde auf das einsam gelegene Almhaus zu.
In einer kleinen Talsohle lag ein einzelner Berghof, der dem Almhüter und seiner Frau gehörte. Meine Eltern kannten dieses Paar aus den vergangenen Jahren, in denen sie die Sommerferien dort verbracht hatten, wo im dichten Wald die Zwergenburg versteckt lag. Meine

ersten bewußten Bilder von diesem still gelegenen Hof hatte ich im Sommer vor zwei Jahren gesammelt, als mich mein Vater noch auf seinen Rücken gebunden über die Baumgrenze getragen hatte, um dann mit meiner Mutter Rast bei dem Einödhof zu machen. Ich erinnerte mich an eine sehr hübsche Frau, die in ihrem einfachen Gewand in der Türe gestanden hatte – die Hand über die Augen gehalten, um gegen die hochstehende Sonne zu erkennen, wer da den Berg heraufgestiegen kam. Meine Eltern begrüßten sie und fragten, ob sie sich an den Tisch mit den zwei holzgeschnitzten Bänken setzen durften, der einige Meter vom Hof entfernt auf einem Hügel stand. Man hatte von diesem Platz aus einen wunderbaren Blick über all die Gipfel, die ringsherum lagen, und die dazwischen gebetteten Täler, und ganz weit in der Ferne glänzte der See. An diesem See lag das Bauernhaus, in dem meine Eltern jeden Sommer Urlaub von der Stadt machten, und von diesem See aus brachen wir jeden Sommer erneut gemeinsam zu jener hoch gelegenen Alm auf. Die Frau, die dort oben lebte, war immer sehr freundlich, wischte uns den Tisch ab und stellte als Begrüßung einen klaren Schnaps in kleinen Gläsern auf die alte, dunkle Holzplatte. Meine Mutter und mein Vater stießen dann immer die zwei Gläser aneinander und sagten zu der Bäuerin: »Auf Ihr Wohl.« Dann blickten sie einander kurz vor dem Trinken in die Augen und leerten die Gläser. Mein Vater warf immer den Kopf ruckartig in den Nacken und ließ den Schnaps gleichsam in sich hineinfallen, meine Mutter setzte jedoch kurz vor dem letzten Tropfen behutsam ab und ließ mich den kleinen Rest austrinken, der im Glas zurückgeblieben war. Vorsichtig nahm ich die Kostbarkeit entgegen und roch erst eine Ewigkeit mit tiefen Atemzügen in das Glas hinein, bevor ich es so lange mit der Öffnung nach unten über meinen zurückgelehnten Kopf hielt, bis auch der allerletzte Tropfen herausgeronnen und auf meine ausgestreckte Zunge gefallen war. Anschließend tat ich etwas, was ich einmal bei meiner Mutter beobachtet hatte. Ich fuhr mit dem Finger in das leere Glas, wischte die letzte Flüssigkeit, die noch an der Innenseite zu finden war, ab und verrieb sie auf meinem Handrücken. Die Wärme der Haut verdunstete den Schnaps und ließ seine Duftstoffe entweichen. Im letzten Jahr hatte es ganz stark nach Himbeeren zu riechen begonnen. Zuckersüß lag der Duft über meiner Haut, und ich glaubte, riesige Körbe voll mit reifen, roten Himbeeren vor mir zu sehen, in die ich meinen Kopf stoßen wollte, um sie alle auf einmal aufzuessen.

Es war ein eigenartiger Zauber um diesen Duft, und es schien mir so, als wäre seine Seele befreit, wenn man ihn auf der Haut verrieb, anstatt ihn einfach in sich hineinzuschütten. Manchmal, wenn ich in späteren Jahren einen Schnaps serviert bekam, tat ich dasselbe wie damals dort oben auf dem Almenhof. Nur verrieb ich, als ich älter geworden war, immer schon einen Tropfen auf der Haut, bevor ich den kleinen Schnaps austrank. Ich zauberte immer erst das pralle, saftige Bild der Früchte, aus denen ein klares Wasser gebrannt worden war, vor meine

Augen, bevor ich den Schnaps austrank. Denn sein Geschmack konnte niemals seinem Duft gerecht werden.
In jenem Sommer nun, als ich fünf Jahre alt geworden war, stand die Bäuerin nicht wie gewohnt vor ihrem Haus und hielt die Hand über die Augen. Auch ihr Mann, der schon in den letzten Jahren nie oft in Erscheinung getreten war, ließ sich nicht sehen. Er hatte im Gegensatz zu seiner hübschen, hellen Frau einen schweren Schatten um sich. Ich hatte dieses Bild von ihm vor den Augen, als ich ihn zum ersten Mal hinter seiner Frau auftauchen sah. Er erschien im Halbdunkel des Hauseinganges und beobachtete aus der Ferne, wie seine Frau meinen Eltern, die sich an den Holztisch gesetzt hatten, den klaren Schnaps einschenkte. Mein Vater bemerkte ihn in der Haustür und winkte grüßend zu ihm hinüber, worauf sich der Bauer, ohne zu reagieren, in die Dunkelheit seines Hauses zurückzog. Seine Frau schien mit dem Charakter ihres Mannes vertraut zu sein, da sie nur kurz auf das Verschwinden ihres Gemahls achtete, um darauf weiter leicht und unbekümmert mit meinen Eltern über die Berge zu plaudern und über das Leben in der Stadt. Dann rief sie ihr Mann aus dem Dunkel des Hauses zu sich, und nachdem sie meinen Eltern ein zweites Mal eingeschenkt hatte, ging sie fast widerstrebend in ihren aus Stein und Holz gebauten Hof zurück.
Diesen Ablauf, der sich nun schon zwei Sommer lang fast identisch wiederholt hatte, erwarteten wir auch dieses Mal.

Doch niemand war auf dem Hof zu sehen. Meine Eltern riefen ein paar Mal einen Gruß, aber obwohl die Türe offenstand, trat niemand vor das Anwesen. Wir warteten kurz und setzten uns dann an den Tisch. Meine Mutter wischte die alte verwitterte Platte ab, die aus drei dicken Brettern bestand, die im Laufe der Jahre vom Bergwetter graugealtert waren, und dann holte jeder von uns sein Essen aus dem Rucksack, und wir begannen, müde vom Aufstieg, unser Brot und unser Fleisch zu genießen. Als Abschluß holte meine Mutter den Kuchen und die Milch hervor und bereitete meinem erstaunten Vater und mir eine süße Überraschung. Ich saß da, kaute an meinem Kuchen und sah einer Kuh zu, die langsam über eine Hügelkuppe ging, um sich einen frischen Platz zum Grasen zu suchen.

Nach dem Essen wurde ich unruhig, und ich stand auf, um auf Entdeckungsreise zu gehen, während meine Eltern noch sitzen blieben und miteinander plauderten.

Ich ging zu den Kühen und sah ihnen beim Liegen zu. Ich sammelte ein paar Steine und warf sie hoch über meinen Kopf in die Luft und war gespannt, ob sie links oder rechts hinter mir zu Boden fallen würden. Ich riß eine blaue Blume aus und steckte sie an einen Knopfschlitz, so wie ich es bei meinem Vater gesehen hatte, als ihm meine Mutter einmal einen Enzian ausgerissen hatte. Dann verlor der Almenboden seinen Reiz, und ich näherte mich im großen Bogen dem Bauernhaus.

Der Hof hatte ein Fundament aus rohen Steinen, auf dem ein erster Stock saß. Der Aufbau war aus dicken schwarzen Stämmen gezimmert, und darüber saß ein flaches Dach, dessen Schindeln mit großen Steinen beschwert waren, damit kein Sturm sie herunterreißen konnte. Auf der Rückseite des Hauses war ein Stallfenster, in das ich klettern wollte, um das Innere des Hauses zu erforschen. Als ich eben den Fuß auf die untere Fensterkante setzen wollte, ließ mich ein seltsames Geräusch innehalten.

Ein langgezogenes Wimmern klang aus dem Stall. Das Wimmern wurde immer wieder unterbrochen von tiefen dunklen Worten, die jemand voller Haß und Wut ausstieß. Meine Augen gewöhnten sich an das Dunkel, das in dem kleinen niederen Raum herrschte, und ich sah, woher diese seltsamen Laute drangen. Die Bäuerin hing über einen Futtertrog gebeugt und klammerte sich mit beiden Händen an das darüberliegende Holzgitter, an dem einige Holzrechen hingen. Ihr langer dunkler Rock war hochgeschoben, und hinter ihr stand der Mann, den ich noch nie richtig zu Gesicht bekommen hatte. Er war leicht in die Knie gegangen, hatte sein Becken ganz hart an die Hüften seiner Frau geschoben und bewegte sich immer ruckartig vor und zurück. Ich sah ihre weißen Oberschenkel und ihre Wadenmuskeln, die vor Anstrengung zitterten, weil sie dauernd auf den Zehenspitzen stand, so als wollte sie davonlaufen. Ich hatte das Gefühl, als hätte sie Schmerzen, weil sie schrecklich stöhnte. Ihre Haare hingen ihr wirr ins Gesicht, und ihr Mund war verzerrt und weit offen und entließ immerzu dieses eigenartige verzweifelte Wimmern. Der Mann hatte sie um die Hüften gepackt und stieß immer gröber und härter in sie hinein, und mit der anderen Hand griff er ihr über den Kopf auf das Gesicht und steckte ihr seine Finger in den Mund und riß sie so zu sich, daß ich ihr Genick knacken hörte. Sie gurgelte kurz auf und wand sich, um seinem Griff zu entkommen. Noch härter, schneller und kürzer zuckte er in sie hinein, dann stöhnte er plötzlich auf, riß sie noch einmal an den Haaren zurück und schlug ihr mit der anderen Hand zwischen die Schulterblätter. Wimmernd und spuckend kippte die Frau vornüber und fiel mit dem Gesicht auf das Holzgitter.

»Hör auf, du tust ihr weh!« schrie ich und sah, wie mich beide anstarrten. Die Frau richtete ihre Kleider und versuchte aufzustehen – dabei stieß sie den Mann weg, der nach hinten umfiel und nur von der Stallwand aufgefangen wurde.

Er schrie etwas, was ich nicht mehr hörte, weil ich weglief und das Haus umrundete, um bei meinen Eltern Zuflucht zu finden. Kaum war ich bei ihnen angekommen und wollte ihnen erzählen, was ich erlebt hatte, kam die schöne Frau Bäuerin auch schon aus dem Haus. Mir blieb nichts anderes übrig, als zu schweigen und zuzusehen, wie sie, wie jedes Jahr, den Schnaps auf den Tisch stellte und die Gläser füllte. Dieses Mal zitterten ihre Finger dabei, und beim zweiten Glas sah sie mich durchdringend an. Ich brachte kein Wort hervor, und noch bevor sie sich zu meinen Eltern setzen konnte, rief sie ihr Mann aus dem Dunkel des Hausflures wieder zu sich. Meine Eltern waren erstaunt über ihr Verhalten, ließen sie jedoch gehen, so als ahnten sie, daß es nicht die Zeit war, Fragen zu stellen. Ich sah ihnen zu, wie sie ihren Schnaps austranken, und währenddessen fiel mein Blick immer auf die dunklen Fenster des Hauses und das Dunkel der Eingangstüre, die halb angelehnt war und ein schreckliches Geheimnis verbarg. Ich hatte keine Lust, mir den letzten Tropfen Schnaps auf die Zunge fallen zu lassen, und selbst als meine Mutter ihren Handrücken hinhielt, auf dem sie das Aroma entfaltet hatte, bekam ich nur ein drückendes Würgen im Hals, das auch den ganzen Abstieg lang zurück ins Tal nicht verschwinden wollte.

Nach diesem Tag war der Sommer über eine Woche lang von einer eigenartigen Schwermut erfüllt, die meiner Mutter nicht verborgen blieb. Sie fragte mich oft, wie es mir gehe, aber ich konnte ihr auf unerklärliche Weise nichts von dem Vorfall berichten. Im nächsten Sommer verlief das Ritual auf der Alm wie gewohnt. Das einsame Paar dort oben über der Baumgrenze wäre in den folgenden Jahren, die mich nicht mehr durch jenen Wald führten, völlig aus meinem Bewußtsein gefallen, wenn ich nicht zufällig fünfzehn Jahre später in den Abendnachrichten von einem gräßlichen Mord in den Bergen erfahren hätte.

Ich schaltete mich gelangweilt durch sämtliche Kanäle des Fernsehers, als mein Blick an einem Bild hängenblieb, das diesen einsamen Hof zeigte, auf dem ich meinen ersten Schnaps gekostet hatte. Die Details, die der

Nachrichtensprecher preisgab, ließen eine grausame Nacht erahnen. Die Bäuerin hatte ihren Mann mit siebenundvierzig Axthieben erschlagen und seinen Kopf anschließend in der Küche in den großen gemauerten Herd geworfen, in dem immerzu ein Feuer brannte, um Wasser erhitzen zu können. Die Behörden standen vor einem Rätsel, was dem Drama vorangegangen sein mochte, da sich die Bäuerin im Anschluß an die Tat in eine Eisenkette hatte fallen lassen, die von der Stalldecke hing, um wilde Stiere zu bändigen. Dieser Sturz hatte sie erdrosselt, und in dieser Lage war die Frau erst nach einigen Tagen von einem Wanderer, der vor einem Wettersturz Zuflucht gesucht hatte, gefunden worden.
Ein schreckliches Schicksal dachte ich mir damals, während ich mit der Fernbedienung andere Senderkanäle ansteuerte.
Ein schreckliches Schicksal.
Was muß in einem Menschen vorgegangen sein, der seinen Lebenspartner im Schlaf zerhackt?
Was muß sich bis zu diesem Tag alles angestaut haben und keinen anderen Ausweg offengelassen haben als solch eine Hinrichtung? Hatte es denn keine Möglichkeit eines klärenden Gespräches gegeben? Hatten die beiden in ihrer herrlichen Weitsicht, die ihnen die Lage ihres Hofes bot, so sehr den Überblick über ihr eigenes Schicksal verloren, daß es zu diesem Abgang kommen mußte? Wie lange braucht es, bis man nicht nur davon träumt, sondern tatsächlich in die Gerätekammer eintritt, die Hacke hervorholt und loszuschlagen beginnt?

Ist man für solch eine Handlung zur Rechenschaft zu ziehen? Ist ein Vulkan zur Rechenschaft zu ziehen, der die Spannungen der Erdkruste nicht mehr bewältigt und explodieren muß? Er muß explodieren – er kann nicht einfach nur köcheln –, er muß platzen, weil er kein Ventil hat, durch das der Stau abgelassen werden kann. Das ist wahrscheinlich das Hauptproblem in solchen Lebensmomenten. Das Fehlen des Überlaufventils. Der rettende kleine Kanal, durch den die zu heiß gewordene Luft sich ihren Weg bahnen kann, um das Schlimmste zu verhindern. Andrerseits, ist das Vorhandensein eines Überdruckventils nicht eine Verlagerung des Schrecklichen?

Heißt das nicht, daß das ständige Heißerwerden niemals zu Ende kommen wird? Ein Verhindern der alles bereinigenden Explosion bedeutet ja nur ein Ausdehnen des Schwebezustandes zwischen der beendenden Katastrophe und dem fortwährenden Provozieren des Unterganges.

Hat diese Frau nicht dafür gesorgt, daß endlich wieder Ruhe und Frieden herrscht, dort oben auf ihrem einsamen Berghof? Eine wirkliche Ruhe hat sie wiederhergestellt und nicht diesen Anschein von Friedlichkeit fortgeführt, der über den Dachschindeln lag und sich in dunklen Schatten darstellte, die dem Anwesen selbst bei strahlendem Sonnenschein eine Aura des Kalten und Unheimlichen gegeben haben. Wie still muß es nach ihrem letzten Atemzug gewesen sein, den sie in die klirrenden Stierketten geröchelt hat.

Der Wind konnte danach beginnen, die bösen Aufladungen im Haus zu verblasen und das Gemäuer freizumachen für Nachbewohner, die eine neue Geschichte schreiben würden.
Aber bis dahin …
Es muß ein großes Erlebnis für diese hübsche Frau gewesen sein, als sie die Axt hoch über den Kopf gehoben hat, um sie in den verhaßten Körper sausen zu lassen. Das braucht eisernen Willen und eine durch nichts zu irritierende Entschlußkraft. Welch ein Zwiespalt der Gefühle. Schon auf dem gehuschten Weg zum Arbeitsgerät ist ihr vielleicht der Satz »Du sollst nicht töten« durch den Kopf gerast. Vielleicht hat sie kurz gezögert, während sie die Hand ausgestreckt hat. Die erste Berührung mit dem rauhen Holzgriff hat sie dann wieder rasend gemacht. Das Materielle, das Angreifbare ihrer Hacke hat sie jede philosophische Überlegung vergessen lassen, und dann ist sie zurückgeeilt in die Schlafkammer, wo ihr schlafender Feind sich in dumpfer Trägheit gewälzt hat. Wie oft ist sie über die Bettkanten gebeugt dagelegen und hat sich verwunden lassen. Wie oft hat sie die einstmals geliebten Hände auf sich gefühlt, die sich in ihrem Leben in gierige Pranken verwandelt hatten. Wie oft wird sie die Hoffnung verloren haben?
Irgendwann einmal war es auch bei der hübschen Bäuerin und ihrem Mann anders gewesen. Irgendwann einmal war da ein junger Mann, der um sie geworben hatte und ihr zu bunten Ringen geflochtene Almblumen ans

Fensterkreuz gehängt hatte. Irgendwann einmal wird sie sich ergeben haben, sich hingegeben haben, in der Hoffnung, daß er zart sein werde mit ihr. Vielleicht war die erste Liebesnacht ein Paradies.
Wer will es sagen ...
Ich löste mich vom Anblick des Felsens, der unter mir im Wasser lag, um weiterzuschwimmen ...
Ich konnte diesem Gedanken nicht wirklich Glauben schenken. Nein, ich glaube nicht, daß die erste Nacht zwischen diesen beiden Menschen ein Paradies war. Natürlich könnte man vermuten, daß irgendein außergewöhnliches Ereignis die Natur des Mannes so verändert hatte, daß er mit einem Mal nicht mehr derselbe war, nicht mehr der, in den sie sich verliebt hatte. Vielleicht hatte der plötzliche Tod seines Vaters oder ein Blitzschlag, dem er auf einer Wanderung nur knapp entgangen war, die Grausamkeit in ihm entwickelt, und die schöne Frau hoffte immer, daß sich diese Veränderung des Gemütes rückgängig machen ließe.
Lange genug in Demut ertragen, was unerträglich war, würde ihn vielleicht in den jungen, frohen Mann zurückverwandeln, als den sie ihn kennengelernt hatte.
Ich befürchtete, daß die Wahrheit anders ausgesehen hatte.
Die erste Nacht war sicher sehr umständlich. Das Fremde des anderen Menschen – seine Unsicherheit, gepaart mit einer plumpen Rücksichtslosigkeit, war sicher schon dagewesen. Unbeholfen werden seine Finger über ihren nackten Leib gestrichen sein. Zu fest

werden die Hände dort zugepackt haben, wo Sanftheit am Platze gewesen wäre. Staunend wird sie sein Keuchen und Stöhnen vernommen haben, das sie an die oft gehörten Geräusche im Stall erinnerte. Zwei Menschen, die niemals in Freiheit und Lust ihren Körper entdecken konnten, waren unter einer Decke zusammengeworfen und wußten nicht, wie ihnen geschah. Niemals hatte sie die Kraft und den Mut gefunden zu sagen, daß sie sich den Ablauf der Liebe anders vorgestellt hatte.

Ich glaube, daß diese Version eher der Wahrheit entspricht.

Das, was letzten Endes für seine Auslöschung ausschlaggebend war, hatte sie schon in der ersten Nacht an ihm entdeckt. Sie hatte zu ihrer Fassungslosigkeit erleben müssen, daß sie sich dem falschen Mann versprochen hatte. Das wollte sie ein Leben lang nicht anerkennen.

Unvorstellbar war es für sie, sich mit ihrem Gefährten auszusprechen und einen Ausweg zu finden. Unvorstellbar war es für sie, eine harmonische Änderung des gemeinsamen Weges einzuleiten. So lange war dieser friedliche Vorgang für sie unvorstellbar, bis es nur noch das Beenden des Weges gab, der schon im ersten Eindringen in der ersten Nacht in die Irre zu führen begonnen hatte.

Ihren nichtgeleisteten Widerstand in den darauffolgenden Nächten, die sich zu Wochen und Jahren des Grauens ansammelten, nahm er natürlich als stille Zustimmung für seine Art der Vereinigung. Ihr dumpfes Stöhnen bei seinen Entleerungen als Lustbeweis. Ihr Schweigen danach und am nächsten Tag als Zeichen des Beeindrucktseins von seiner Kraft. Niemand hatte in ihm jemals den Verdacht genährt, daß sein Leib der Haut seines Weibes Qual bereitete. Niemand ihn darauf verwiesen, daß es im Bett um etwas anderes ging, als Zaunpfähle in den harten Winterboden zu treiben. Ganz tief unten hatte er vielleicht eine Vermutung, die nie wirklich zu einem Gedanken werden konnte, weil ihm die Worte für solche Gedanken niemand nähergebracht hatte. Diese Vermutung bestand darin, daß sie doch nicht glücklich war mit seiner Art, sie zu zerstampfen. Ganz tief drinnen lebte vielleicht ein kleiner Junge in ihm, der sich nach einer zarten Hand sehnte, die er sanft ergreifen konnte. Da er von klein auf gelernt hatte, solche Bilder von sich zu weisen, blieb ihm nichts anderes übrig, als den Weg in die Vergewaltigung zu gehen, um an das Innerste seiner Frau zu gelangen.

Er hatte die Chance übersprungen, sich einmal verwundbar zu zeigen, und voller Sehnsucht nach wirklicher Nähe und nachdem er einmal die falsche Weiche gestellt hatte, konnte der Zug seiner Gefühle nicht mehr von dem Gleis fahren, das ihn in seinen Untergang führte. Die tiefe Vermutung aber, daß die Dinge anders liegen sollten, ließ ihn um so wütender in ihren Leib hacken, wenn er sein Geschlecht in ihr untergebracht hatte.

Tief sitzende, doch noch vorhandene Lust, in ihr Inner-

stes zu dringen, ließen seine Schläge immer dreister werden, mit denen er versuchte, sie aufzubrechen. Sie, die ihn mit ihrer Weichheit reizte. Er erlebte das Entsetzen, daß diese Weichheit der härteste Diamant war, der unnachgiebig unter ihm lag und nicht weichgeklopft werden konnte.
Er sah in ihren Augen, daß sie von ihm wegstarrte, wenn er sie anbohrte, und er sah um ihren Mund ein grausendes Zucken, wenn er in sie hineinspritzte. Sein Haß beschleunigte seine Erregung, und so wurde die Zeit, die er zur Verfügung hatte, um sie zu erreichen, immer kürzer. Als er mit seinem Glied nichts mehr bei ihr ausrichten konnte und nur mehr Ekel erntete, fing er an, sie zu schlagen.
Er wollte, daß sie ihn spüren sollte.
Spüren und empfangen sollte sie seinen Körper und seine verborgenen Gefühle, und wenn schon nicht als Behüten, so dann als Strafe. Im Anfang hatte er sie nur dann geschlagen, wenn es ihm wieder einmal zu früh gekommen war. Wie als Verlängerung und Dingfestmachung seiner Stoßkraft schlug er ein paar Mal auf sie ein, während es in seinem Becken zuckte.
Ihr Schreien erregte ihn so sehr, daß er ein zweites Mal kommen konnte, und ab diesem Ereignis begann er, sie von Anfang an zu schlagen.
All das wollte nicht dazu beitragen, daß sich ihr Herz für ihn öffnete. Als er eines Tages am Futtertrog zusätzlich zur Verachtung in ihren Augen auch noch die Farbe des Spottes entdeckte, begann er, sie auch danach zu prü-

geln. Er schlug ihr ein paar Mal mit der Faust ins Gesicht, um wieder etwas Demut in ihren Ausdruck zu zaubern. Und wirklich – dieses Mittel schien etwas zu bewegen. Sie senkte weinend den Blick und sah ihm von diesem Tag an nicht mehr in die Augen. Von jener Stunde an schlug er sie während des Aktes und auch danach, und mit der Zeit gewöhnte er sich an, ihr mitzuteilen, daß es wieder einmal soweit sei, indem er ihr schon minutenlang davor ins Gesicht schlug.
Einmal mochte sie dieses Liebeswerben nicht mehr aushalten, und als sie mit ihrem Arm hochfuhr, um ihr Gesicht zu schützen, streifte sie ihn über die Wange und ritzte seine Haut mit ihrem Nagel ein. Als er über die Wange fuhr und sah, daß sich seine Finger rot färbten, begann ein neuer Abschnitt in ihrem Leben.
Um eine Distanz zu schaffen zu seinem nicht zu bewältigenden Weib, schnitzte er sich aus einem alten Sensengriff einen Knüppel, den er über ihren Rücken und ihr Hinterteil krachen ließ, um sie gefügig zu machen. Dieser Sensenknüppel war dann auch der Geist, den er gerufen hatte und nicht mehr wegzaubern konnte, als es an der Zeit gewesen wäre. Als er sich an das Schlagen gewöhnt hatte und auch an die Erregung, die das Klatschen des Knüppels auf ihrem Körper hervorrief, wollte er nicht mehr in sie eindringen. So sehr erregte es ihn, den Leib seiner Sklavin zu sehen, der sich vor ihm wand, um seinen Schlägen zu entgehen, daß er nicht mehr an sich halten konnte und schon kam, noch bevor er ihre weiche Öffnung aufgemacht hatte, um in sie zu

gelangen. Dieses Spiel, das er so nicht erwartet hatte und dessen Reiz neu für ihn war, begann, seine Nächte und dann seine Tage auszufüllen.
Manchmal war er sogar kurz davor zu kommen, wenn er nur daran dachte, sie zu prügeln. Er saß dann in seiner Stube und sah ihr durch das Fenster zu, wie sie Holz vor dem Haus aufschichtete, und sah auf ihre Hüften, die sich unter ihrem Rock spannten, wenn sie sich bückte. Er saß da, fühlte das Blut in seinen Lenden pochen und träumte davon, sie so sehr zu prügeln, daß dieser stumme Ausdruck aus ihrem Gesicht ein für alle Mal verschwinden würde. In jener Nacht aber, die die letzte Nacht in seinem Leben werden sollte, beging er einen schweren Fehler.
Er hatte einen Abend lang neben dem Kamin gesessen und von dem klaren Himbeerschnaps getrunken. Der helle, durchsichtige Alkohol, der so sehr nach den reifen, roten Früchten duftete, wenn man ihn auf der Haut verrieb, rann durch seine Kehle und brannte wie Feuer in seinem Bauch. Ein Glas nach dem anderen trank er und dachte an seine Frau und was er mit ihr anstellen wollte, wenn sie aus dem Tal zurückgekommen war.
Sie hatte an diesem Tag ihr Tuch um den Kopf gebunden und war hinuntergegangen zu den Menschen, denen die klare Stille der Alm wie ein Paradies erschien. Sie hatte ihren Korb mitgenommen, um einzukaufen, und war erst nach Sonnenuntergang wieder in das Haus zurückgekehrt. Er ließ ihr keine Zeit zu erklären, wo sie so lange gewesen war. Er packte sie wortlos an den Haa-

ren und schleifte sie in die Kammer. Er warf sie aufs Bett und griff nach dem Knüppel, den er immer in Reichweite neben dem Bett liegen hatte.
Als er mit seinen betrunkenen Bewegungen an das Nachtkästchen stieß, das sich neben der Bettstatt befand, warf er die alte dunkle Bibel zu Boden, die sie von ihrer Mutter mit in die Ehe bekommen hatte. Das Heilige Buch fiel auf den Boden und blieb geöffnet liegen.
Er hieb ihr den Knüppel auf die Brust und öffnete seine Hose, und dann geschah etwas, das in all den Jahren seines Manneslebens noch niemals geschehen war.
Er richtete sich nicht auf…
Er fühlte und wollte es – er wollte seine Frau besitzen, und sein Fleisch versagte ihm die Gefolgschaft. Entsetzt blickte er auf seine Frau, die mit geöffneten Beinen vor ihm lag und die unter den Knüppelhieben stöhnte und sah, daß er nicht in der Lage war, seinen Mann zu stellen. Sie bemerkte sein Versagen, und obwohl ihr Gesicht von den Schlägen schmerzte, lachte sie. Es war das erste Mal seit langer Zeit. Dieses Lachen war zuviel für sein berauschtes Hirn. Er fühlte, daß sie sich ihm entzog und ihn beschämte, und um ihr zu zeigen, daß immer noch er der Herr und Meister auf seinem Hof war, trieb er ihr seinen Knüppel in den Leib. Sie bäumte sich auf und sank dann wimmernd in das Kopfkissen zurück.
Das also hatte sie gebraucht.
Die absolute, durch nichts zu erweichende Unbarmherzigkeit seines Knüppels war es, nach der sie sich im-

merzu gesehnt hatte. Das war der endgültige Beweis seiner Stärke. Die Stärke seines Körpers war es, die sich in das Holz fortsetzte und sie bezwang. Als sie still weinend vor ihm lag, hatte er endlich erreicht, was er immer gesucht hatte. Sie hatte aufgegeben und ein Gefühl offenbart, das ihn endlich befriedigte und ihm zeigte, daß sie seine Macht anerkannte. Ein süßer Schwindel umfaßte seinen trunkenen Geist, und dann sank er über ihr zusammen und schlief ein.

Nach einer Weile, die nur vom Geräusch seines rasselnden Schnarchens durchpflügt war, rutschte sie langsam unter ihm zur Seite und auf den Boden. Sie kroch zur Wand und saß da. Er lag mit dem Gesicht nach unten quer über dem Bett, die Hose bis in die Kniekehlen nach unten gerutscht, und schlief.

Seine Hand hielt immer noch den Sensenknüppel, dessen vorderes Ende feucht und rot war. Sie blickte an sich hinunter und sah, wie ihr helles Blut zwischen den Beinen hervorsickerte und die weiße Innenseite ihrer Schenkel verfärbte.

Dieses Bild brachte sie um den Verstand.

Wenn es nicht die Tausende von Bildern waren, die sie mit ihm erlebt hatte, so war es diese kleine Bild ihrer Verwundung, das sie um den Verstand brachte. Immer wieder war es ihr gelungen, sich in den Zeiten der Niederringung ihres Fleisches zu zähmen und den Alltag erneut zu bestehen. Immer wieder waren es nur dunkle Flecken auf ihrem Fleisch gewesen, die der Ausdruck der dunklen Flecken waren, die auf ihrer Ehe zu liegen

begonnen hatten. Immer wieder war es ihr gelungen, mit dem Abschwellen ihrer Striemen auch ihre aus der Mitte geworfene Seelenstille wiederzufinden.
Diesmal aber war es ein anderes Bild. Diesmal sah sie, daß ihr Innerstes verwundet worden war, und dieses helle rote Blut, das an ihr herunterlief, brachte sie um den Verstand.
Sie hörte jemanden schreien wie ein abgeschlachtetes Tier und wußte nicht, daß sie selbst es war, die so erbärmlich schrie. Die Schweine schrien so, die man zum Henker brachte. Die Schweine, die wußten, daß sie sterben sollten, schrien so verzerrt auf, wenn man sie über die blutdampfende Rampe trieb und ihnen mit einem Holzhammer, aus dem ein Eisendorn hervorragte, den Schädel zerschmetterte. Manche von ihnen zappelten noch quiekend weiter, obwohl ihr Hirn schon zerschlagen war, und dann sauste das Messer des Metzgers durch ihren weichen Bauch und, hängend am festen Eisenhaken, verloren sie ihre Gedärme, über die die nächsten Tiere schreiend zur Schlachtung getrieben wurden.
So wie diese erbarmungslos gemetzelten Tiere schrie diese einsame Frau nun auf, als sie sich an der Wand hochstemmte und die Bettkammer verließ. Kein klarer Gedanke war ihr erlaubt, als sie weinend und schreiend zur Axt griff und wieder in die Zweisamkeit zurücktaumelte.
Nein, sie hat nicht einmal kurz daran gedacht, daß man nicht töten soll, sie wollte nur all das beenden. Sie

wollte beenden, was sie so sehr verändert hatte. Sie war nicht mehr das junge, scheue Mädchen, dessen Augen voller Sehnsucht leuchten konnten.
Sie war eine andere geworden in diesen stillen Almenhöhen, und all das wollte sie beenden, als sie die Hacke über den Kopf hob und sie auf ihren Peiniger niedersausen ließ. Wie oft hatte sie an kalten Wintertagen vor dem Haus gestanden und Holz gehackt.
Wie oft hatte sie den Schwung geübt.
Das Zielen und das Zuschlagen war nichts Neues für sie. Es war wie Einatmen und Ausatmen, und diese jahrelange Übung kam ihr nun bei ihrem schweren Werk zu Hilfe.
Siebenundvierzig Mal hatte sie die Axt auf seine sterbliche Hülle fallen lassen, und als es nichts mehr gab, das entzweigeschlagen werden wollte, warf sie die Hacke auf den Boden ihrer Kammer und rannte in den Stall.
Sie schlang sich die Eisenkette, die von der Decke hing, um den Hals und kletterte auf den steinernen Trog und ließ sich mit aller Kraft nach vorne fallen. Sie fühlte, wie die kühlen Eisenglieder der Kette sich um ihren Hals spannten, dann wurde es endlich still und dunkel um sie.
Sie baumelte mit nach vorne gestreckten Armen in dem eisernen Halt, so als wollte sie nach jemandem die Hände ausstrecken. Mit solch ausgestreckten Armen war sie ihm entgegengelaufen bei ihrem ersten Treffen, zu dem er ihr einen bunten, aus Almenblumen geflochtenen Kranz mitgebracht hatte. Lachend hatte

sie ihn sich auf das Haar gedrückt, und nun war alles zu Ende.
Es war vorbei und zu Ende. Niemals mehr würden sie den Kampf gegeneinander wieder aufnehmen können. Zumindest nicht in diesem Leben …
Die Gerichtsmediziner, die zum Lokalaugenschein gerufen wurden, hatten Mühe, die Abfolge des Geschehens zu rekonstruieren. Nach eingehender, gründlicher Spurensuche hatten sie sich auf den eben erwähnten Ablauf geeinigt. Natürlich konnten sie nur die äußeren, erkennbaren Schritte des Dramas rekonstruieren. Die inneren Akte aber, die zu diesem Finale geführt hatten, mußten ihnen verborgen bleiben. Ob sie sich jemals mit der Frage nach dem Warum auseinandergesetzt hatten?
So schrecklich dieser Fall auch sein mochte. So grauenhaft er erscheinen mochte angesichts der idyllischen Lage des Hauses, in dem das Entsetzliche stattgefunden hatte – er war kein Einzelfall.
Oftmals pro Woche wurden die Ermittlungsbeamten in Wohnungen gerufen, in denen sich Ähnliches, wenn nicht gar noch Entsetzlicheres abgespielt hatte. Kam ihnen jemals beim Betrachten menschlicher Überreste der Gedanke, ob all das vielleicht vermeidbar gewesen wäre?
Hatten sie einen Bereich ihres Denkens für die Beschäftigung mit dieser Frage freigehalten, oder war das Gegenteil der Fall?
Ich vermute, daß das Gegenteil der Fall war. Wie sonst hätten sie in die Stille ihres familiären Friedens zurück-

kehren können? Wie hätten sie mit ruhiger Hand das Fleisch am Sonntagmittag auf dem Teller zerteilen können, wenn ihr Denken von dem Anflug eines Zweifels angehaucht worden wäre? Wahrscheinlich schritten sie mit einem dicken Panzerglas vor ihren Herzen durch die Tatorte, um nicht zu sehr bewegt zu werden.
Schade.
Ist dieses Verschlossensein vor solchen Tatsachen nicht ein großer Verlust? Wieviel lehrreiches Wissen geht auf diese Weise verloren. Ist es nicht so, daß gerade diese Menschen, die täglich mit dem Grauen konfrontiert werden, eine große Hilfe darstellen könnten für die Gemeinschaft?
Diejenigen, die eine tiefe innere Ungewißheit in sich fühlen, ob ihr Lebenszustand der einzig richtige ist, könnten gewarnt werden. In wie vielen Lebensgemeinschaften wartet die große schlafende Unzufriedenheit darauf, erlöst zu werden? Muß es denn wirklich immer wieder zu dem Punkt kommen, den so viele als den Punkt der nicht mehr gutzumachenden Explosion erleben?
Ich weiß es nicht.
Diese Männer, die täglich mit zerschmetterten Gliedern konfrontiert werden, mußten doch erkennen, daß sich das, was sie da zu Gesicht bekamen, irgendwann einmal vorbereitet hat. Irgendwann einmal muß das laute Klappern einer zu laut abgesetzten Kaffeetasse am Wochenende den Startschuß gegeben haben für ein alles hinwegfegendes Schlachtfest. Ziehen diese Beam-

ten, die vom Staat ausgeschickt werden, um die Einschüsse und Einstiche zu registrieren, keine Lehre aus der Stille, die in den verwüsteten Idyllen liegt? Wäre es nicht ihre Pflicht, sich dem Ansturm der Gefühle zu stellen und die übrigen Bewohner des Landes darauf hinzuweisen, was unter ihnen gärt und in der Folge über sie hereinbrechen kann?

Schade.

Wirklich schade ist dieses mutwillige Verschweigen von Einsichten, die diese Männer haben müssen. Wie viele Tragödien könnten vermieden werden? Nein …

Nein, es gab kein Warnen, es konnte kein Warnen geben und keine Einsicht. So wie Chirurgen das Mitgefühl mit ihren Patienten aberzogen wird, weil sie sonst das Skalpell nicht zügig in die klopfende Bauchdecke treiben könnten, so mußten die Leichenbeschauer innerlich wegsehen, je häufiger ihre Augen das erblickten, was einmal hoffnungsvolle Liebespaare gewesen waren. Niemandem kann man sein Schicksal durch eine Warnung ersparen, und was geschehen muß, muß geschehen.

Das Schicksal holt uns ein wie Ödipus, der den Hof seines Vaters verließ, um der Prophezeiung zu entgehen, daß er seinen Erzeuger eines Tages erschlagen und seine Mutter in sein Bett holen würde. Unausweichlich führt ihn sein Kismet zu seinem Vater, den er nicht erkennt und töten muß, um die vorgeschriebenen Texte in seinem Seelenbuch zu erfüllen. Blutzoll muß geleistet werden, wenn das unausweichliche Schicksal es verlangt.

Ausweichen zu wollen bringt nur eine Verzögerung mit sich, die sich nur allzuoft als Treibmittel entpuppt zu noch größeren Grausamkeiten. Grausamkeiten, die im ersten Erfüllen des Schicksals ein einfacher Mord sein könnten, werden zum Massengemetzel, nur weil eine gutgemeinte Verzögerung die Wassermassen des Hasses hinter den Staumauern der äußeren Ruhe hat anschwellen lassen.

Nein – ich mußte mich verabschieden von meiner Sehnsucht, die Gewalt umlenken zu können in eine friedliebende Auseinandersetzung mit den eigentlichen Problemen. So wie unser letzter Atemzug unauflösbar mit unserem ersten Atemzug zusammenhängt, sind die Gewalten, die in den stillen Wänden der erzwungenen Harmonie ausbrachen, nur die logische Folge des ersten Mordes, der Kain nicht mehr als Hüter seines Bruders Abel sah. So betrachtet waren die schweigenden Begutachter, die im Dienste der Allgemeinheit die unzähligen Greuel protokollierten, die täglich den Frieden der Menschen erschütterten, also nicht mit Vorwürfen zu konfrontieren. Langsam setzte sich bei mir die Einsicht durch, daß man ihnen vielmehr mit Hochachtung begegnen mußte.

Waren sie nicht geradezu heroisch mit ihrem Schweigen, das sie mit sich trugen, wenn sie wieder einmal einen Tatort verließen?

Waren sie nicht dafür zu bewundern, daß sie, obwohl sie das mögliche Ende der Zuneigung gesehen hatten, trotzdem am Wochenende ruhig das Messer durch das Sonntagsfleisch ziehen konnten?

Ruhig und unbeirrt lebten sie weiter in der guten Hoffnung, daß ihnen und ihrer Familie das Entsetzen eines Blutbades erspart bleiben würde.
Das Schweigen war ihre Tugend geworden.
Ihr Schweigen, das ich ursprünglich als Sünde erkannt haben wollte, wurde für mich zur Tugend des Weitermachens. Weitermachen – das ist es, was die Natur des Menschen adelt.
Es ist Heldentum, weiterzumachen mit dem Alltäglichen, obwohl man gesehen hat, wohin dieser Alltag führen kann.
Der Impuls zur Anarchie liegt so nahe und ist so einfach nachzuvollziehen. Ein Flüchten vor der Pflicht, die da heißt, daß man jeden Tag aufstehen muß, zur Arbeit muß und abends schlafen muß – ein Flüchten vor diesem Zwang wäre so naheliegend, und diese Flucht nicht anzustreben, sondern ruhig weiterzumachen, bis sich der natürliche Tod einstellt – das ist Heldentum.
Oder?
Kann man eine Lawine in ihrer Bahn aufhalten, indem man sagt: »Da kommt eine Lawine?«
Man kann es nicht. Man kann nur hoffen und beten. So also war die Tätigkeit der Beamten zu verstehen, die damals die junge hübsche Frau aus der Eisenkette lösten und behutsam auf den Stallboden legten. Ein stilles Protokollieren war alles, was sie nach dem Unvermeidbaren tun konnten. Die Zeiger der Lebensuhr waren auf dieser Alm nicht zurückzudrehen, und auch in den vielen, vielen Lebensgemeinschaften, die den Strom unserer Welt

bilden, ist das völlig ausgeschlossen. Es gibt nur ein aufrechtes Weitergehen und ein Hoffen, daß die Kugeln der Gegner nicht in das eigene Herz schlagen werden, sondern lediglich den Arm streifen oder ein Bein oder die Hüfte – oder, wenn Gott gnädig sein wollte, hoch über dem Kopf vorbeipfeifen würden …
Hoch über dem Kopf …

Vieles war zusammengekommen in jener Nacht hoch oben auf den Bergen. Es kann sein, daß auch noch der Vollmond dazugekommen ist, um mit seiner alles zerstörenden Kraft den letzten Anstoß zum Absturz zu bringen. Ich verfiel diesem Gedanken, weil ich bei meinen langsamen Drehbewegungen im warmen Meerwasser glaubte, den Mond zu entdecken, der hoch über meinem Kopf im Himmel hing.
War es tatsächlich der Mond oder ein Dunstfetzen einer sich auflösenden Wolke …
Ich mußte lachen und beschloß, doch wieder einmal zum Arzt zu gehen, um meine Augen kontrollieren zu lassen. Ich hielt im Drehen und Rollen inne und konzentrierte meinen Blick auf den hellen, durchsichtig schimmernden Fleck, der drei Handbreit über dem Horizont am Himmel stand.
»Das ist der Mond«, beschloß ich, um mich wieder entspannen zu können, und sank zurück ins Wasser. Ich hatte mich bei meinen angestrengten Betrachtungen gut einen halben Meter aus dem Wasser gehoben, um dem Objekt da oben näher zu kommen.

Es war der Mond.
Ich rechnete in meinem Kopf und versuchte mich zu erinnern, ob es schon wieder soweit war, daß der Vollmond die Gezeiten und die Menschen packen würde.
Ja, tatsächlich – ich erinnerte mich, daß ich beim letzten Vollmond in der Stadt zum Essen gegangen war. Damals wurde ich auf die lunare Situation dadurch aufmerksam, daß der Verkehr auf den Straßen so aussah, als hätte man eine Horde Geisteskranker aus der Klinik entlassen. Rücksichtslos kurvten die Wagen auf den Kreuzungen umher, und die durch die enorme Sonnenhitze angestauten Aggressionen der Menschen suchten sich im herrischen Fahrverhalten ein Ventil. Auch die Passanten hatten allesamt diesen glühenden, stechenden Blick, der immer dann in den Menschengesichtern zu beobachten ist, wenn sie von Planeteneinflüssen ferngesteuert werden. Es ist wirklich bedauerlich, daß diese Wirkungen sowenig im allgemeinen Leben Beachtung finden – ja, sogar manchmal verlacht werden.
Obwohl doch die Statistiken den sogenannten Rationalisten unter uns ein Bild von den Realitäten geben, die nicht unbedingt auf den ersten Blick erkennbar sind. Eine Mondschwingung findet eben auf einer anderen Ebene statt als ein Steinschlag – beide sind aber nichts anderes als Naturerscheinungen und müssen als solche respektiert werden. Auf Polizeistationen zum Beispiel ist es allgemein bekannt, daß zur Vollmondzeit Alkoholdelikte überhand nehmen. Raufereien, eingeschmissene Scheiben, aberwitziges Schnellfahren im Fußgän-

gerbereich – all diese sogenannten Bagatelldelikte nehmen sprunghaft zu, wenn der helle Erdbegleiter voll und rund über unseren Köpfen steht. Chirurgen zum Beispiel operieren nicht in Vollmondnächten. Das ist seltsam, weil doch Vampire wiederum diese allmonatliche Ausnahmesituation geradezu aufsuchen, um ihrem blutigen Treiben freien Lauf zu lassen …

Ich lachte vor mich hin und schluckte aus Versehen ein klein wenig Meerwasser und mußte husten.

Vollmond …

Vollmond …

Jetzt in diesem Augenblick würde er auch über den Pyramiden bei Giseh stehen. Ruhig und schimmernd wie eine Perle aus dem Serail, in dem die eintausendundzweite Geschichte unserer Seele erzählt wird. Ruhig und schimmernd würde er höher steigen und die gigantischen Schatten verkürzen, die die Pyramiden unter ihm auf den Sand malten.

Die Himmelsleitern von Cheops, Chefren und Myherinos würden ihren ruhigen und schimmernden Besucher begrüßen, und einige reisende Seelen heranrufen, die sich in den unendlichen Räumen über ihnen vereinigten. Ich mußte an die Aufforderung denken, die ich über den Pyramiden erhalten hatte, und grüßte hinauf zum vollen Mond.

Uralte Bauernregeln gibt es, die aus den Tagen der alten Kelten herrühren, die besagen, daß man an diesem Tag den Alkohol und das schwere Essen meiden soll. Was tun wir Heutigen? Wir trinken und essen erst recht, weil wir nicht gelernt haben, mit Askese und dem Fastengebot umzugehen, wie es sich gebührt. Wir glauben, stärker zu sein als der Vollmond, nur weil er so klein ist und so weit weg zu sein scheint. Immer wieder belehrt er uns eines Besseren. Nun gut, wer nicht hören will, darf fühlen, dachte ich und nahm einen Schluck von dem leicht salzigen Meerwasser und spritzte es durch die wie zum Pfeifen geöffneten Lippen in hohem Bogen vor mich hin.

Selbstvergessen spielte ich dieses Spiel einige Minuten und blickte dabei immer wieder aus den Augenwinkeln zum Mond empor. Wenn nun tatsächlich Vollmond war, dann mußte ich aufgrund meiner bescheidenen Einsicht in die Naturgesetze heute auch fasten und nur Mineralwasser trinken. Ärgerlich – hätte ich seine Scheibe dort oben nicht übersehen können? Nun war ich durch seine Präsenz mit einem Mal in den Zwiespalt zwischen Vernunft und Lust gestoßen. Hatte ich mich doch schon beim morgendlichen Spaziergang zum Strand über den Gedanken an einen gegrillten Fisch begeistert. Es gab unweit vom Strand in den Pinienwäldern ein kleines Lokal, das für seine Fischspezialitäten berühmt war. Ein zart gegrillter Seeteufel mit etwas Thymian gewürzt, hätte mich schon verführen können. Dazu wäre eine halbe Flasche hellweißen Weines angebracht gewesen. Ich liebte diese Kombination, zu der ich mir gern leicht angebackenes Weißbrot servieren lassen wollte, auf dem der Koch Knoblauchzehen verrieben hatte … Als Vorspeise Oliven und in Öl eingelegte Artischockenbö-

den … Eine phantastische Kombination … Das Zartbittere der dunklen fleischigen Oliven mit dem feinen Grasgeschmack der Artischockenherzen … Der Freund dieser Mischung nimmt erst einen halben Bissen Artischocke zu sich, und noch während er diesen ersten Bissen kaut, läßt er die Olive folgen. Was daraufhin im Geschmackskarussell des Gaumens zu schmelzen beginnt, ist unvergleichlich. Zwischen dem Gemüse und dem Fisch dann den ersten Schluck kalten Weißwein.
Eine Schleuse sozusagen, um die aufgeweckten Sinne noch einmal abzukühlen und auf die nächste Sensation vorzubereiten. Der Weißwein löscht und entzündet gleichzeitig. Wenn er richtig temperiert ist. Wenn er richtig temperiert ist.
Ich persönlich liebe ihn, wenn er eine Spur kühler serviert wird als üblich.
Das ist schwer zu erklären. Zum Teil liegt es an einem mir eigenen Genußgefühl und gleichzeitig muß daran erinnert werden, wie heiß und erschlagend unsere Nächte geworden sind. Die Außentemperatur ist einfach unvergleichlich höher als noch vor zehn Jahren, und unter diesen veränderten Umständen ist auch die Serviertemperatur des Weißweines zu bedenken. Es ist ja nicht so, daß der Weißwein mit seiner angeblichen Idealtemperatur serviert und getrunken wird. Schon auf dem Weg von dem kühlenden Behälter, in dem er auf seinen Auftritt wartet, bis zum ersten Einschenken im Glas legt er um ein bis zwei Grad an Wärme zu. Auch wenn er in einem Eiskübel neben den Tisch gestellt

wird und nur zum Nachfüllen des Glases hervorgeholt wird, erwärmt er sich in dem Glas, das in der Nachthitze am Tisch steht, über Gebühr.

Wenn – wie gesagt – wenn er bei seiner in der Literatur vorgeschlagenen Temperatur serviert wird, die für mich persönlich zu hoch angesetzt ist. Fünf bis sieben Grad kühler als empfohlen. So liebe ich es, wenn der Weißwein daherkommt. So einen Freund zum heißen gegrillten Fisch zu trinken – dafür lohnt es sich, einen kleinen Fußmarsch in Kauf zu nehmen, der durch die Pinienwälder zu dem verschwiegenen Fischlokal führt, das ich für heute abend auserkoren hatte.

Dunkle, fast schwarze Streifen würden das Fleisch des Fisches überziehen und die Stellen markieren, mit denen er auf dem heißen Grillrost über der Kohle gelegen hatte. Der Koch in diesem unauffällig wirkenden Lokal, von dem aus man einen wunderbaren Blick über die Bucht hat, wendete einen sehr einfach wirkenden Trick an, um dem Fisch noch mehr Aroma zu geben. Er griff nicht in das Salz- oder Pfefferfaß oder übertrieb es mit irgendwelchen Gewürzen, die die Eigenart des Fisches töten konnten. Er tat etwas völlig Einfaches. Er ging in die Pinienwälder und holte sich einen Korb voll trockener Pinienzapfen. Diese legte er dann mit vollen Händen auf die durchglühten Kohlestücke, bevor er den Fisch auf das Gitter drückte. Mehr nicht. Das war alles.

Das war alles und doch so viel.

Durch den aufsteigenden Rauch der alten Zapfen erhielt das Seeteufelfleisch ein unvergleichliches Aroma.

Es war kein unpassender Eigengeschmack der Pinienzapfen, es war nur so, als würden durch geheime Essenzen in dem weißen Rauch die Grundeigenschaften des Fischgeschmacks unterstrichen.
Mehr nicht.
Und das war größte Kochkunst. Der Mann, der für die Zubereitung der Speisen verantwortlich war, hatte zu mir Vertrauen gefaßt, nachdem er mich einige Male dezent beim Genuß seiner Gerichte beobachtet hatte, und war eines Abends bereit gewesen, sein Geheimnis preiszugeben. Er zeigte mir den alten grauen Korb, der neben seinem Grillplatz stand, und hielt mir einen Zapfen entgegen. Der Zapfen hatte weit auseinanderstehende Schuppen, und seine Samen waren schon herausgefallen. Als ich den Koch darauf ansprach, lächelte er mit dem feinen Lächeln großer Künstler, die in aller Bescheidenheit wissen, was sie tun.
»Sie haben recht, mein Herr«, sagte er, »Sie haben gut beobachtet – man darf nämlich nur alte Zapfen verwenden, die ihre wilde Kraft schon hinter sich haben. Nur dann sind sie reif genug, dem Fisch zu dienen und ihm zu helfen, sich zu entfalten. Wenn Sie junge frische Zapfen auf die Glut werfen, dann sehen Sie, wie es prasselt und zischt, und Sie riechen ganz stark den Baum.« Er lachte kurz und sah mir in die Augen. »Aber wer will schon einen Baum essen?«
Wir lachten gemeinsam und erkannten, daß wir einander verstanden hatten. Dann wurde er wieder ernst. »Es gibt Köche, die arbeiten mit jungen Zapfen, um einen

großen Zauber zu machen, es prasselt und kracht und zischt, und die Gäste denken sich – oh, was für ein Zauberer ist dieser Koch … Dann essen sie den Fisch und wundern sich, daß er etwas seltsam schmeckt, aber keiner hat den Mut, es zu sagen, weil sie eben noch zu dem Feuerwerk applaudiert haben. Ich sage, das sind Taschenspieler, die die Gäste belügen. Wollen Sie ein Glas?«

Er stand neben mir und kippte aus einer schlichten Flasche einen ölig fließenden Schnaps in ein kleines Glas. Er reichte es mir und goß sich selbst auch einen Schluck ein. Wir atmeten den Duft von tausend Kräutern, sahen einander in die Augen und tranken dann gemeinsam das kleine Glas leer. Im nächsten Moment fing eine heiße Flamme in meiner Kehle, meiner Brust und meinem Bauch zu brennen an, die mich aber nicht erschreckte, sondern nur tief von innen wärmte.

»Von meinem Bruder«, sagte der Koch, als er das Leuchten in meinen Augen sah.

»Einmal im Jahr gehen wir zu ihm und brennen uns ein paar Flaschen von diesem Schnaps hier. Man darf ihn nicht oft trinken, aber glauben Sie mir, er macht Sie sehr, sehr glücklich.« Ich hielt das kleine Glas erstaunt in der Hand und mußte ihm recht geben. Das Brennen in mir hielt ungebrochen an, und dieses Gefühl in meinem Körper ließ mich sehr heiter werden.

»Nehmen Sie wieder Platz«, sagte der Koch. »Ich lasse Ihnen noch einen Kaffee bringen – genießen Sie den Abend.«

Am Ende gaben wir einander die Hand, und noch spät in der Nacht, als ich in meinem Bett lag, drehte sich eine kleine Flamme in meinem Leib und ließ mich lächelnd einschlafen.
Auf all das sollte ich wegen des Vollmonds verzichten? Heute an meinem ersten Tag hier an dieser Bucht. An einem Tag, dem ich schon lange Zeit mit heiterer Ungeduld entgegengewartet hatte. Ich mochte mich nicht mit dem Gedanken anfreunden und suchte einen Ausweg. Vielleicht konnte ich den Vollmond und seinen Einfluß dadurch besänftigen, daß ich ihm ein Dessertfasten anbot. Als Zeichen meines guten Willens und trotzdem als kleines Entgegenkommen von mir an mich. Wenn ich auf die Vorspeisen und den Fisch und das Brot verzichten konnte und nur eine Pistazientorte mit Honig zu einem dunklen heißen Kaffee essen würde? So, als hätte ich ein ganzes Abendessen hinter mir und würde nur mehr den Abschluß vollenden. Diese Pistazientorte war ohnehin kein sehr großes Stück. Sie war vielleicht so lang wie der Mittelfinger eines elfjährigen Mädchens und so breit wie zwei ihrer nebeneinandergelegten Daumen. Ein bißfester Teig, mit Honig durchtränkt und vielen kleinen Pistazienstückchen war das. Konnte ich mir das erlauben? So eine Kleinigkeit zu essen … ohne etwas davor … nur einen Kaffee nebenbei?
Ich wurde von einer ungeduldigen Nachdenklichkeit eingeholt und blickte wieder zum Mond empor. Der Sinn des Vollmondfastens besteht ja darin, die Körperenergien nicht mit Verdauungsarbeit zu überlasten und

den Druck des Blutes im Körper und im Hirn nicht unnötig aufzubauen. Dieser Druck im Hirn ist es ja, der die unachtsamen Menschen bei Vollmond in Raserei bringt. Daher das Askesegebot der alten Kelten, die lange genug Zeit hatten, über die Wechselwirkungen zwischen Himmel und Erde nachzusinnen …

Ich sah hinauf zu dem kleinen hellen Fleck, der auch eine runde Wolkenformation sein konnte. Wie sehr war ich mir selbst gegenüber verpflichtet, an diesem herrlichen Sommertag logisch und konsequent zu bleiben?

Ich fühlte, wie die Lust auf Rebellion in mir die Oberhand zu gewinnen begann. Mußte ich heute noch ein wichtiges Gespräch führen, bei dem meine völlige geistige Präsenz gefordert war? Nein.

Mußte ich heute noch in einem engen Auto durch die Rush hour einer übervölkerten Großstadt fahren? Nein. Mußte ich noch irgend jemandem gegenüber so auftreten, als wäre ich klar, entschlossen, unschlagbar? Nein.

Die endgültige Verneinung all dieser Fragen ließ nur eine Konsequenz zu. Ich würde all meine Einsichten in die kosmischen Zusammenhänge über Bord werfen und ein langes ausgedehntes Abendessen genießen. Was für eine Erleichterung. Ich schwamm befreit einige Stöße weit durch das klare Wasser und entdeckte, daß meine Lebensfreude zurückzukehren begann. Diese wenigen Gedanken über die Gefahren eines biologisch falschen Verhaltens bei Vollmond hatten schon begonnen, zu einer Autorität zu werden, die mir in die helle Stimmung des Schwimmens hinein dunkle Schatten geworfen hatte.

Es war schon richtig. Alles, was ich wußte über das Verhalten angesichts der ewigen kosmischen Einflüsse auf die menschliche Natur, war sicherlich richtig und doch an jenem Tag in Wirklichkeit völlig unangebracht. In meiner Wirklichkeit völlig unangebracht, die sich von der Wirklichkeit eines überarbeiteten Streifenpolizisten grundlegend unterschied.
Die Chinesen haben recht, wenn sie sagen: »Es gibt einen richtigen Weg. Aber der richtige Weg, falsch angewendet, wird zum falschen Weg.« Ich bevorzugte diese asiatische Erkenntnis und beschloß für mich, an jenem Abend nur dem Gesetz der Lebensfreude zu gehorchen. Ich tauchte mein Gesicht in das Wasser, um mich ein wenig zu erfrischen. Es war so heiß, daß schon nach wenigen Augenblicken die Gesichtshaut trocknete und zu spannen begann. Ich war froh, daß meine Haut so sehr an Sonne gewöhnt war, daß ich ohne Bedenken weiterschwimmen konnte. Von Geburt an war ich mit einer Genetik ausgestattet, die mir erlaubte, zwei- bis dreimal länger in der Sonne zu bleiben als andere Männer meines Alters. Außerdem hatte ich weitsichtig Vorsorge getroffen, bevor ich am Vormittag mein Hotelzimmer verlassen hatte. Ich war im Bett gelegen und hatte aus dem Fenster gesehen. Der Himmel spannte sich blau über den Palmen, die im Hotelgarten wuchsen, und nicht die kleinste Wolke war um diese Zeit zu sehen gewesen. Ich fühlte schon in dem Moment, in dem ich die Vorhänge aufzog und die Balkontüre öffnete, daß wieder ein heißer Tag bevorstand, und ging ins Bade-

zimmer, um zu duschen. Es war ein gutes Hotel, weil kühles Wasser aus dem Duschkopf strömte. Wie oft hatte ich in anderen Hotels in den südlichen Regionen eine erfrischende Dusche erhofft und mußte mich in der Folge mit lauwarmem Wasser abfinden. Lauwarmes Wasser, das niemals kalt und genausowenig richtig heiß wurde. Ich verstand diesen Zusammenhang nicht, und doch war er mir so häufig begegnet. Daß das Wasser in heißen Gegenden nicht richtig kalt sein konnte, war ja einzusehen – warum aber war es so, daß es niemals richtig heiß wurde?

Man mußte die Flüssigkeit doch nur von ihrem vorgegebenen, lauwarmen Zustand ein wenig erhitzen, um zu einem dampfenden Duschbad zu kommen.

Es war nicht möglich.

In den Hotels der unteren Preiskategorie war es einfach nicht möglich. Ich vermutete, daß in diesen Häusern nicht nur am Zimmerservice gespart wurde, sondern auch an den technischen Installationen. Mit großer Wahrscheinlichkeit war es so, daß nicht einmal ein Kessel zum Aufheizen des Wassers vorhanden war. Die Hotelmanager waren übereingekommen, das Wasser so, wie es vom Himmel fiel, in den hoteleigenen Zisternen zu sammeln und ohne Aufbereitung in die Zimmer ihrer Gäste zu leiten. Das war mit Sicherheit des Rätsels Lösung. Um doch ein wenig Erfrischung zu erhalten, durfte man sich nach einer lauwarmen Dusche nicht abtrocknen, sondern mußte nackt durchs Zimmer laufen und darauf warten, daß durch die Verdunstung des Wassers auf der Haut eine gewisse Abkühlung entstand. Mein Hotel, in dem ich nun schon seit einigen Jahren abstieg, hatte zwei Sterne mehr über seinem Portal und kaltes und heißes Wasser. So konnte ich an jenem Morgen erfrischend heiß und kalt duschen, anschließend meinen Körper abfrottieren, um die Durchblutung in Gang zu bringen.

Es ist ein anderes Beginnen des Tages, keine halbe Sache, so wie das nasse Umherlaufen im Zimmer. Man läuft umher und wartet die Kühlung ab und stellt in sich fest, wie man mit einer aufsteigenden Frustration zu kämpfen hat, die man in den Tag mitnimmt. Diese Mißstimmung wächst mit jedem Tag des Aufenthaltes, weil man schon beim Aufwachen weiß, welche Geduldsprobe nach dem unentschlossenen Wasser in der Dusche auf einen zukommt. Irgendwann in den Jahren beschließt man dann, daß das Leben zu kurz sei, um sich immer wieder in solche Abhängigkeiten zu begeben, und dann wechselt man das Hotel. In meinem guten Hotel hatte ich, wie gesagt, geduscht und mich abgerieben und dann, auf dem Bett liegend, darauf gewartet, daß die Restfeuchtigkeit auf der Haut abtrocknete. Dann hatte ich nach meinem Sonnenöl gegriffen und mich rundum eingeölt. Ich hatte den stärksten Sonnenschutzfaktor gewählt, den ich finden konnte. Erstens war das bei der harten Sonneneinstrahlung, die in den letzten Jahren immer bedrohlicher geworden war, ohnehin geboten – außerdem wollte ich mir im Laufe des Tages und vor allem mitten im entspannten Schwimmen keine Sorgen machen.

Ein leichter Duft nach Kokosnußöl erfüllte den Raum. Mein Sonnenöl hatte olfaktorische Substanzen dieser Nuß in sich, die jetzt durch die Körperwärme freigesetzt wurden. Langsam verbreitete sich der süße Duft. Das erinnerte mich an meine Schulzeit. Als ich ein Junge war, hatten wir einen Laden genau gegenüber unseres Schultores, der ausländische Kaugummis verkaufte. Einer dieser Chewing-gums trug auf seiner Papierhülle das Bild einer Kokospalme und schmeckte sehr, sehr süßlich. Ich weiß nicht, ob meine reifer gewordenen Geschmacksnerven heute noch Gefallen finden würden an diesem Geschmack – damals bedeutete er mir den Eintritt in die große weite Welt. Nichts war schöner, als nach einer mißglückten Mathematikprüfung in diesen kleinen Laden zu gehen und sich einen Kokoskaugummi zu kaufen.

Wenn man den Laden betrat, ertönte ein kleiner Glockenton, weil an dem Türrahmen ein Glöckchen aus Messing angebracht war, das an einer elastischen Feder hin und her pendelte. Dieses Läuten zeigte dem Besitzer des Ladens an, daß Kundschaft eingetreten war, und dann legte er seine Lektüre beiseite und erschien am Tresen. Zur Linken befand sich ein langgezogener, gläserner Verkaufstisch, auf dem unzählige Schachteln aufgetürmt waren. In den verschiedenen Kartons häuften sich Kaugummis und kleines Spielzeug, Bären aus Zucker, Lakritzewürmer in mehreren Farben und Geschmacksnoten. Mein absoluter Favorit bei diesen dünnen, spaghettilangen Bändern waren die dunkelroten Zuckermassestricke, die intensiv nach Erdbeere schmeckten. Man konnte sie auf einmal in den Mund stopfen oder langsam, Millimeter für Millimeter, abkauen. Die Gummiwurst hing dabei entweder senkrecht zu Boden oder wurde von erfahrenen Kauern über eine Schulter geworfen. Nach der Hälfte allerdings blieb es einem nicht erspart, den Rest in die Hand zu nehmen, weil das unabgekaute Ende sonst fortwährend in der Luft herumwirbelte, was einem sehr schnell auf die Nerven gehen konnte. Weiter hinten im Geschäft öffnete sich der Raum und bot einigen alten Marmortischen Platz, die von wackeligen Holzstühlen eingerahmt wurden. An einer Wandseite stand mein absolutes Lieblingsmöbel. Es handelte sich um ein altes dunkelbraunes Ledersofa, das schon Generationen von überanstrengten Kindern Platz geboten hatte. Seine Armlehnen waren wie zwei große, runde Rollen geformt, und an der Stirnseite wurden die Lederfalten von jeweils einem dunklen, schweren Metallknopf am Holzgestell des Sofas festgehalten. Der Sofabauer mußte ein Meister seiner Zunft gewesen sein. Diesen Umstand konnte man der Tatsache entnehmen, daß die Sprungfedern des Sofas immer noch stabil und elastisch waren.

Stabil und elastisch federten sie nach, wenn man sich mit dem drückenden Gewicht eines Schultages zur Mittagszeit auf seine Kissen warf. Es galt immer äußerst schnell die Schule zu verlassen, um der erste zu sein, der das Ziel erreichte und auf diesem Sofa Platz nehmen durfte. Wenn man diesen Adlerhorst erobert hatte, konnte man den gesamten Raum mit köstlicher Rückendeckung überblicken und beobachten, wer mit wem welche neue Liebschaft begann, oder wo soeben eine Romeo-und-Julia-Parallele am Auseinanderdriften war. Hatte man einmal auf diesem Thron Platz genommen, war es auch eine Frage der Gunst, wen man neben sich duldete oder wem man sogar als Auszeichnung den freien Sitz neben sich anbot. Ich war ein unheimlich guter Läufer in diesen Tagen, und so darf ich mit einigem Stolz sagen, daß dieses Sofa mein Sofa geworden war.

Dieser nicht vertraglich festgeschriebene Besitz war so sehr mit meiner Person verbunden, daß der Inhaber des Ladens sogar so weit ging, den Platz für mich freizuhalten, falls ich mich einmal verspäten sollte. Es war jedermann klar, daß an mir und meinem Privileg kein Vorbeikommen war. Diesem Umstand ist es auch zuzuschreiben, daß es unter den hübschen Mädchen meiner Klasse eine stille Rivalität darum gab, von mir auf dieses Sofa mitgenommen zu werden. Wenn wir dann glücklich gelandet waren, brachte mich für die nächsten zwei bis drei Stunden niemand mehr von dort weg. Meine Eltern waren sehr großherzige Menschen, und es stand auf ihrer Prioritätenliste nicht an oberster Stelle, daß ich jeden Tag mittags am Küchentisch zu Hause sein mußte.

Da saß ich also dann und bestellte mit größter Gelassenheit jeden Tag dasselbe Menü. Ich orderte einen Schinkenkäsetoast mit einer Extrascheibe Käse und einer Flasche Ketchup und ein Glas Coca-Cola mit Eis und Zitrone. Auch diese Bestellung wurde durch mein Fest-

halten an meinem Speiseplan zu einer Einrichtung, die dem Chef des Hauses so bekannt wurde, daß darüber mit der Zeit kein Wort mehr verloren werden mußte. Kaum hörte er das heftige Klingeln an der Türe, das meinen Einzug meldete, stand er auch schon wortlos auf und ging zu seinem elektrischen Pfannengrill, um meinen Toast einzulegen. Wenige Minuten später hatte ich mein Essen vor mir stehen und erfreute mich jeden Tag aufs Neue an dem Anblick des Toastes, der mit keinem anderen Toast in der Stadt zu vergleichen war.
In diesem Laden, den man in Wirklichkeit ein Caféhaus nennen konnte, wurde ein Toastbrot verwendet, das es nur in einer einzigen Bäckerei gab, die wiederum direkt neben dem Café gelegen war. Dieses Toastbrot war feiner und weicher und dichter als das mir bekannte Brot, das man überall im Supermarkt kaufen konnte. Die Zusammensetzung des Teiges war feiner, und beim Backen entstanden nicht so großporige Luftlöcher in der Masse, was wiederum zur Folge hatte, daß das Brot mehr Feuchtigkeit speicherte. Dieser etwas feuchtere Teig eignete sich in nicht zu vergleichender Weise zum Toasten. Wenn andere, normale Toastbrotscheiben ausdörrten und zu krachenden Trümmern wurden, die den Gaumen beim Hineinbeißen verletzen konnten, blieb dieses Spezialtoastbrot immer weich und duftig. Die äußere Schicht nahm die Farbe von dunklem Honig an und war der Länge nach mit den bitterschokoladefarbenen Grillspuren des Elektrotoasters gebrandmarkt. Wenn man durch die knusprige Schicht hindurchgebissen hatte,

erwartete einen das nicht trocken und dünn gewordene Innenleben der Toastbrotscheiben. Ein süßlicher Duft entströmte diesem Brot und vermischte sich mit dem Geschmack des Landschinkens, der von zwei Cheddar-Cheese-Scheiben umhüllt war. Dieser Käse war in meiner Jugend und in meiner Heimatstadt noch keine Alltäglichkeit, und an diesem Detail konnte man die Weltläufigkeit des Caféhausbesitzers erahnen. Wenn das Brot heiß wurde, schmolzen die äußeren Enden der flachen Käsescheiben und wurden von der Hitze des Grilles am Rande des Toastbrots verbacken. Blieb der Toast dann noch eine Minute länger im Grill, wurden diese hervorgetretenen Käseteile dunkelbraun und knusprig. Mit einem Klingelzeichen einer automatischen Uhr wurde der Toastvorgang beendet, und dann stellte mir der freundliche Besitzer, der Eigentümer und Kellner in einer Person war, meinen Spezialtoast auf gewärmtem Teller vor mich hin. Dieses Detail sollte der Anlaß sein für eine Hochrechnung, wieviel dieser angenehme ältere Mann vom Leben verstand. Vor allem verstand er, wie wichtig es war, die so kurz erlebten Momente der Erfüllung zu perfektionieren. Wie jede Freude im Leben erst dann vollkommen wird, wenn man sie teilen kann, so hatte ich mitten in dem Jahr, in dem ich siebzehn Jahre alt wurde, das Glück, mein Sofa und meine Spezialtoasts nicht mehr allein essen zu müssen.

Es war die erste wirkliche Liebe, die in mein Leben trat, und sie hieß Susanna.

Sie schlug in mein Dasein ein wie ein Komet auf die

Mondoberfläche und hinterließ über viele Jahre hinweg ihren Eindruck in meinem Herzen. So wie sich in der verminderten Schwerkraft des Mondes der Staub nach einem Einschlag nur ganz langsam wieder zu senken beginnt, so langsam und sorgfältig senkten sich die Erlebnisse mit ihr in mein Buch des Lebens. Ihr erster Auftritt in meinen Alltag war sofort eine Frage auf Leben und Tod.

Man muß wissen, daß ich in jenen Zeiten von einem seltsamen Phlegma erfüllt war. Meine Interessen an der Außenwelt waren sehr begrenzt, und jede Form von Extrovertiertheit war mir lästig und unangenehm. Mein größtes Glück war es, an den Nachmittagen, nachdem ich das Caféhaus verlassen hatte, daheim auf meinem Bett zu sitzen und zu lesen. Wir hatten einen Bücherschrank, der vollgestopft war mit Literatur über die Geschichte der Menschheit, und eines Tages hatte ich beschlossen, mit dem Privatstudium über die Sumerer zu beginnen und mich bis zur Entdeckung Amerikas vorzuarbeiten.

Ich saß stundenlang da, kaute an einem Riegel Bitterschokolade und las Seite um Seite, Kapitel um Kapitel, Buch um Buch. Meine Mutter mußte mich manchmal fast gewaltsam von meinen Geistesschätzen losreißen, damit ich am gemeinsamen Abendessen teilnehmen konnte.

Da saß ich dann und baute im Geiste an den Pyramiden weiter oder schürfte unter Mayatempeln nach noch nicht entdeckten Totenmasken. Diese schweigend isolierte Haltung der Passivität lag um mich herum wie ein dünner Abendnebel über den schottischen Hochmooren, ganz weit oben im Norden des Keltenlandes. Im großen und ganzen kann man davon ausgehen, daß mein versunkenes Wesen nicht in die bewegte laute Welt meiner Altersgenossen paßte. Es war mehr als das. Es war nicht nur unpassend, es war eine Herausforderung für meine gleichaltrigen Kollegen, mich in dieser Trance zu stören und aufzurütteln. Die Realität dieser in meine Stille eingreifenden Lebendigkeit sah so aus, daß ich oft verprügelt wurde.

Es mag unglaublich klingen, aber irgendwann einmal hatten zwei Jungen aus meiner Schule entdeckt, daß ich keine gesteigerte Lust auf körperliche Auseinandersetzungen hatte, und waren mit den breiten Stiefeln ihres Übermutes in meine Weichteile gesprungen. Konkret gesagt sah das so aus, daß ich jeden Tag pünktlich zwischen der dritten und vierten Schulstunde verprügelt wurde. Es mag sein, daß dieses Ritual als Rache dafür angelegt war, daß ich das Monopol über das Ledersofa hatte, wie auch immer, zwischen der dritten und vierten Schulstunde wurde ich zum Sandsack der stärksten Jungen in meiner Klasse.

Zu diesem Zweck wurden in der hintersten Klassenecke einige Tische im Viereck aufgestellt und ich wurde hineingetrieben, und dann fingen zwei oder drei Jungen an, auf mich einzuschlagen. Es hatte keinen Sinn, den schnellen Weg zur Türe zu suchen, weil diese beim Verlassen des Raumes durch den Lehrer sofort

von einem Schüler blockiert wurde. Auch von den Lehrern selbst war keine Hilfe zu erwarten. Diese Hilfe wäre nur dann akut geworden, wenn ich ihnen berichtet hätte, welches Spiel ich zwischen der dritten und vierten Schulstunde mitspielen mußte.
Das war ausgeschlossen.
Bei aller Demütigung, die ich mir gefallen ließ, wäre dieses Berichten meiner Qual ein Überlaufen in das Lager des Feindes gewesen, und zu diesem Schritt wäre ich niemals bereit gewesen. Diese Erwachsenen dort auf der anderen Seite des Grabens waren die ewigen Besatzer unseres jugendlichen Geistes, und diese um Hilfe zu bitten wäre so gewesen, als hätte ein Schoschone einen englischen Rotrock gebeten, in seinem Fort unterschlüpfen zu dürfen, nur weil seine Stammesgenossen ihn zum Zeitvertreib an den Marterpfahl banden.
Eher wäre der Mount Everest zu Steppe geworden, als daß ich meine Ehre derart aufs Spiel gesetzt hätte. Außenstehende, die, wie wir ja wissen, immer ein schnelles Urteil bereit haben, hätten meine Passivität als Masochismus werten können – mir selbst aber war es einfach zu langweilig, mich zu wehren.
Langeweile – das ist das richtige Wort. Nach dem Erstaunen, das mich überkam, als ich das erste Mal verdroschen worden war, stellte sich mit der regelmäßigen Wiederholung dieses Vorganges Langeweile ein. Es langweilte mich zu sehen, wie die Tür aus dem Klassenraum zwischen der dritten und vierten Schulstunde verrammelt wurde. Es langweilte mich, das Zurechtrücken

der Bänke zu hören. Als mich zwei Jungen in die Mitte dieses Vierecks stießen, das von zwei Wänden und von zwei Bänken gebildet wurde, und als sie dann begannen, mit ihren Fäusten auf mich einzuschlagen, empfand ich nichts als Langeweile. Ein Teil meines Denkens sagte mir, daß es sinnlos sei, sich gegen eine derartige Übermacht zu wehren, ein anderer Teil in meinem Kopf empfand ein großes Staunen darüber, daß es tatsächlich so unterhaltend sein sollte, ein sich nicht wehrendes Opfer täglich mit seiner Ohnmacht zu konfrontieren. Fünf Minuten dauerte der Spaß jeden Tag, und dann läutete die Glocke auf dem Gang des Schulhauses schon wieder das Ende der Pause ein, und ich konnte mich wieder schwer atmend auf meinen Platz begeben. Ich hatte mir eine ziemlich perfekte Art der Doppeldeckung angewöhnt und war mir auf diese Weise sicher, zumindest keine Schläge ins Gesicht oder in die Magengrube zu erhalten. Mit dieser relativen Sicherheit waren die Minuten zu überstehen, ohne eine gebrochene Nase als Rechnung für mein Stillhalten präsentiert zu bekommen. Die Steigerungsstufe des Spieles, von dem ich nach einigen Wochen bemerkte, daß es meine Verprügler ebenfalls zu langweilen begann, bestand dann, mit prallgefüllten Schultaschen auf mich einzuhämmern. Dieser Beschuß brachte meine Doppeldeckung manchmal in arge Bedrängnis, da die Aufschlagswucht der dicken Taschen doch erheblich stärker war, als ein Faustschlag, den ich mit den vor das Gesicht gehaltenen Armen wegstecken konnte. Vielleicht

beging ich auch den Fehler, ein in diesen Wochen gelesenes geschichtliches Ereignis überzubewerten und auf die Ebene des Privatlebens transponieren zu wollen.
Dieses Beispiel aus der Kriegskunst war der taktische Rückzug der Russen vor Napoleon, als dieser das Zarenreich überrannte. Niemals stellte sich die russische Armee zur offenen Feldschlacht, sondern ließ Napoleon sogar bis nach Moskau hinein. Erst als den französischen Truppen der Nachschub ausging, das geplünderte Land keine Versorgung mehr für sie darstellte und der Winter hereinbrach, erst dann traten die Russen zum Gegenschlag an. Es kann sein, daß mich dieses Beispiel des Erduldens in ein falsches Fahrwasser getrieben hatte. Unser Klassenraum war nicht Moskau, die gegnerischen Truppen mit Vesperbeuteln wohlversorgt, und der Wintereinbruch wurde durch die intakte Heizung mehr als kompensiert. Wie also und wann sollte dieser Krieg ein organisches Ende finden?
Die Wende war kein Temperatursturz, die Wende war Susanna.
Eines Tages trat am Beginn der dritten Unterrichtsstunde unsere Chemielehrerin vor die Klasse und sagte: »Hört mal bitte kurz her, ich möchte euch eine neue Mitschülerin vorstellen. Sie ist mit ihren Eltern aus einer anderen Stadt hierher gezogen und heißt Susanna.«
Bei diesen Worten deutete sie auf ein Mädchen, das neben ihr stand und in die Klasse lächelte.
Es war um mich geschehen.

Unmöglich war es geworden, meinen Blick von ihr zu lösen. Sprachlos schaute ich dieses Mädchen an, und noch sprachloser war ich, als die Lehrerin sie auf den einzigen freien Platz setzte, der zu vergeben war. Dieser Platz war der Platz an meiner Seite.

»Hallo«, sagte sie, lächelte und gab mir ihre Hand.

»Ja, hallo ...«, antwortete ich und sah; daß sie mit ihren Augen in meinem Blick hängenblieb. Sie blieb hängen wie eine weiche Feder, die vom Wind über ein Feld getrieben wird und sich am Rand des Feldes in den Blättern eines Baumes niederläßt. Ihre Augen waren groß und glänzten jung und nachdenklich. Als sie sah, daß ich genauso in ihr hängenblieb, wurde sie kurz ernst und lächelte dann noch stärker als zuvor. Ich räumte meine Sachen von ihrer Tischhälfte zu mir herüber, da ich die Angewohnheit hatte, die ganze Platte der Bank mit Beschlag zu belegen. Sie sagte: »Danke«, und zog ihre Schreibmappe hervor und eine Füllfeder und versuchte, sich auf den Unterricht zu konzentrieren. Sie blickte sehr geradeaus auf die Tafel, an der die Lehrerin geheimnisvolle Molekülverbindungen aufzuzeichnen begonnen hatte. Ich war zerrissen. Eine Zeitlang tat ich so, als könnte ich mich auf den Vortrag konzentrieren, dann gab ich diesen Versuch auf und blickte nur noch in Susannas Gesicht. Ihre Wangen waren leicht gerötet, und ich weiß bis heute nicht, ob es von der Heizung oder vom Treppensteigen kam, da unser Klassenzimmer im fünften Stock lag. Sie waren leicht gerötet, und ihre Lippen waren ein wenig geöffnet. Es sah so aus, als

würde sie die Sätze mitsprechen, die vorn an der Tafel Auskunft gaben über Kohlenwasserstoffverbindungen – und die feine Haut ihrer Lippen glänzte ein wenig.
Ihr Haar fiel in einer weichen Welle über ihre Schultern und endete erst in der Mitte ihres Rückens. Sie saß sehr aufrecht, und wenn sie nicht geradeaus nach vorn sah, beugte sie sich mit leicht schräg geneigtem Kopf über ihr Papier, um sich Notizen zu machen.
Nach einigen Minuten atmete sie tief auf und sah mich an. Sie mußte kurz lachen, aber ich erkannte, daß sie mich nicht auslachen, sondern mir sagen wollte: »Es wäre schön, wenn diese Stunde hier zu Ende wäre und wir miteinander reden könnten, mir geht es genauso wie dir, aber bitte laß uns jetzt diese Stunde zu Ende bringen, ohne daß wir durch unser entrücktes Benehmen zum Gespött der anderen werden.«
Sie hatte recht mit dem, was sie dachte, und ich versuchte, mich zu beherrschen und nicht ihre Hand zu halten und mit ihr aufzustehen und aus dem Fenster zu springen, um hoch hinauf zu den Sternen zu fliegen.
Das hätte uns mit Sicherheit zum Gespött der anderen gemacht.
Gespött.
Was für ein Wort. Plötzlich fiel mir das Unausweichliche ein, dem ich mich in wenigen Minuten stellen mußte. Das Ende der dritten Stunde rückte näher und gleichzeitig der Beginn der Pause zwischen der dritten und vierten Stunde.
Was tun?

Wohin sollte ich mich wenden? Wen sollte ich ersuchen, mich heute einmal zu vertreten, um an meiner Statt Schultaschen auf den Schädel geschmettert zu bekommen? Ein beklemmendes heißes Gefühl kroch in meinem Bauch hoch, und mein Denken suchte verzweifelt einen Ausweg. Ich sah auf die Uhr, die an der Stirnseite des Klassenraumes angebracht war – nur noch wenige Sprünge hatte der Sekundenzeiger zu nehmen, dann würde es läuten. Klirrend plärrte die Pausenglocke in diese Gedanken und wurde sofort vom Geräusch der aufspringenden Schüler übertönt, die nicht mehr darauf hören wollten, daß für nächste Woche eine Klassenarbeit zum Thema frei wachsender Mineralkristalle angekündigt wurde. Ich blickte nach links aus dem Fenster und versuchte abzuschätzen, ob ich einen Sprung auf den Schulhof heil überstehen könnte.
»Gehst du mit mir hinaus«, fragte mich Susanna in diesem Moment und lächelte schon wieder ihren Sonnenstrahl, der meinen Wankelmut wegzubrennen begann.
»Ja … nein … ich … ich habe jetzt zu tun, ich …«
»Du hast zu tun, in der Pause?«
Sie lachte mich an, während sie das sagte, und aus den Augenwinkeln konnte ich mitverfolgen, wie in der Ecke hinter ihr schon die Bänke zum kommenden Schauspiel zusammengerückt wurden.
»Na ja«, sagte ich, »das ist – das ist etwas schwer zu erklären, ich …«
Mitten im Satz wurde ich abgeholt und von einem Jungen in den freien Raum zwischen den Bänken gesperrt.

»Aber geh ruhig hinaus, vielleicht kann ich später nachkommen«, rief ich ihr zu und krümmte mich unter dem ersten Faustschlag, der mich mitten in den Magen getroffen hatte, da ich nicht gleichzeitig mit ihr ein Rendezvous verabreden und die Doppeldeckung hochziehen konnte. Als ich von dem Schmerz in meinem Magen gezwungen wurde, mich zusammenzukrümmen, hörte ich, wie Susanna ein anderes Mädchen aufgeregt fragte, was denn hier los sei.
»Ach so, sie verprügeln ihn wieder, das ist völlig harmlos.«
»Drei gegen einen«, rief Susanna.
»Ja«, lachte das andere Mädchen, »mindestens, aber es wird langsam langweilig, weil er sich nicht wehrt ...«
Mit den letzten Worten dieses Satzes hatte ich mich wieder halbwegs aufgerichtet und konnte kurz in Susannas Augen sehen, bevor die nächsten Schläge auf mich einhagelten. Sie lächelte nicht mehr.
Sie stand ernst und aufrecht da und betrachtete mich mit stiller Fassungslosigkeit. Ich sah in dieser Hundertstelsekunde, die unser Augenkontakt dauerte, daß sie die Lage in ihrer gesamten Tragweite erkannt hatte. Sie wußte, was bis zu diesem Tag mit mir geschehen war. Sie sah meine Langeweile und meine Verachtung für das dumme Spiel. Ich sah, daß sie meine Resignation verstand und gleichzeitig abwartete, ob dieses Sich-gehen-lassen wirklich die Hauptfarbe meines Charakters sein konnte. Sie hatte einen jungen Mann getroffen, dessen Lachen und dessen be-

wundernder Blick sie verändert hatte. Ich sah, daß sie mit mir zusammensein wollte, und ich sah, daß es einem großen Teil ihres Herzens nicht gefallen wollte, wenn ich mich als Spielball von einigen Idioten herumstoßen lassen würde.

Es war die Entscheidung gefragt zwischen dem Hinnehmen des Philosophen, der zu viele Backen hat, die er masochistisch hinhalten konnte, und dem entschiedenen Grenzziehen eines Menschen, der darüber Bescheid weiß, daß die Geste der Demut von seinen Feinden nur als zitternde Kraftlosigkeit gedeutet wurde.

Ich sah, daß alles verloren sein konnte, noch bevor es begonnen hatte, wenn diese Pause zwischen der dritten und vierten Stunde nicht anders aussehen sollte als in den vergangenen Monaten. In diesen einzigen Moment hinein traf mich eine Faust mit voller Wucht an die Schläfe und gab den russischen Armeen das Signal, die Franzosen aus Moskau hinauszuwerfen.

Wie eine Sprungfeder, die zu lange zugespannt war, explodierte meine Wut, die ich so lange unter der Attitüde der Friedlichkeit verborgen gehalten hatte.

Meine Fäuste flogen nach vorn, und ich spürte, wie sie in den Körpern meiner Mitschüler einschlugen.

Sie stöhnten auf.

Sie stöhnten vor Schmerz und Überraschung auf, daß die Waagschale der Gewalt sich plötzlich aus der gewohnten Balance wegbewegte und ihr wehrloses Opfer zum Gegner geworden war. Sie waren überrascht und wie gelähmt, als ich plötzlich zum Echo all der vielen

Schläge wurde, die sie in mir niedergelegt hatten und deren Widerhall sie nun erlebten.

Ich schlug hart und kurz und genau überall dort hin, wo es wirklich weh tat. Nach dem anfänglichen Gefangensein in einer Schreckstarre versuchten sie sich zu wehren und nahmen die von mir abgeschaute Doppeldeckung ein. Wie ein Sturmwind fegte ich ihre Verteidigung beiseite und räumte unter ihnen auf wie die Horden Dschingis Khans, dessen Reiter im Sattel sitzend, mit beiden Händen den Bogen und den Pfeil bedienten, ohne abgeworfen zu werden. Ich hatte das Gefühl, als wären nur zehn Sekunden vergangen, aber plötzlich läutete es das Ende der Pause und damit das Ende dieser historischen Schlacht ein.

Ich fand mich in der Mitte meines Viereckes keuchend vor Lust dastehen und sah, wie sich meine Mitspieler humpelnd und stöhnend auf ihre Plätze verzogen. Ich nützte den Schwung aus, trat die beiden Bänke an ihren Platz zurück, fuhr mir mit beiden Händen über das Gesicht und ordnete meine Haare.

»Gehen wir nächste Pause spazieren«, fragte ich Susanna und sah sie so erleichtert an wie ein Fuchs, dem es gelungen war, aus einem Fangeisen zu kommen, ohne sich dafür selbst einen Fuß abgebissen zu haben.

»Gern«, sagte sie und blickte mir tief in die Augen. Dann ließ sie ihren Blick durch die Klasse kreisen. Fassungsloses Staunen herrschte auf allen Stühlen. War ich also doch nicht derjenige, als der ich ihnen in der letzten Zeit erschienen war? Steckten doch mehr Kräfte in mir als nur die Schnelligkeit, mit der ich mir den Platz auf dem Ledersofa erlaufen hatte? War doch Respekt angebracht, wo bis vor einer Stunde nur verächtliche Verwunderung über meine Lethargie geherrscht hatte? Es schien so zu sein.

Das Resultat dieser Wende in meinen Empfindungen war, daß ich seitdem niemals wieder in eine Schlägerei verwickelt worden bin. Zu meiner Sicherheit sprach sich blitzartig herum, daß ich im stillen Judo, Karate und Samurai-Kurse belegt haben mußte, und diese Fama eilte mir voraus, wo immer ich mich blicken ließ. Niemals wieder wagten es einer oder mehrere, mich mit körperlicher Gewalt zu belästigen. Im Gegenteil. Wenn ich zufällig auf meinen Spaziergängen in der Pause zwischen der dritten und vierten Stunde auf dem Gang in die Nähe einer Prügelei kam, wurden die Kriegshändel sofort eingestellt. Es war, als wollte man es nicht riskieren, daß ich mit einem der beiden Streithähne befreundet war und seine Partei ergreifen würde. Der Ruf der Unbesiegbarkeit war es, der mir diesen Frieden bescherte, den ich mir immer gewünscht hatte. Eine Zeitlang bedauerte ich, daß dieser Friede nur das Ergebnis von Angst war, aber mit der Zeit beschloß ich, diese Tatsache als Farbe der menschlichen Natur zu akzeptieren, und verwandelte meine anfängliche Verachtung über diese Wechselwirkung in die entspannte Gewißheit, mir nie mehr wieder die Hände schmutzig machen zu müssen.

Susanna war nicht nur der Impuls zur Freiwerdung dieser unterdrückten Aggression gewesen, sie war auch die

Freisetzung meiner noch nie erlebten Sehnsucht nach Zärtlichkeit.
Nach unserer ersten Begegnung begleitete ich sie jeden Tag zu ihrem Haus, nachdem wir, nebeneinander sitzend, Schinken-Käse-Toasts gegessen und einander bei den Übersetzungen lateinischer Gedichte geholfen hatten. Mit den Wochen erweiterte ich unsere Nähe dadurch, daß ich sie eines Morgens von ihrer Haustüre abholte und neben ihr zur Schule ging. Ihre Nähe machte mich unsagbar glücklich und ließ mich wachsen. Ich hatte in der Tat das Gefühl, als sei ich seit dem Tag, an dem sie das erste Mal neben mir saß, um mindestens fünf Meter gewachsen. Meine Haltung veränderte sich. Mein Gang wurde weit ausholend. Mein Lachen etwas lauter, meine Bewegungen etwas bestimmter. Ich nahm erstaunt zur Kenntnis, daß ich von Zeit zu Zeit meine Bücher über den Bau des Suezkanals beiseite legte und an sie dachte. Ich hielt die Bitterschokoloade zwischen den Fingern und fuhr mit der Zunge so lange über ihre Kanten, bis sie nicht nur zwischen meinen Zähnen schmolz, sondern auch meine Hände völlig verklebte. Ich ging dann in das Badezimmer, und wenn ich mir die Hände wusch, stellte ich fest, daß ich an Susannas Duft dachte. Ich stand da, hielt meine Hände unter das heiße Wasser und sah zu, wie die Bitterschokolade sich auflöste und in spiralförmigen Strudeln im Abfluß verschwand.
»Susanna«, dachte ich, »Susanna«, und je öfter ich ihren Namen vor mich hindachte, um so größer wurde meine Sehnsucht nach ihr. Ich wollte in ihrer Nähe sein. Ich

wollte nicht nur ihre Schulter neben mir spüren, wenn wir Aufsätze schrieben. Ich wollte nicht nur ihr Bein an meinem Oberschenkel fühlen, wenn sie sich im Caféhaus vorbeugte, um zu ihrem Glas zu greifen. Ich wollte sie umarmen und spüren und küssen und ihr Haar auf meinem Gesicht fühlen. Ich wollte sie an mich ziehen und nicht mehr loslassen. Ich drehte den Wasserhahn ab und ging schlafen.

Ich versuchte zu schlafen, aber es war unmöglich. Ich lag da und träumte von ihr, ohne die Augen zu schließen. All die vielen kleinen Bewegungen, die sie im Lauf eines Tages vollführte, tanzten vor meinen Augen und winkten mich zu sich.

Wenn sie mich anlachte und ihre Haare aus der Stirne hob ... Wenn sie meine Hand im Laufen festhielt, losließ und im nächsten Moment wieder zu sich zog ...

Wenn sie sich nach vorn beugte, um ihre Schuhe zuzubinden ...

Ich saugte jeden Atemzug auf, den sie tat, und legte ihn in mein Gedächtnis. Am Abend und in der Nacht in meinem Bett holte ich die Bilder hervor und ließ alles noch einmal ablaufen. Ich bekam keinen Schlaf mehr in diesen Nächten und nahm sogar etwas ab, was meine Mutter zur besorgten Frage trieb, ob ich mich beim Sport nicht zu sehr exponierte. Ich mußte lächeln über ihre Sorge und hätte ihr gern von der Ursache meiner Appetitlosigkeit erzählt. Es war mir aber so, als dürfte ich niemandem von dem Geheimnis erzählen, das Susanna und mich verband. Ich wollte es in mir beschützen und mit niemandem teilen. Ich war der festen Meinung, daß das unserem Zauber abträglich gewesen wäre. Eines Nachts richtete ich mich in meinem Bett auf und hatte genug.

Ich hatte genug davon zu träumen.

Ich hatte genug davon, an sie zu denken, ihren Namen vor mich hinzuflüstern und meine Decke zu umarmen.

»Das ist doch Wahnsinn«, sagte eine Stimme in meinem Kopf, »geh zu ihr und umarme sie, so wie ihr euch beide es schon die längste Zeit wünscht. Hör auf zu phantasieren und werde real.«

Real werden …

Real sein.

Das war das große Abenteuer im Leben, dem ich so oft ausgewichen war. Ich erinnerte mich noch so genau an diese lange Welle in meinem Leben, die nicht an den Strand der greifbaren Welt schlagen wollte, um nicht zur Alltäglichkeit zu verkommen.

Meine Mutter hatte mir einmal an einem stillen Novembernachmittag mitten in mein versunkenes Studium der Han-Dynastie hinein einen schrecklichen Satz gesagt. Sie war plötzlich in meinem Zimmer gestanden und hatte mich betrachtet. Ich fühlte ihren Blick auf mir und hob meinen Kopf von meinem Buch. Wie lange war sie schon dagestanden und hatte mir zugesehen? Ich weiß es nicht. Ich weiß nur noch, daß ihr Satz mich bis ins Mark erschütterte. Sie hatte mich angesehen und gesagt: »Du kannst nicht dein ganzes Leben lang nur lesen.«

Ich fühlte die umwälzende Realität, die hinter ihren Worten lag, und erschrak zu Tode.
»Du kannst nicht dein ganzes Leben lang nur lesen …«
Warum nicht, um Gottes willen.
Warum nicht?!
Ich sah sie an, und sie mußte in meinen Augen dieses existentielle Entsetzen gespürt haben, das mich bei ihren Worten ergriffen hatte. Sie kam näher, streichelte mir über den Kopf und lächelte: »Du verdirbst dir sonst noch die Augen«, dann ging sie stumm aus dem Zimmer.
Dieser Satz war rührend und lächerlich. Ich wußte, daß sie ihn nur gesagt hatte, um etwas wiedergutzumachen. Sie hatte in meinen Augen meine Angst gesehen. Sie hatte gesehen, welche Welt sich in mir errichtete, wenn ich zu einem Buch gegriffen hatte. Sie hatte gefühlt, daß in dem Lesen und dem Versinken in den alten Bauanleitungen, die zur Konstruktion von Papyrusschiffen dienten, mehr lag als nur ein Zeitvertreib. Es war mein Schutz vor der Welt, den ich mit einem Buch in den Händen hielt. Es war mein Schild gegen den Wahnsinn der sogenannten Realität, der ich nicht angehören wollte. Ich sah keinen Sinn in den Spielen und Grausamkeiten der Welt, die ich mit steigender Fassungslosigkeit zur Kenntnis nehmen mußte. Ich wollte nicht mitspielen, nicht dazugehören, nicht teilnehmen.
Was war so außergewöhnlich an der Realität, daß man aufstehen sollte, das Zimmer verlassen und ein Mitglied der Gesellschaft werden?

Niemand konnte mir ein Argument liefern, das mich dazu verführt hätte, mich in Bewegung zu versetzen. Grausamkeit war alles, was da draußen vor meinem Zimmer herrschte.
Grausamkeit auf allen Ebenen, und das mitzubedienen sollte es wert sein, ein Buch aus der Hand zu legen?
Niemals.
Die kurze Formel, auf die sich alles in der realen Welt verknappen ließ, lautete: »Wer ist der Stärkere?«
»Wer ist der Stärkere?«
Diese Frage war das alles in Bewegung haltende Rätsel, das die Menschen jeden Tag aufs Neue zu lösen versuchten. Jeden Tag stand die Welt auf, schüttelte die Süße ihrer Träume ab, anstatt sie Wirklichkeit werden zu lassen, wappnete sich und trat zum Kampf gegen den Nächsten an.
War das erstrebenswert?
War es erstrebenswert herauszufinden, wo ein anderer Mensch seine Schwachstellen hatte, nur um ihm dann genau dort einen Dolchstoß zu versetzen? Es ist sicherlich außergewöhnlich, daß mir mit den prallgefüllten Schultaschen auf die Schädeldecke gehaut wurde, aber dieses Vorgehen umfaßte den Kosmos der menschlichen Realität.
»Im Kleinen wie im Großen.«
Dieser Satz, den ich in einem Buch über griechische Philosophen entdeckt hatte, war die Lösung für alle Vorgänge auf unserem Planeten.
Im Kleinen wie im Großen. Die Qual, die Kinder einan-

der bereiteten, wenn sie beim anderen eine vermeintliche Schwäche entdeckten, war die kleine Vorbereitung auf die großen Kriege zwischen den Völkern, war die Grundlage für die Herzlosigkeit zwischen den Geschlechtern und war der Keim für die Qual, an der Realität der Welt teilzunehmen. Es war so offenkundig wie ein Buch, das niemals versiegelt worden war.
Und das sollte ich eintauschen gegen die friedliche Beschäftigung mit meiner Phantasie?
Warum?
Warum sollte das geschehen? Was hatte es für einen Nutzen für mich? Die Spielregeln waren ohnehin so simpel und so einfach zu durchschauen wie die Hackordnung in einem Wolfsrudel, und da sollte ich zähnefletschend mitknurren, nur um einen Platz weiter nach oben in der Hierarchie zu rücken?
Keine Lust.
Ich hatte keine Lust, meine Lebensform zu verändern, nur damit ich passend wurde. Wem wäre damit geholfen, wenn ich mich hinausbegeben hätte, um teilzunehmen am täglichen Rennen um den großen Kuchen? Das Beispiel in der Pause zwischen der dritten und vierten Stunde hatte mir ja gezeigt, wie unendlich simpel die Mechanismen waren, nach denen das Zusammenleben der Menschen geregelt war. Sei der Stärkere, und du hast Frieden – versuche, deine Empfindsamkeit zu bewahren, und du wirst gefressen.
So einfach, so überschaubar, so langweilig.
Langweilig war diese Gesellschaftsphysik, die nach den

plumpen Newtonschen Gesetzen funktionierte. Wer sich aufrichtet, zwingt den Nächsten, gleichzuziehen oder abzuziehen. Wer Härte vorgab, verhinderte Zartheit. Wer zuschlug, war im Vorteil. Wie langweilig … Wie unendlich langweilig angesichts der Tatsache, daß dieses Einmaleins das ganze Leben dominieren würde. Ein Leben lang würden diese plumpen Bauklötze des Verhaltens dazu benützt werden, um Reviere abzustecken und Beute zu machen. Und das sollte interessant sein? Diese absehbare Eintönigkeit im Ablauf von Krieg und Frieden, der niemals … niemals von einer Überraschung durchbrochen werden konnte, sollte mich dazu bewegen, nach draußen zu gehen, meine Bücher wegzulegen und Sport zu treiben?

Wenn nur die Ahnung vorhanden gewesen wäre, daß dieses Einmaleins des Lebens die Basis darstellte, um in späteren Jahren einer höheren, komplexen Mathematik des Daseins Platz zu machen, hätte mich die Vorstellung vielleicht reizen können, zum Rechenschieber der täglichen Verpflichtungen zu greifen – aber so? Im Gegenteil, es fand keine Verfeinerung und Entwicklung statt. Im Gegenteil, man konnte mitverfolgen, wie erwachsene Menschen ausschließlich trauriger, deprimierter und hoffnungsloser wurden, weil sie Tag um Tag, Jahr um Jahr dieselben Spiele spielten, ohne Aussicht auf einen Quantensprung, der eine Erlösung von der Eintönigkeit dargestellt hätte. Mutlosigkeit machte sich breit, nachdem sie so um die Dreißig endlich begriffen hatten, daß nur die Schauspieler und die Requisiten wechseln, aber niemals das Stück. Der Text des Stückes hieß: »Wach auf, kämpfe, sei hart und stirb.« Wie langweilig… Wie uninspiriert. Nein, nein, das wollte ich nicht mitspielen.

Lieber saß ich daheim auf meinem Sofa und las über die unzähligen Toten, die angeblich beim Bau der Chinesischen Mauer zwischen den Steinen der Festungswälle einbetoniert wurden.

Auf diese Weise ist dieses Monument zum größten Grab geworden, das es auf der Erde gibt und das sogar unsere Astronauten und die Besatzungen von Ufos mit freiem Auge aus dem Weltall erblicken können. Ich fühlte, wie mit meiner eigenen Haut an den Händen, wie schwer und hart es gewesen war, die Granitquader aus den Bergen zu lösen, sie zurechtzuhauen und an die vorgesehenen Mauerstellen zu passen. Ich spürte den ledernen Trageriemen auf meiner Stirn, der den Jutebeutel auf meinem Rücken festhielt, in den lehmige Erde und Kies geladen wurde, der zum Feststampfen der Straße auf der Mauerkrone benützt wurde. Ich roch den zarten Duft des Jasmintees, den man den Würdenträgern aus der Hauptstadt kredenzte, wenn sie von Zeit zu Zeit den Bau der Mauer begutachteten. Ich hörte das leichte Klicken, wenn sie die grünfarbenen Porzellanschalen auf das Lacktablett zurückstellten, auf dem fliegende Reiher abgebildet waren. Das Grün dieser ersten frühen Teetassen, die aus der Ming-Zeit stammten – dieses Grün war entstanden, weil man Jadestaub in die rohe Porzellanmasse gemischt hatte. Dieser Jadestaub war eines der kostbarsten Materialien und war nur für die Porzellanherstellung verwendet worden, die den »Söhnen des Himmels« zugeeignet war. Das waren Dimensionen, das war Leben, das war eine Welt, in die es sich lohnte einzutreten, und das sollte ich zuklappen, aufstehen und Basketball spielen gehen, um mich in der Gruppe zu beweisen?

Nein, ich wollte nicht. Ich wollte nicht und hielt mein Buch noch immer mit beiden Händen fest umklammert, als meine Mutter schon lange aus meinem Zimmer verschwunden war.

Man konnte sehr wohl sein Leben lang lesen, entschied ich mich in einer Aufwallung von Trotz und Widerstand. Ich wollte, konnte und würde mein Leben lang träumen und phantasieren und meine Ruhe haben und nicht ein Mitglied werden.

Ich konnte ja Bibliothekar werden in der Stadtbücherei oder Buchhändler oder Vorleser.

Vorleser – das wäre meine Bestimmung gewesen. Vorleser – wie die Könige im Mittelalter sich einen leisteten, weil sie zwar mit dem Schwert andere Schädel spalten konnten, aber ein B von einem C nicht unterscheiden. Vorleser, das wäre die Berufswahl für mich gewesen. Diese Berufswahl, die mich so nahe an meinen geliebten Strohhut hätte bringen können. Mein Strohhut, der mir in der Kindheit als Ideal von Ruhe und Frieden und Gelassenheit erschienen war.

Ich war eines Tages durch den stillen Park geschlendert, der im Herzen meiner Geburtsstadt liegt, und hatte

mich auf eine Bank im Schatten einer Platane gesetzt, mein Buch geöffnet, um die Lebensgewohnheiten der Hopi-Indianer zu studieren. Ein überwältigend interessanter Indianerstamm im Süden Amerikas, der eine friedliche Ackerbaukultur betreibt und dem Maisgott jedes Jahr ein Fest bereitet, wenn er die Kolben auf den Feldern wieder einmal hat reifen lassen. Darüber hinaus bezeichnen sich diese Indianer als Hüter des Herzens der Erde, weil ihr Lebensgebiet ein heiliger Ort auf diesem Planeten sein soll. Ist es nicht überwältigend zu erfahren, daß auf dem entgegengesetzten Punkt der Erdkugel in Tibet dasselbe gesagt wird? Auch dort lebt ein mongolides Volk, das seinen Lebensraum schützt und ehrt wie ein lebendes Tier, um auf diese Weise die Welt im Gleichgewicht zu halten. Wenn man einen Bambusstab hätte, der lang genug wäre, um ihn durch die Erdkugel zu schieben, hätte man eine Verbindung zwischen diesen beiden Menschengruppen geschaffen, die die Seelengeheimnisse dieses Planeten achten und hüten wollen. Was für ein Abenteuer – was für eine phantastische Dimension …
Weitaus animierender, als Geld für den nächsten, tiefergesetzten Sportwagen zusammenzukratzen, um wenigstens den Frauen zu imponieren, denen man mit Liebe nicht imponieren kann.
Erbost über diese Hochrechnung, an der ich mich ebenfalls niemals beteiligen wollte, blickte ich kurz von meinem Buch hoch über den See.
In der Mitte des Parkes lag ein kleiner Weiher. Er war

mit natürlich wirkenden Ufern angelegt, und in seinem Zentrum befand sich eine kleine Insel, die den Enten als Rastplatz diente. Der Wind strich leicht über das Wasser und kräuselte seine Oberfläche zu einem flirrenden Lichtspiel, das sich in den Blättern der Bäume widerspiegelte, die ihre Äste weit über das Wasser geschoben hatten. Genau mir gegenüber saß ein alter Mann. Er trug einen altmodischen hellen Anzug mit angenehm sitzenden Schultern und hatte einen Strohhut auf dem Kopf.
Dieser Strohhut hatte eine ausgebleichte Farbe vom vielen Tragen in vielen sonnigen Sommern angenommen, und rund um seine Krempe zog sich ein schwarzes Seidenband. Dieser alte Man saß mir gegenüber auf einer Bank und las.

Er hatte sein Sakko ausgezogen und über die Schultern gelegt. Seine Ärmel hatte er aufgeknöpft und sein weißes Hemd über die Unterarme hochgekrempelt. So saß er da und las in einem Buch.

Jetzt legte er einen Finger zwischen die Seiten, denen seine Aufmerksamkeit gegolten hatte, schloß das Buch um seine Finger, um die Stelle schnell wiederzufinden, und atmete aus.

Ich erkannte, daß er etwas gelesen hatte, das seinen Geist weit, weit weggetragen hatte und daß er einen Moment der Pause brauchte, um dann erneut in diese andere Welt eintauchen zu können. Er legte den Kopf zur Seite, so als wollte er einer fernen Melodie lauschen, die in ihm zu klingen begonnen hatte, und dann fühlte er meinen Blick.

Ich wollte ihn nicht stören, ich war nur von seiner Aura der Isolation, die eine Aura der absoluten Teilnahme war, so fasziniert, daß ich meinen Blick nicht von ihm lösen konnte. Er hielt meine Anteilnahme mit seinen Augen fest und sah, daß ich gesehen hatte, was mit ihm geschah. Er bemerkte das Buch auf meinem Schoß, in dem mein Zeigefinger steckte, den ich zwischen die Seiten gelegt hatte, um die Stelle schnell wiederzufinden. Dann hob er wieder die Augen und lächelte mich leise an. Wir wußten …

Wir wußten es, was nicht erlebbar ist, und liefen gemeinsam durch alle Spiralen des Lichtes, das sich auf dem See silbrig brach, und dann nickte er sachte und verabschiedete sich aus unserem Blick und las weiter.

Dort wollte ich auch sein.

Dort wollte ich auch hin. Er war schon dort, wo ich eines Tages sein wollte, um endlich meine Ruhe zu haben. Ich sah mit einem Schlag mein zukünftiges Leben mit all seinen Champagnerkorken, Erklärungen, Kindern, Scheidungen, Siegen und Niederlagen vor mir wie einen langen Weg, dessen Ziel man schon beim Losgehen kennt. Eines Tages würde all diese Aufgeregtheit des Lebens still werden. Die Aufgaben würden erfüllt sein, alle Frauen geliebt, alle Feinde bekämpft, alle Häuser gebaut, alle Kinder gezeugt, alle Bäume gepflanzt, und dann … Dann dürfte ich dort drüben sitzen auf der anderen Seite des Sees und wieder lesen.

Dann würde mein Zeigefinger zwischen zwei Buchseiten liegen und mein Geist würde wieder hinauffliegen

in den Himmel der grenzenlosen Bilder meiner Phantasie …
Ich begann, weiter die Stammesgeschichte der Hopi zu verfolgen, und blickte nur selten zu dem alten friedlichen Mann mit seinem Strohhut hinüber, um ihn nicht in seiner Versunkenheit zu stören. Ich wußte mit schwerem Herzen, daß dieser Weg erst begangen sein mußte, bis ich mir so einen Strohhut leisten konnte, und ich wußte, daß meine Mutter mit diesem aufwühlenden Satz recht gehabt hatte, daß ich mich doch stellen mußte. Letzten Endes sind wir das, was wir tun.
Letzten Endes sind wir das, was wir tun …
Wir sind das, was wir tun, und diese Erde ist ein materieller Planet. Die Pyramiden wären nicht dort, wo sie stehen, wenn ihr Baumeister unter einer Dattelpalme sitzen geblieben wäre und sich ihre ewige Form nur vorgestellt hätte. Eines Tages war er doch aufgestanden, hatte den Sand aus seinem baumwollenen Lendentuch geschüttelt und seinem Pharao den kühnsten Bauentwurf der Menschheitsgeschichte vorgelegt. Das Reich der Träume würde mich gefangenhalten, und ich würde Susannas Lippen niemals berühren, wenn ich es bei der Vorstellung belassen würde.
Ich saß aufgerichtet in meinem Bett und beendete im Sitzen meine Phantasien von japanischen Klosterhallen, in denen die Novizen tagelang mit dem Gesicht zur Wand gedreht sitzen, um der Welt den Rücken zu zeigen.
Ich beschloß in dieser Nacht, ein Täter zu werden, und

lud Susanna am nächsten Tag ein, mit mir ins Kino zu gehen.
Wir saßen nebeneinander auf dem Sofa, und sie sagte so schnell und heiter »ja«, daß ich die Hochrechnung machen konnte, wie lange sie schon auf diesen Vorschlag gewartet hatte. Vergangenes ist vergangen, und der Apfel fällt erst dann vom Stamm, wenn er am reifsten ist.
Diese Sätze beruhigten mich, als ich darüber nachzusinnen begann, ob ich sie nicht schon früher hätte einladen sollen. Sie war aber kein ungeduldiges Wesen und schien mich zu verstehen, ohne darüber großes Aufheben zu machen. So sagte sie also ja, und dann blätterten wir gemeinsam in einer Zeitung, um den passenden Film für unser erstes gemeinsames Ausgehen zu finden. Ich entdeckte, daß »Die sieben Samurai« gespielt wurden, hatte aber gleichzeitig den richtigen Instinkt, daß dieser blutrünstige Film bei aller historischen Genauigkeit nicht das Richtige wäre, um ihre Hand zu halten. Den »Glöckner von Notre Dame« strichen wir auch von unserer Liste und einigten uns letzten Endes auf »Ein Herz und eine Krone« mit Audrey Hepburn und Gregory Peck. Kaum stand unser Entschluß fest, fingen wir an, ungeduldig zu werden und den Abend herbeizusehnen. Wir verabschiedeten uns und gingen nach Hause, um uns umzuziehen. Ich hatte ihr gesagt, daß ich die Karten telefonisch bestellen und abholen würde, so daß wir nicht in einer drängenden Menschenmenge Ellbogenstöße erleiden mußten.

Dann stand ich daheim vor meinem Kleiderschrank und wußte nicht, was ich anziehen sollte. Mitten in meiner Unentschlossenheit erschien mein Vater im Zimmer und sagte: »Kannst du morgen die Post hereinholen, bitte – wir müssen auf zwei Tage hinaus aufs Land fahren, meinem Bruder geht es nicht so gut, und er möchte Mutter und mich bei sich haben ... Geht das?«
Ich nickte und richtete meine Aufmerksamkeit wieder in den geöffneten Schrank.
»Was suchst du denn«, fragte mein Vater, und ich sagte: »Ich weiß nicht, was ich anziehen soll.«
»Aha«, antwortete er, »wie wäre es mit einem Hemd und einer Hose?«
Dann schloß er wieder die Türe. So einfach war das also. Ein Hemd und eine Hose. So schlicht und einfach löste man die großen Probleme des Alltags. Ich beschloß, ihn ausnahmsweise als Vorbild zu akzeptieren, und griff zu einem Hemd und zu einer Hose. Dann holte ich meine Lederjacke hervor, zog sie an und setzte mich an meinen Schreibtisch.
Was sollte ich tun, damit die Zeit schneller verging ...
Lesen?
Ich griff zu einem Buch, zog das Lesezeichen hervor und bemühte mich, meinen Blick auf die Zeilen konzentriert zu halten. Aha – Süditalien war also einmal von den Normannen besetzt gewesen ... Daher die zwar selten, aber doch gelegentlich auftretenden rothaarigen Süditaliener ...
Ich schloß das Buch und warf es aufs Bett. An diesem

Tag waren die beiden Geschwindigkeiten zwischen Realität und geschriebenem Wort so unterschiedlich, daß mich das Weiterlesen aus der Kurve geworfen hätte. Die Zeilen waren wie eine trockene Stelle auf einem Schneehang, auf die man bei einem Slalom stößt. Der schnelle Schwung der Skier wird abrupt abgebremst, und man fällt hin, weil man ein zu hohes Tempo hat. Das Tempo meiner Aufgeregtheit ließ mich über das Lesen stolpern, und ich spürte, daß es zwei unterschiedliche Herausforderungen waren, das frühe Mittelalter zu studieren oder sich auf einen Abend mit seiner Liebsten vorzubereiten.

Ich hielt es nicht mehr länger in meinem Zimmer aus, und nachdem ich die Karten bestellt hatte, verabschiedete ich mich von meinen Eltern, die ihre Reisetasche packten, und ging hinaus in die Stadt. Ich ließ mich durch die Straßen treiben, ging dann eine Stunde später zum Kino, holte die Karten und bummelte dann verloren an einigen Auslagen entlang, bis ich fast den ersehnten Beginn des Filmes verpaßt hätte.

Ich bog laufend um die Ecke, und da stand sie schon im hell erleuchteten Eingang zum Kino.

Sie sah hinreißend aus. Sie hatte ein sehr kurzes blaues Wollkleid angezogen und hohe Schuhe dazu gewählt. In den Ohren entdeckte ich zwei kleine Perlenstecker, die ich noch nie an ihr gesehen hatte, und auf ihren Lippen hatte sie eine dünne Schicht roten Lippenstiftes aufgetragen.

»Hallo«, sagte sie, und ich bemerkte, daß sie ein wenig

außer Atem war, obwohl sie nicht laufend um die Ecke gebogen kam.

»Da bin ich«, stieß ich atemlos hervor.

»Ich sehe es«, sagte sie und lachte so sehr, daß ich ihre weißen Zähne sehen konnte.

»Ja – da bin ich ...«

Ich stand da und sah sie an. Sie gefiel mir. Sie gefiel mir so gut ... So wahnsinnig gut, so irrsinnig gut gefiel sie mir, wie sie da vor mir stand und ein wenig älter wirkte als noch am Vormittag.

»Tolle Lederjacke hast du an«, sagte sie, und ich antwortete: »Du auch.«

»Bitte?«

»Ich meine, ich wollte sagen, du gefällst mir wahnsinnig gut!«

Sie lachte und hängte sich bei mir ein.

»Hast du schon die Karten«, fragte sie, und ich war froh, schon vor drei Stunden an der Kasse unsere Billets abgeholt zu haben.

Wir gingen durch das Foyer und zeigten dem jungen Mann, der vor dem Saal die Tickets abriß, unsere Eintrittskarten.

»Möchtest du Kartoffelchips«, fragte sie und überlegte kurz.

»Bitterschokolademandeln wären mir lieber«, sagte ich, und dann lief sie noch schnell an die Bar und kam gleich darauf mit Bitterschokolademandeln und einer Tüte Kartoffelchips zurück.

»Ich hab beides genommen, wir können ja teilen.«

Ich nahm sie an der Hand und ging mit ihr in den Vorführsaal, in dem soeben das Licht ausgemacht wurde. Wir setzten uns und lachten und sahen uns an, und vor lauter Ungeduld aßen wir die Chips und die Mandeln in fünf Minuten komplett auf. Dann begann der Hauptfilm, und ich war mir nicht sicher, ob der Druck in meinem Magen von den Chips kam oder von der Tatsache hervorgerufen wurde, daß sie so nahe neben mir saß und nach einem wunderbaren Parfum roch, das ich jetzt erst bemerkte.

»Du duftest so gut …«, flüsterte ich.

Sie lächelte. »Das ist Chanel Nummer fünf«, flüsterte sie zurück, und ich beschloß zu akzeptieren, daß ich in der Welt der Realität noch viel zu lernen hatte.

Der Film ging auf herzbewegende Weise zu Ende, und dann lösten wir unsere Hände, die den ganzen Film über ineinander verschmolzen waren, und sahen uns an. Die Augen gewöhnten sich wieder an das Licht im Saal, die Leute drängten aus dem Kino, und wir blieben noch kurz sitzen, weil ich einen Film erst dann für beendet ansehe, wenn auch der letzte Titel an mir vorübergezogen ist und der letzte Ton verklungen. Plötzlich saßen wir allein im Saal, und ich löste meinen Blick von der Leinwand und sah, daß sie nicht lächelte, sondern schon die längste Zeit mein Gesicht angeblickt hatte. Ich sah ihr in die Augen und sagte nach einer langen Pause: »Du bist so schön …«

Sie rückte ein wenig näher und sah auf meinen Mund. Ich senkte meinen Blick und bemerkte, wie sich ihre roten Lippen leicht öffneten und ein Schimmer auf ihnen lag, den ich von der Perlenkette kannte, die im Kerzenlicht glänzte. Langsam kam sie näher und näher, und dann berührten sich unsere Lippen, und wir küßten uns zum ersten Mal.

Ich fühlte, wie ich von einem weichen Schlag getroffen wurde, der durch meinen Körper flog wie ein Panther, der aus dem Dschungel hervorbricht. Ich hatte dieses Bild einmal in einem Naturfilm gesehen, und ich erinnerte mich an den Moment, als der Panther, den man schon hinter dem Grün der Lianen ahnen konnte, mit einem Mal aus dem Dickicht heraus und auf die Kamera zusprang. So wie dieses Tier unaufhaltsam war in seinem Sprung, so unaufhaltsam raste eine Kraft durch meinen Körper, als ich sie zum ersten Mal küßte.

Sie öffnete ihre Lippen, und unsere Wärme verband sich zu einem tiefen Atemzug. Dann mußten wir beide im selben Moment aufstöhnen, weil es so schön war, was mit uns geschah.

Ich legte meinen Arm um sie und zog sie nah an mich, ohne dabei mit dem Kuß aufzuhören. Ich hatte die Augen geschlossen und sah und hörte nichts außer ihrem Atem und dem leisen Ton, den sie in ihrem Atem hatte, als wir uns weiterküßten …

Sie schmeckte so süß und weich und heiß, und niemals mehr hätte ich aufgehört, sie zu küssen, wenn nicht plötzlich eine Stimme gesagt hätte: »So, ihr Süßen, jetzt müßt ihr daheim weitermachen …«

Was für ein Eingriff.

Was für ein Blitzstrahl der Realität.
Ich wußte ja, warum ich so gern zu Hause blieb und sicher sein konnte, nicht im falschen Moment vom falschen Menschen irritiert zu werden. Sie erschrak genauso wie ich, und genau dafür, dafür, daß mein Mädchen erschrak, hätte ich aufstehen können und dem Mann eine ans Kinn donnern wollen. Sie sah meinen kurzen Ärger und streichelte mir über den Kopf. »Laß ihn reden, sein Vorschlag ist gar nicht so dumm.«
Dann standen wir auf und gingen vor das Kino. Nein, sein Vorschlag war wirklich nicht dumm; und mein Schutzengel mußte seine Flügel im Spiel gehabt haben, als er meine Eltern auf zwei Tage aufs Land geschickt hatte. Wir standen vor dem Kinoportal, und ich umarmte sie, um sie zu wärmen. Sie hatte ihre Hände auf meine Brust gelegt und sah mich an.
»Ja«, fragte sie, »hast du einen Plan?«
»Ja, eigentlich schon …«, sagte ich, »meine Eltern sind heute nicht zu Hause, und ich denke, bevor wir jetzt in einem überfüllten Lokal sitzen, könnten wir doch zu mir gehen.«
»Das ist eine hervorragende Idee«, sagte sie, umarmte meine Hüften, lehnte sich eng an mich, und so wanderten wir zu mir.
Als wir in der Wohnung angekommen waren, zogen wir unsere Jacken aus, und ich führte sie durch alle Zimmer, damit sie sehen konnte, wie ich meine Kindheit verbracht hatte.
Ich ging mit ihr durch die Küche, das Bad, alle anderen

Räume und landete nach einem Blick in den Schatzkeller der Bibliothek in meinem Zimmer.

»Da schläfst du also«, sagte sie und sah auf mein Bett.

»Ja«, sagte ich und lehnte mich an die Kante meines Schreibtisches.

»Und denkst du an mich vor dem Einschlafen?«

Sie kam zu mir und legte mir ihre Arme um den Hals.

»Ja, jede Nacht.«

»Mir geht es genauso ...«

Wir schwiegen und sahen uns an. Dann nahm ich ihr Gesicht in meine Hände und küßte sie. Sofort war wieder diese heiße Welle in mir, aber wir beide wußten, daß uns jetzt niemand mehr stören konnte und daß es keinen Grund gab, sich zu beeilen. Minutenlang hielten wir einander umarmt und ließen uns in unseren Küssen nicht mehr los. Dann holte sie tief Atem und fing langsam an, den Verschluß ihres Kleides aufzuknöpfen. Ich sah ihr zu, wie sie mit weichen, unendlich langsamen Bewegungen das Kleid über ihren Kopf zog, und dann begann sie, mein Hemd Knopf für Knopf zu öffnen. Zwischen jedem Knopf ließen wir eine Ewigkeit verstreichen, die wir mit unseren Küssen ausmalten.

Dann war sie beim letzten Knopf angekommen und zog mir das Hemd von den Schultern. Einen Moment lang sah sie mich an und preßte dann ihre warme Haut gegen meine Brust. Ich hatte das Gefühl, als würde ich mich auflösen, als sich ihre Brust gegen mich lehnte, und ihre heißen Oberarme meine Hüften berührten. Wir standen ganz still, und trotzdem fingen wir beide

an, so heftig zu atmen, als würde uns das Herz jeden Moment wie ein roter Vogel aus dem Mund springen wollen.
Ich nahm sie bei der Hand und setzte mich mit ihr auf mein Bett. Sie schob die Decke zur Seite, legte sich hinein und sah mir zu, wie ich meine Hosen abstreifte und zu ihr unter die Decke kam. Dort lagen wir wieder, ohne uns zu bewegen, hielten einander fest und versiegelten unsere Lippen mit unseren Lippen. Ich öffnete bei einem Kuß einmal meine Augen und sah ihre geschlossenen Lider zittern wie die Brust eines jungen Vogels, der aus dem Nest gefallen war. Ich zog sie näher an mich und hörte sie leise stöhnen, als sie spürte, wie sehr ich sie wollte. Sie sah mich kurz an und begann, mit ihren Fingern ganz zart meinen Rücken auf und ab zu fahren. Jede ihrer leichten Bewegungen ließ mich tiefer und tiefer atmen, und dann hatte ich das Gefühl, als würde sich mein Bett zu drehen beginnen und als würde mich ein kreiselnder Schwindel weit in ihr Herz ziehen.
Ich legte mich auf sie, und als sie ihre Beine geöffnet hatte, holte sie mich in sich hinein, dann konnte ich nicht mehr länger still sein und ein Ton brach aus meiner Brust heraus, wie ich es noch nie gehört hatte.
Sie hielt mich ganz fest an sich gedrückt, und dann bewegten wir uns nicht und lagen ineinander und spürten nur den Atem und die Haut und die Wärme und den Duft des geliebten anderen Menschen.
Sie fing an, leise zu seufzen, als ich nach einer Zeit mei-

nen Körper bewegte und sie sanft immer wieder bedrängte und festhielt wie ein Wind, der die hohen biegsamen Zweige in den Birken bewegt.
Ich fühlte, wie sich alles in mir zu spannen begann und daß dieses Gefühl auch ihre Brust ausfüllte, weil ihr Seufzen immer lauter und heftiger wurde, und als ich sie wieder küßte, riß sie ihren Kopf nach oben, um atmen zu können. Sie bäumte sich auf und grub ihre Nägel in meinem Rücken, und ich packte sie fest und zart zugleich, damit sie spüren sollte, daß ich bei ihr war und sie nicht loslassen würde, was immer auch geschah.
Ihr Körper hob sich hoch wie ein gespannter Bogen, und dann schrie sie auf und packte mich an meinen Haaren, und im selben Moment sprang die Spannung in meinen Hüften nach vorn und in sie hinein, und als sie mich in sich spürte, küßte sie mich immer wieder wie ein Ertrinkender, und ich ließ sie nicht los und gab ihr all die Küsse zurück, die sie mir schenkte.
Nach und nach wurde es wieder ruhig in unseren Herzen, und wir lösten den Bogen auf und sanken in das weiche Bett.
Lange Zeit lagen wir da und sagten kein Wort.
Im selben Augenblick atmeten wir ein und aus, so lange, bis ich das Gefühl hatte, als wären wir ein Tier mit zwei Herzen und einem einzigen gemeinsamen tiefen Atem.
Mit einem Mal fühlte ich, daß sie zitterte, und dann legte sie ihren Arm fest um meinen Kopf und zog mich an ihre Brust. Ihre Lippen berührten meine Stirn, und ich fühlte, daß sie weinte.

»Was hast du denn«, fragte ich in die Dunkelheit, und sie sagte: »Ich hab dich so lieb …«

Sie sagte diese Worte mit einem Klang in der Stimme, den ich noch nie gehört hatte. Sie klang wie ein kleines Mädchen und eine reife erfahrene Frau, die ihr Herz zu öffnen begonnen hatte. Ich hielt sie umarmt und sagte: »Ich dich auch …«

Sie bewegte sich nicht und hielt mich weiter umarmt und küßte hie und da meine Stirn, und ich legte meine Hand auf ihren Bauch, der heiß war von unserer Liebe und ein wenig feucht.

Ich schloß meine Augen und vergrub mein Gesicht in ihrer Brust, und dann hörte ich mich sagen: »Ich liebe dich …«

Sie war ganz still nach meinen Worten, dann hob sie mein Gesicht zu sich, und ich konnte im dunkelblauen Licht des Zimmers ihre Augen sehen: »Ich dich auch«, sagte sie dann und küßte mich zart wie ein Engel auf meine Lippen, die ihr entgegenflogen wie Kraniche am Ufer des Yang-Tse-Kiang …

Am nächsten Morgen erwachten wir in der Haltung, in der wir eingeschlafen waren, lagen in der Morgensonne und beschlossen, nicht in die Schule zu gehen.

Dieses Mädchen war die erste Liebe meines Lebens, und wenn ich damals geahnt hätte, wie selten, wie unsagbar selten Liebe ist zwischen einem Mann und einer Frau, wäre ich nicht so gelassen und sorglos gewesen, als diese Liebe eines Tages zu Ende ging.

Was Susanna jetzt wohl macht …, dachte ich, während mich eine etwas größere Welle hob und wieder senkte. Ob weit draußen im Meer ein großes weißes Schiff vorbeigefahren war und diese große Welle ein Echo seines dicken Rumpfes war?
Die Welle war über einen Meter hoch, hob mich völlig unerwartet in die Luft und zog mich kurz darauf wieder in die gewohnte Höhe zurück. Ich stabilisierte meine Lage, dachte an Susanna und sah gleichzeitig um mich, ob noch mit weiteren Wellen dieser Größenordnung zu rechnen wäre.
Im Augenblick war nichts zu entdecken.
Das Meer lag blau und weit gespannt bis zum Horizont. Kein Schiff war zu sehen, keine springenden Fische, keine Wellenberge. Der Strand lag wie ein dünner weißer Schal mit grünen Verzierungen entfernt hinter mir.
So weit war ich schon gekommen? Mir war nicht bewußt gewesen, daß ich diese riesige Entfernung zurückgelegt hatte.
Seltsam, hatte ich es nicht am Seegras entdecken können, das eine Markierungslinie für mich bildete, über die ich nie mehr hinausschwimmen wollte?
Vor vielen Jahren war ich schon einmal auf dieser Insel gewesen, war auch ins Wasser gegangen und hätte es beinahe nicht mehr verlassen dürfen.
Damals hatte ich mir vorgenommen, die Trennungslinie zwischen dem Land und dem dunklen Seegras, an dessen Beginn man noch stehen konnte, nie wieder in mei-

nem Leben zu überschwimmen. Jetzt blickte ich nach unten. Der Meeresboden rund um mich war dunkel und bewegte sich unaufhörlich.
Wie ein riesiges schlafendes Tier wogten die langen Matten des Seegrases hin und her. Geschoben von unterseeischen Strömungen spielte es mit dem Wasser und mit den vereinzelten Fischen, die zwischen seinen Fingern auf Jagd gingen. Ich fühlte, wie die Erinnerung nach mir griff und mein Herz zu rasen begann und zwang mich, ruhig zu bleiben.
Von dem Dunkel dort unten ging eine hypnotische Kraft aus, die meine Beine schwer machte und meine Brust einzuschnüren begann. Ich wußte, daß ich meinen Blick von diesem kriechenden, lockenden Fabelwesen losreißen mußte, das mich schon wieder zu sich holen wollte.
Ich drehte mich mit einer schnellen Bewegung auf den Rücken und starrte hinauf zur Sonne. Obwohl ich von der Tiefe abgewendet war, konnte ich deutlich fühlen, daß sie unter mir auf mich wartete. Sie dehnte sich bis in die Mitte des Ozeans aus und stieg dort in unendliche Schluchten hinab.
Am tiefsten Grund war kein Licht mehr zu sehen, und nur weiße blinde Ungeheuer aus alten Zeiten krochen träge über Brocken von Urgestein.
Dorthin würde es mich wieder ziehen wollen, wenn ich meine Gedanken nicht in den Himmel schicken konnte, um mich an einer treibenden Wolke festzuhalten oder an einem weißen Vogel.

Leer …
Der Himmel war leer und still.
Es gab nichts, was meinen Blick binden konnte, um mich aus der Erinnerung hochzuziehen.
»Lauf nicht davon«, sagte mein Schutzengel in diesem Moment, und seine vertraute Stimme zu hören löste meine Angst.
»Lauf nicht davon, sonst holt es dich ein. Bleib, wo du bist, und schau ihm in die Augen.«
Er strich leicht über meine Stirn und trocknete die Wassertropfen, die ich mir selbst ins Gesicht gespritzt hatte bei meinen hektischen Bemühungen, schnell ans Ufer zu kommen.
Er hatte recht.
Es gab heute keinen Sturm. Es gab heute keine Untiefen. Ich konnte mich lösen. Ich konnte mich erinnern. Ich entspannte meine Muskeln und trieb wieder auf den Wellen und erinnerte mich an diesen Tag vor vielen, vielen Jahren, an dem ich dem Schlimmsten entgangen war.
Ich hatte mit ein paar Freunden auf einer anderen Insel Urlaub gemacht. Das Jahr war hart gewesen, die Arbeit unbefriedigend, und mein Körper und mein Geist sehnten sich danach, loszulassen und all die mühseligen Pflichten für ein paar Tage zu vergessen.
Wir hatten uns gemeinsam ein kleines Haus gemietet, das hoch oben auf den Klippen über einem langen weißen Strand gebaut war. Man konnte von dort oben über die ganze Welt blicken und noch in der Nacht,

wenn die Sterne über unseren Köpfen angezündet wurden, stieg das Rauschen der Brandung herauf zu unserer Terrasse.
Es war Frühling, das Wasser war noch zu kalt, um zu schwimmen, und die letzten Winterstürme kamen noch jede Nacht und wühlten im Meer, so daß wir keine Lust hatten, uns naß zu machen. Ich war ein wenig enttäuscht, weil ich vor der Abreise davon geträumt hatte, im lauwarmen Meer liegend, mit dünnem Sand zu spielen, das Wasser durch meine wie zum Pfeifen gespitzten Lippen zu spritzen und beim Tauchen irritierte junge Fische zu erschrecken. Wie so oft im Leben kam es völlig anders. Wir saßen am Strand, hatten unsere Jacken um den Hals gezogen und blickten hinaus zum Horizont, wo sich das Grau des Himmels mit dem Blau des Ozeans vermischte. Wir beschlossen, im Sommer wiederzukommen, und fuhren übers Land, um das Innere der Insel zu erkunden. Vielleicht war das ein Hinweis unseres Schutzengels gewesen. Wir hatten unsere Augen vom Ziel unserer Begierde lösen müssen und bekamen dafür einen völlig neuen Blick geschenkt. Wir blickten auf ein Ziel, das wir niemals gesehen hätten, wenn wir wie gewohnt den ganzen Tag am Strand verträumt hätten. Das Landesinnere war ein Paradies – so einfach ist es zu sagen.
Ein Paradies lag vor uns. Wir hatten uns zwei Wagen gemietet und fuhren durch die engen Schluchten der Berge, die sich zum Mittelpunkt der Insel hin immer dichter versammelten. Oft stiegen wir auf einem Paß

aus und wanderten durch die engstehenden Bäume der Wälder. Bis weit in den Mittag hinein lag der Morgennebel in diesen unberührten Gebieten, und wenn wir rasteten, war nichts zu hören außer dem Rauschen des Windes in den Baumkronen und dem Singen unbekannter Vögel. An einem dieser Tage entdeckten wir ein Bergdorf, in dem das einzige Lokal schon geöffnet hatte. Wir traten ein und setzten uns an einen riesigen offenen Kamin, der die Stube mit der Hitze seines prasselnden Feuers durchglühte. Der Wirt brachte uns Oliven, einen trockenen Rotwein und ein helles, frischgebackenes Brot. Dann saßen wir da, und nachdem wir einige Geschichten aus dem vergangenen Jahr erzählt hatten, gelang es uns, miteinander zu schweigen.
Wie schwer das doch sein kann – dachte ich damals und blickte in die Flammen, die über den knorrigen alten Zweigen eines zerhackten Olivenbaumes tanzten. Wie schwer es sein kann, bis man den Mut findet, einfach zu schweigen. Nicht mehr erzählen müssen, um ein heiteres Ferienklima aufrechtzuerhalten. Nicht mehr lustige Anekdoten austauschen. Nicht mehr die Geschwindigkeit des Berufes, der man doch entfliehen wollte, in die Ferien hineinlaufen lassen. Einfach still sein.
Einfach schweigen.
Einfach zuschauen, wie das Holz herunterbrennt.
Die Scheite im Kamin lagen wie zu einem Tipi aufgeschichtet, und durch die Zwischenräume zwischen den Ästen entstand ein Sog, der die Spitze des Holzturmes am schnellsten verbrannte. Die weißen Flammen tanz-

ten über dem dunklen Holz, das am Boden von einem dunkelroten Kohleteppich umfaßt war. Manchmal blähte sich eine im Holz eingeschlossene Luftkammer auf, in die Feuchtigkeit eingedrungen war, und knallte krachend durch die Rinde. Ein paar Funken rasten quer durch den Kamin und schlugen an die dicken grauen Steine. Wenn so eine Explosion zu heftig war und zischende Stücke in den Raum fielen, beugte sich der Wirt kurz zu der Glut, nahm sie so schnell in seine Hand und warf sie zurück, daß er sich nicht verbrannte. Er saß auf einem Stuhl neben dem Kamin und hatte einen dunkelgeflochtenen Weidenkorb neben sich stehen. In dem Korb waren auf Armlänge zerhackte, trockene Scheite aufgeschichtet. Er saß da, holte ein Scheit heraus und stemmte es gegen seine Brust. Mit der rechten Hand setzte er ein Messer mit einer sehr kurzen, breiten, festen Klinge ans Holz, bewegte es einige Male kurz hin und her, bis es eingedrungen war, und zog es dann schnell und mit großer Kraft zu sich heran. Auf diese Weise entstanden fingerdicke Holzspäne. Das Holz war hell wie Kleehonig, und wenn er mit seinem Messer hindurchgefahren war, nahm er den so entstandenen Holzspan und brach ihn in der Mitte noch einmal entzwei.

Rund um den Kamin zog sich eine gemauerte Bank aus gebrannten Ziegeln, und an der Ecke, wo sie an die Hauswand stießen, hatte der Wirt begonnen, einen Haufen dieser geschnitzten und gebrochenen Holzspäne aufzubauen. Diese kleinen Hölzer waren zum

Unterzünden gedacht, wenn er ein neues Feuer bereiten wollte. Er legte dann einen Turm aus kreuzweise verschachtelten, handtellerlangen Spänen an, und darüber baute er das Zelt der dicken, alten, zerhackten Äste auf. Die Späne gaben eine sehr wilde, heiße Hitze ab, und obwohl sie sehr schnell abbrannten, waren sie in ihrem Verglühen heiß genug, die großen Scheite von unten zu entzünden. Diese Späne bildeten dann den Glutteppich, auf dem das Feuer weiterbrannte und sich ausbreitete. Von Zeit zu Zeit rutschten ein paar Äste zum Zentrum hin, wenn ihre Spitzen abgebrannt waren und keinen Halt mehr fanden.
Ich saß da und verfolgte das unaufhörliche Wegbrennen des alten Olivenbaumes. Er fauchte, als eine feuchte Rinde sich aufwellte und wie eine Salamanderzunge nach oben rollte. Der Baum hatte seine Schuldigkeit getan. Er war auf dem Hügel hinter dem Dorf gestanden und hatte viele Jahre lang Früchte getragen. Die Oliven waren jedes Jahr mit Stangen in riesige Netze zu seinen Füßen geschlagen, zu Öl gepreßt oder frisch gegessen worden. Eines Tages hatte er keinen Saft mehr in sich gehabt und konnte keine Früchte mehr tragen und kein neues Laub mehr treiben. Er war nach vielen, vielen Sommern gestorben. Die Bauern hatten ihm die Äste abgesägt und seinen Stamm aus der Erde gehebelt, in der er sich sein Leben lang festgehalten hatte. Sie hatten den Boden, auf dem er gestanden war, umgeharkt und einen neuen jungen Olivenbaum gepflanzt. Ihn aber hatten sie dem Wirt des Dorfes hinter

das Haus gelegt, und seine Frau und sein Sohn hatten das Holz gehackt, das man nun vor unseren Augen verbrannte, das uns wärmte. Die Frau des Wirtes stellte uns einen zweiten Teller mit Oliven auf den Holztisch, und die Augen ihres Mannes verfolgten sie, als sie den leeren Tonteller mit der hellen Glasur in die Küche trug. Es war still in dem Raum, und so saßen wir zwei bis drei Stunden, ohne zu reden, und jeder von uns blickte ins Feuer und hing seinen eigenen Gedanken in Stille und Gelassenheit nach.

Von Zeit zu Zeit öffnete sich die Türe, und ein Bewohner des Ortes trat ein. Sie grüßten und setzten sich in die Nähe des Feuers. Sie streckten ihre Hände den Flammen entgegen und nahmen ihre Hitze auf, um sich zu wärmen. Sie sprachen mit dem Wirt in ihrer Sprache über das Wetter und über die Schafherden, die sie besaßen. Ich konnte mich unten in der Stadt recht gut verständigen, hier oben aber in den hohen Tälern hatte sich ein Dialekt erhalten, von dem ich nur hie und da ein Wort verstand. Die Worte kamen tief aus der Kehle der Bauern, und sie sprachen so schnell, daß ich erstaunt war, daß sie einander überhaupt verstanden. Ich schloß die Augen und lauschte dieser fremden Sprache. Sie klang sehr warm und fest. Sie war wie schwere Stiefel, die zum Tanz über einen Holzboden schlugen.

Von Zeit zu Zeit lachten die Männer, wenn einer von ihnen einen Scherz gemacht hatte, dann schwiegen auch sie. Nur das Feuer war zu hören und das Kratzen, wenn das kurze, stumpfe Messer mit der starken Klinge durch das Holz des Olivenbaumes fuhr. Die Bauern, die hereinkamen, blieben nie sehr lange. Sie tranken einen Wein, sie wärmten ihre Hände, sie scherzten mit dem Wirt, sie schwiegen und erinnerten sich an den Winter, der in diesem Jahr sogar Schnee gebracht hatte – dann aber standen sie auf und verabschiedeten sich voller Kraft, um hinauszugehen und alles für den Frühling vorzubereiten.

Nachdem wir so einige Stunden gesessen hatten, beschlossen wir, doch noch etwas zu essen. Wir bestellten das einzige Gericht, das es an jenem Tag gab, und bekamen einen großen Teller mit einer dicken Fischsuppe. Sie war sehr scharf, und neben großen Fischstücken schwammen Gemüsestücke, Kartoffeln und Zwiebeln in ihrem Saft. Einige Wacholderblätter und -beeren gaben der Suppe eine herbe Note. Wir aßen schweigend und drückten danach in den leeren Teller unsere saftigen Weißbrotstücke, um auch noch die letzten Reste zu genießen.

Ich saß dort oben mit meinen besten Freunden, und obwohl wir einander schon seit vielen Jahren kannten, waren wir uns auf eine eigenartige Weise noch näher gekommen. Als unsere Gespräche verstummt waren, hatte die innere Schnelligkeit aufgehört zu rasen. Wir waren nicht mehr in dem Tempo, das wir in uns getragen hatten, als wir die enggewundene Bergstraße hinaufgefahren waren. Wir hatten einen Schritt weiter die Ruhe gefunden, die wir in unserem Urlaub gesucht hatten. Jeder von uns hatte vor dem Feuer gesessen, war in seine

eigene Welt versunken. Am wichtigsten daran schien mir, daß wir dabei nicht allein waren. Ich glaube sogar, daß wir uns nur deshalb so weit in unsere einzelne Stille vorwagen konnten, weil wir gespürt hatten, daß die anderen da waren. Wir konnten sicher sein, beim Auftauchen aus unseren Tagträumen nicht allein zu sein, und diese Sicherheit ließ uns tiefer sinken als in den stillen Momenten des völligen Alleinseins. Die Augen waren weich geworden und tief. Das Rascheln der schnellen Witze war dem Klang einer wirklichen Gemeinsamkeit gewichen.
Wir hatten miteinander unsere Suppe gegessen, dann zahlten wir und verabschiedeten uns von dem Wirt und seiner Frau. Als wir schon aufstehen wollten, sagte er etwas zu ihr, woraufhin sie uns aus einer tönernen Flasche in kleine Wassergläser einen Schnaps füllte und vor uns hinstellte. Es war kühler Wacholderschnaps, und wir dankten dem Wirt und seiner Frau und warfen den Brand in uns hinein. Den letzten Tropfen verrieb ich auf meinem Handrücken und sah, daß mich die Frau des Wirtes lächelnd dabei beobachtete, wie ich den Duft der schwarzen Beeren von meiner Haut einatmete.
Dann verließen wir das Wirtshaus und schlossen die dunkle Holztüre hinter uns, die niedrig in dem hellgrauen Steinhaus eingelassen war. Als Schloß diente ein schwerer schwarzer Eisenriegel, und ich dachte mir, daß dieses Haus schon weit über dreihundert Jahre alt sein mußte.
In der Zwischenzeit war es Frühling geworden. Es war

erstaunlich, was in der Zeit unseres Aufenthaltes vor dem Feuer geschehen war. So, als hätte eine Riesenhand das Buch der Jahreszeiten um eine Seite weiter geblättert, lag mit einem Mal strahlender Sonnenschein über dem Bergtal.

Die Nebelschleier hatten sich aufgelöst, der Himmel war klar und blau, und ganz hoch oben über unseren Köpfen drehten einige Schwalben ihre ersten aufgeregten Kreise. Ein warmer Wind kam uns entgegen, als wir die Türe hinter uns geschlossen hatten, und gleichzeitig fingen wir an zu lachen.

»Natürlich passiert das am letzten Tag«, sagte einer meiner Freunde und öffnete wieder seine Jacke, die er im Haus bis zum letzten Knopf unter dem Kinn verschlossen hatte.

»Sei froh, daß es überhaupt passiert«, sagte ich und stieg ins Auto. Wir kurbelten die Fenster hinunter und fuhren von den Bergen in die Stadt und weiter in unser Haus. Während der Fahrt schalteten wir das Radio ein und suchten einen Sender, der uns die herrlichsten unbeschwerten Sommerhits spielte. Es war wirklich zu dumm, daß wir morgen wieder abreisen mußten, um in den Zirkus der gegenseitigen Abhängigkeiten zurückzukehren. Türen und Fenster unseres Hauses waren weit geöffnet, und die Vorhänge neben der Terrasse bauschten sich im Nachmittagswind. Ich trat hinaus und blickte auf das Meer. Bis zum Horizont hin hatte es, wie der Himmel, seine Farbe gewechselt und lag hellblau und frech vor mir.

So wie am Himmel einige kleine weiße Wolken trieben, so tanzten weiße Schaumkronen über den Wellen des Wassers.
»Schau dir dieses freche Meer an«, sagte mein Freund Martin und stand kopfschüttelnd neben mir.
»Dieses unverschämte Wesen weiß, daß wir morgen abreisen und will uns provozieren.«
»Ich sehe das genauso wie du«, sagte ich und blickte geradeaus.
»Weißt du, was ich denke«, sagte Martin, und ich nickte und sagte: »Los geht's!«
Wir gingen in unsere Zimmer und holten wieder unsere Badehosen hervor, die wir in den Koffer gestopft hatten. Die anderen saßen in Liegestühlen auf der Terrasse und blickten uns entgeistert nach, als wir uns verabschiedeten, um zum Strand zu fahren. Keiner von ihnen war zu überreden, ein Abenteuer zu riskieren. Logische Argumente waren vorgebracht worden wie die Tatsache, daß das Wasser noch eiskalt sein müßte und daß man sich den Tod holen konnte.
Der Wind am Strand wurde ins Treffen geführt, um uns unsere Entschlußkraft zu rauben, und der Wein, den wir noch im Blut hatten. Sie waren ganz einfach zu faul, um sich in den Wagen zu setzen. Das war die Wahrheit. Und so ließen wir sie, plump wie die Maikäfer auf ihren Rücken liegend, zurück und fuhren hupend davon. Laut hupend fuhren wir über den Kiesplatz und ließen sie unsere Verachtung spüren.
»Wenn wir zurückkommen, wird es euch leid tun«, rief

Martin aus dem offenen Fenster auf der Fahrerseite und gab Gas. Unsere Freunde lagen in ihren Stühlen, hielten mit der Linken ein Glas Mineralwasser und winkten uns mit der Rechten müde nach. Wir schalteten wieder das Radio ein und beschlossen, nicht den kurzen Weg zum Strand zu fahren. Wir bogen in die Stadt und kurvten einmal durch die Straßen. Auch hier hatte der Frühling eingeschlagen wie eine mit Bonbons gefüllte Wäschekiste.

Überall waren plötzlich hübsche Mädchen zu sehen. Sie waren nicht nur hübsch, sondern auch noch bunt und kurz gekleidet und sie lachten, als wir an ihnen vorbeifuhren.

»Wo sind die alle in den letzten zwei Wochen gewesen«, rief Martin und versuchte, einen Auffahrunfall zu verursachen, als zwei Freundinnen eingehängt vor unserem Wagen die Straße überquerten. Sie hatten blondes und braunes Haar und waren offensichtlich auf dem Weg in das beliebteste Café im Zentrum.

»He«, schrie Martin aus dem Fenster, »seid ihr in einer Stunde noch da?!«

»Vielleicht«, sagte die Blonde, »wenn ihr euch beeilt ...« Dann lachten sie und beschleunigten ihren Gang auf diese fürchterliche Weise, der ihre Hüften wippen ließ wie in einem der guten alten Filme mit Sophia Loren. Es war zum Verrücktwerden, wie sie davongingen und genau wußten, daß wir ihnen nachglotzten wie zwei Meeresschildkröten, die durch das Klarsichtglas des Aquariums in der »Seaworld« glotz-

ten, wenn die Kinder bonbonlutschend an ihnen vorbeiwanderten.
»Ich halte das nicht aus«, rief Martin und drückte auf die Hupe. Er mußte hupen, um dem Autofahrer zu antworten, der hinter uns stand und im Weiterfahren behindert wurde, weil unser Motor abgestorben war.
»Ich fahr ja schon, du Idiot«, rief Martin aus seinem Fenster und setzte den Motor wieder in Gang. Ein letztes Mal drehten sich die Mädchen lachend um, dann waren sie um die Ecke gebogen. »Bist du sicher, daß wir schwimmen gehen sollen«, fragte er verzweifelt, und ich war über die Gelassenheit erstaunt, mit der ich antwortete: »Fahr zum Strand.«
Er nickte kurz und gab wieder Gas. Wir fuhren kopfschüttelnd durch die engen Straßen der Altstadt, in denen es vor Mädchen plötzlich nur so zu wimmeln schien. Noch gestern war wirklich nichts davon zu bemerken gewesen. Langsam gehende ältere Frauen und Männer in ihrer dunklen Landestracht bogen um die Ecken der weißgestrichenen Häuser, an denen die bemalten Fensterbalken vom eisigen Frühjahrswind monoton an die Wände geklappert wurden. Das Café am Hauptplatz war fast leer bis auf ein paar Männer, die stundenlang Schach spielten. Und nun diese sprungartige Veränderung.
Ein Phänomen. Ein richtiges Naturphänomen. Die Natur funktioniert in Sprüngen. Man denkt immer, daß die Veränderungen im Kreislauf der Natur sanft und rund erfolgen, aber das stimmt nicht. Die Veränderun-

gen treten schlagartig ein. Es ist wie eine Waagschale, auf die eine Perle nach der anderen gelegt wird. Auch dabei folgt kein langsames und stetiges Absinken. Nein – zweihundertsiebenundvierzig Perlen lang bewegt sich überhaupt nichts, und plötzlich, mit der zweihundertachtundvierzigsten Perle, verändert sich alles um hundertachtzig Grad, und der neue Zustand ist da. Die Natur arbeitet in Sprüngen und nicht in weichen Kurven. Das ist wirklich ein Phänomen, dachte ich und erinnerte mich an die Studie über das Fließen des elektrischen Stromes, die ich auf unserem Flug gelesen hatte.

Erst vor kurzem waren die Forscher dahintergekommen, daß Strom nicht fließt, sondern sich in Intervallen springend vorwärtsbewegt. Das allerdings konnten sie erst an dem Tag nachweisen, an dem ihre Meßgeräte fein genug geworden waren, diese kleinsten Energiebewegungen aufzuzeichnen. Bis zu dieser Erkenntnis hatte es immer den Anschein gehabt, als würde Strom fließen wie Wasser, bloß weil man kein Gerät hatte, das genau genug hinsehen konnte, um das Gegenteil festzustellen. Ich war völlig in den Gedanken an diese Parabel der Natur versunken, als unser Wagen am Strand hielt. Alles war letzten Endes nur eine Frage der genauen oder der genauesten Betrachtung, und diese Erkenntnis hatte mich beim Lesen des Artikels im Flugzeug dazu gebracht, in Zukunft die Gesichter der Realität auf ihren tatsächlichen Wahrheitsgehalt noch genauer zu überprüfen. Ich hatte mir fest vorgenommen, meine ersten und zweiten Urteile in Zukunft noch ein drittes

Mal zu durchleuchten, um dadurch eine noch größere Genauigkeit zu erhalten. Natürlich ist dieser Vorgang abhängig von der Zeit, die man für ein drittes Urteil zur Verfügung hat, und wenn der Teufel es will, kommt man nach dem vierten Urteil zur Erkenntnis, daß das Vorurteil, das man im ersten Ansehen einer Frage gebildet hatte, doch das richtige war.

Bevor ich mich in diese Gedankenisolation verlieren konnte, stieß mich Martin in die Seite und sagte: »He, aufwachen, der Ozean ruft.«

Er hatte recht. Ich schüttelte diese verzweigten Überlegungen ab und stieg aus meinen Kleidern. Ich faltete mein Hemd und meine Hose zusammen und legte sie über den Beifahrersitz. Dann griff ich den Bastkorb mit den großen weichen Handtüchern und ging mit Martin ans Wasser.

Wir sahen einander an, und ich konnte in seinen Augen lesen, daß er sich kurz fragte, ob die anderen Freunde oben auf der windgeschützten Terrasse jetzt in der besseren Position waren als wir. Der Wind pfiff plötzlich wieder erstaunlich eisig, aber die Sonne kämpfte sich tapfer gegen seine sprungartigen Böen durch.

Am Horizont war innerhalb der letzten Viertelstunde eine breite Wolkenwand aufgetaucht, und die Seevögel kreisten kreischend über dem Strand.

»Ich weiß, was du denkst«, sagte ich, »aber jetzt gibt's kein Zurück mehr.«

»Meinst du?«

»Meine ich – los!«

»Aber in der Zwischenzeit werden die Mädchen vielleicht von jemandem anderen angesprochen, oben im Café ...«

»Das ist Schicksal, mein Freund«, rief ich, stellte den Korb ab und rannte ins Meer. Es war wirklich noch kalt, aber jetzt wollte ich es wissen. Der Winter war so zu lange gewesen und der nächste garantiert heiße Badetag so zu weit weg, daß ich nicht länger zaudern konnte.

»Warte auf mich«, rief Martin, und dann hatte er mich eingeholt, und nebeneinander rannten wir schreiend, um die Kälte des Wassers zu bezwingen, ins Meer. Nach ein paar Dutzend Metern war das Wasser zu hoch, um die Beine noch darüber zu werfen, und dann platschten wir mit weit ausgebreiteten Armen wie die kleinen Kinder hinein.

»Kalt!« rief Martin, »kalt!«

»Du mußt schwimmen und nicht schreien ...«, rief ich, »los, fünfhundert Meter hinaus, dann zurück und ins Café ...«

»Das ist ein Wort«, hörte ich ihn rufen, und dann war es vorbei mit unserer Unterhaltung, weil ich nach vorn durchgetaucht war Richtung Horizont.

Ich bewegte mich, so schnell ich konnte, um meine Muskeln zu durchbluten, und nach zwei bis drei Minuten erwärmte sich mein Körper, und dann war es plötzlich herrlich, im Wasser zu sein. Ich senkte meinen Kopf ab, um stromlinienförmig zu werden, und stieß und kraulte vorwärts, vorwärts, vorwärts ...

Ich weiß nicht mehr, wie lange wir so geschwommen

waren, ich erinnere mich nur, daß ich Martin bei einem kurzen Seitenblick ungefähr zwanzig Meter von mir entfernt sah, wie er das unangesagte Wettrennen mithielt. Daraufhin drückte ich wieder das Gesicht unter Wasser und schwamm schnell weiter. Nach ungefähr dreihundert Metern bemerkte ich einen Sog an meinem Bauch, der mich nach vorn zog. Ich öffnete die Augen und sah unter Wasser, wie ich über die Grenze zwischen Land und Seegras hinausschwamm. An dieser Stelle lagen breite Felsen im Wasser, und der Sand kräuselte sich wie von Windhosen getrieben um ihre Kanten. Ich schwamm noch einige Züge weiter und war fasziniert von den hin- und hergetriebenen Seegrasmatten, die mich an das Fell eines urzeitlichen Tieres erinnerten. Wieder spürte ich den Sog unter Wasser an meinem Bauch, hob meinen Kopf hoch und blickte zum Horizont. Ich blickte dorthin, wo noch vor wenigen Minuten der feine Strich des Horizontes unter dem Wolkenband zu sehen gewesen war. Als ich aus dem Wasser aufsah, begann sich hundert Meter vor mir eine riesige Welle aufzubauen und auf mich zuzubewegen. Ich hatte in meinem Leben noch niemals eine solche Riesenwelle gesehen, die mein gesamtes Gesichtsfeld auszufüllen begann. Ihre Oberfläche, die jede Sekunde höher und höher stieg, war seltsamerweise spiegelglatt und schwarz. Ich fühlte wieder den Sog unter mir und wußte, daß es an der Zeit war, umzukehren. Ich drehte mich und rief zu Martin hinüber »Zurück!!« – »Zurück …«

Erst beim dritten Mal hörte er meinen Schrei und hob den Kopf, und ich wußte, was in ihm vorging, als er direkt in die näherkommende Wasserwand blickte.

»Zurück ...«, rief ich noch einmal, und dann versuchte ich, dem Sog zu entgehen, der immer stärker wurde und mich zu der sich aufbauenden Welle führte, die sprungartig in die Stille das Nachmittags hinein entstanden war. Ich versuchte, so schnell ich konnte, zum Strand zu kommen, aber ich erkannte, daß sich das weiße Band am Horizont von mir entfernte, obwohl ich mit voller Kraft darauf zuschwamm. Mit einem Mal hörte ich ein näherkommendes Rauschen, das ununterbrochen lauter wurde, und obwohl ich meinen Blick auf den Strand halten wollte, blickte ich doch kurz über meine Schulter. Direkt hinter mir hatte sich die Welle jetzt herangewälzt und war so hoch geworden wie ein fünfstöckiges Haus. Ich blickte in ihre steile Vorderseite, die den kalten Himmel über mir versperrte, und sah, daß sie im Begriff war, zusammenzubrechen. Ich versuchte noch einmal, wegzukommen, aber mit einem Mal riß ein Zug meine Beine nach oben, und die Sogwirkung des Wassers wurde so heftig, daß der Meeresspiegel rund um mich so stark absank, daß ich sogar kurz den Boden fühlte, bevor mich die Wellenwand zu sich in die Höhe schleifte. Es hob mich zwei bis drei Meter an ihrer Vorderseite in die Höhe, dann brachen die Wassermassen über mir in sich zusammen. Ich wartete bis zur letzten Sekunde, dann riß ich soviel Luft, wie ich konnte, in mich hinein und schloß die Augen.

Dumpf polternd und brausend fiel das Wasser über mich her und wirbelte mich nach unten. Am Meeresboden konnte ich fühlen, wie meine Haut aufgeschürft wurde, als ich darüberrollte. Ich öffnete die Augen, um zu sehen, wo der helle Himmel war, und versuchte, hinauszutauchen. Der Strudel aber holte mich wie mit festen unzerreißbaren Gummiseilen zurück in die Tiefe. Ich fühlte, daß meine Luft zu Ende ging und mein Blut in der Brust pochte, und nach einer Ewigkeit drehte sich der Schub plötzlich um und warf mich an die Oberfläche. Ich hatte kaum einmal Luft geholt, als schon das nächste Ungetüm auf mich niederhieb. Wieder wurde ich herumgewirbelt und über den Sand geschleift. Wieder wurde ich erst im letzten Moment aus der Tiefe nach oben entlassen. Ich begann zu fühlen, daß das kein Spaß war.

Als Kinder hatten wir uns oft in die Brandung geworfen und mit den Wellen gekämpft, die unsere jungen Kräfte auf die Probe stellten – diesmal aber war alles anders. Wie ein Überfall hatte das Meer sein Wesen geändert und kümmerte sich nicht um mich. Ich fühlte, daß etwas wie ein Gedanke rund um mich war, der nicht aus Worten bestand. Ich fühlte es wie ein Traumbild, das mich nicht entlassen wollte. Ich versuchte, die Augen oft zu öffnen und den Traum zu beenden, aber es ging nicht. Immer wieder wurde ich von riesigen Händen gepackt und hinuntergeholt, wurde nach oben und unten gewirbelt, und dann begann dieser Rhythmus für mich undurchschaubar zu werden. Zwischen den ersten Wellen hatte ich immer noch einen Moment gefunden, um erneut Luft zu holen und die Versenkung zu überstehen. Mit der nicht nachlassenden Wucht der Brandung aber verlor ich die Kontrolle über diesen Rhythmus und begann, nicht mehr unterscheiden zu können, ob ich noch über Wasser oder schon mitten in den nach unten fallenden Wellenkronen war. Diese Orientierungslosigkeit ließ mich einmal verzweifelt nach Luft ringen, als das Wasser rund um mich tobte. Das Stechen in der Lunge war so heftig geworden und die Schläge des Wassers so erbarmungslos, daß mein Mund sich aufriß und ich Meerwasser einatmete. Ich hustete und kotzte die Brühe wieder heraus, aber der Raum, der in meinen Lungen geblieben war, reichte nicht aus, um sich mit Luft zu füllen. Plötzlich fühlte ich, daß es gewinnen wurde. Das Wasser würde gewinnen. Die Kräfte aller Ozeane, die zusammenhingen und sich hier trafen, würden gegen mein Leben gewinnen. Ich hatte das wortlose Gefühl, daß ich meiner Ohnmacht begegnen sollte. Mein Denken, das in den ersten Anstürmen des Wassers versucht hatte, klar zu bleiben und meinen Atem zu steuern, zersplitterte in tausend Teile greller Panik, und als ich nichts mehr sah und nur noch Wasser in mir hatte und mein Kopf zerspringen wollte, sah ich in die Augen von Martin. Unser Blick traf sich, und in diesem Blick sahen wir, daß wir sterben würden. Wir nahmen Abschied voneinander. Ich sah seine Angst und seine Wut, und ich sah auch, daß er aufgegeben hatte. Ich sah seine Wut, die in ihm war, weil zwei Minuten genügt

hatten, um uns zu zeigen, daß wir nichts waren. Gar nichts. Gar nichts waren wir angesichts einiger großer Wellen, die einem letzten Sturm in diesem Jahr gefolgt waren. Alles löste sich auf in Brei aus Wasser und Tang und Sand, der unsere Augen verklebte. Alles löste sich auf im rollenden Stampfen der Brandung, die uns hoch zog, tief warf, rollte, drehte, prügelte und über den Boden schleifte.
Ich sah die Angst, die Wut und den Abschied von den letzten Menschenaugen, die er in diesem Leben sehen würde. Es war unausweichlich, daß wir sterben mußten. Wie ein Boxer, der in der zwölften Runde den Arm nicht mehr hochbekommt, obwohl sein Wille es möchte. So hilflos und ohnmächtig waren wir geworden, und plötzlich hatte ich kein Lust mehr zu kämpfen. Ich war bereit. Das Meer hatte mich breitgeschlagen aufzugeben. Ich konnte nicht mehr kämpfen. Ich ließ die nächste Welle über mich branden und löste meine Augen aus dem Blick von Martin.
Es stieß mich hinunter und auf einen Felsen. Mit einem letzten Reflex krallte ich mich in das poröse Gestein und ließ den Sog über mich hinwegrollen. Noch eine Welle kam, aber ich ließ meinen Felsen nicht mehr los. Wie hineingeschossen krallten sich meine Finger in den Stein, und dieser Stein war an diesem Tag stärker als das Wasser. Ich fand langsam zwischen den nächsten Brechern meinen Atem wieder und fand die Kraft, zwischen dem Luftholen die Augen und den Mund zu schließen, wenn das Wasser mich hinaus zu sich in die

Tiefe holen wollte. Nach einer Weile sah ich, daß es Martin auf einen anderen Felsen geworfen hatte, der aus meinem Riff hervorwuchs. Wir hielten die Erde umarmt und warteten angespannt wie zwei gedankenlose Tiere auf das Nachlassen des Sturmes. Nach einer Zeit, von der ich nicht mehr weiß, ob es eine Stunde oder ein Jahr gewesen ist, legten sich die Wellen. So, als hätte es erkannt, daß das Element der Erde ihre Kinder noch einmal gegen das Element des Wassers beschützen würde, stellte das Meer sein Zerren ein und ließ nur noch ruhige Wellen an Land rollen. Langsam löste ich meine Hände von dem rettenden Felsen. Ich sah zu, wie sich ein Finger nach dem anderen von dem Stein abhob, so als wollten sie sich verabschieden. Als ich losgelassen hatte, trieb ich kurz in der Nähe des Brockens und versuchte, meine Arme und Beine wieder zu bewegen. Sie waren von dem langen Festklammern wie eingefroren, und die Gelenke schmerzten, als ich meine Beine ausstreckte, um die ersten Schwimmstöße zu machen. Ich sah, wie Martin neben mir trieb, und dann näherten wir uns langsam dem Sandstreifen der Küste. Nach einer halben Stunde rutschte ich aus dem Wasser heraus und brach in den trockenen Sand hinein. Ich blieb liegen, wo ich angeschwemmt war, und konnte nichts mehr tun außer daliegen und atmen und den Boden unter mir fühlen und den Wind, der über meinen nassen Körper strich. Das Land roch nach Algen und Salz, und der Boden drückte rauh gegen meine Wangen, und dieser rauhe sandige Boden, auf dem mein Gesicht lag, war das Schönste, was ich jemals auf meinem Körper gefühlt hatte. Ich bewegte meine Finger und grub ein Loch neben meiner linken Hüfte und grub ein Loch neben meiner rechten Hüfte und steckte meine Hände bis zum Handgelenk hinein. Die Erde umfaßte meine Finger und versprach mir, sie nicht mehr loszulassen. Ich hörte auf den Wind, der über mein nasses Gesicht strich, und hörte meinen keuchenden Atem, der langsam, langsam ruhiger wurde.

Meine Brust lag auf dem Boden, dehnte sich bei jedem Atemholen aus, und ich konnte fühlen, wie der Sand auf meiner nassen Haut kleben blieb, und wenn ich ausatmete, lösten sich wieder ein paar Flocken und fielen auf den Strand zurück. Ich zog ein Knie an, und dabei grub ich eine tiefe Furche in den feuchten Grund, weil meine Füße an der Stelle lagen, an der das Wasser nach dem trockenen Teil des Strandes leckte.

Ich grub eine Furche mit meinem Knie und rutschte dabei über eine zerbrochene Muschel, die mich ein wenig ritzte und mein Knie bluten ließ. Es war so schön, diesen kleinen Riß zu fühlen, den diese Muschel in mein Knie bohrte, weil ich spürte, daß ich Beine hatte, die sich bewegten und Furchen in den Sand schieben konnten. Ich fuhr mir mit der Zunge über die Lippen und fühlte, daß sie ganz weich waren und salzig, und dann öffnete ich wieder die Augen. Der Strand vor mir war leer und weit. Über mir begann der Himmel hinter der Wetterfront wieder aufzuklaren.

Ein erster Sonnenstrahl brach plötzlich durch und er-

hellte den Strand ein paar hundert Meter weiter. Ich sah, daß das Licht sich schnell in meine Richtung ausdehnte und sah auf dem Sand den Schattenriß der großen Wolke, die sich dort hoch oben verschob.
Ich drehte meinen Kopf ein wenig zur Seite, so daß ich hinaufsehen konnte. Hoch über mir löste sich eine breite dunkle Wolke auf und begann, die Sonne mehr und mehr freizugeben. Sie war schon als helle Scheibe durch die Ränder der Wolke zu sehen, und der Dunst filterte ihr Licht, so daß ich direkt in sie hineinsehen konnte. Es wurde wärmer, je dünner die Wasserfetzen dort oben wurden, dann war die Wolke vorbeigetrieben, und ich mußte die Augen schließen, weil die Strahlen unseres Sternes direkt in mein Gesicht trafen. Mein ganzer Körper dehnte sich aus, als die Wärme über ihn rollte, und meine Wangen begannen ein wenig zu brennen. Wieder war der Frühling nähergesprungen und übte den Sommer.
Das Rauschen des Wassers hinter mir klang gleichmäßig und beruhigend. Es klang so wie das Meer in den Träumen klingt, wenn man Ende November in einer kalten nebligen Stadt im Norden an einer Kreuzung darauf wartete, daß die Ampel von Rot auf Grün schaltet.
Leise rauschten die Wellen heran und küßten meine Füße, die immer stärker von der Sonne aufgewärmt wurden. Ich hob meinen Kopf und drehte ihn auf die andere Seite. Nur zwei Meter von mir entfernt lag Martin und sah mir direkt in die Augen. Er war der erste Mensch, den ich in meinem Leben sah. Er war der erste

Mensch, den ich in meinem neu geschenkten Leben wiedersah. Seine Augen, sein Blick, die Farbe seiner Pupillen, die wenigen Sommersprossen auf seinen Wangen, die Haare, die ihm naß in die Stirn hingen, all das war das erste Menschengesicht, das ich in den ersten Minuten meiner Neugeburt sehen durfte. Ich sah direkt in seine Augen hinein bis auf den Grund seines Herzens.

Ich sah in seine Augen und erinnerte mich an den Blick, den wir teilten, als wir dort draußen Abschied genommen hatten. Wir hatten uns verabschieden müssen von der Welt und von unserer Zukunft. Wir hatten Abschied genommen vom Glauben an unsere Unverwundbarkeit, vom Glauben daran, unsterblich zu sein. Ich hatte da draußen in die letzten Augen in meinem Leben geblickt, und ich war für ihn der letzte Mensch gewesen, den er in seiner körperlichen Existenz sehen durfte. Wir hatten gewußt, daß es vorbei war. Ohne Erbarmen, ohne gütiges Aufhören mitten am Höhepunkt des Schreckens, ohne Fernbedienung, mit der man den Sender wechseln konnte. All das, woran wir immer festgehalten hatten, ohne zu wissen, daß es in Wirklichkeit keinen Halt gibt – all das war uns weggenommen worden und das einzige und letzte, wofür wir leben durften, waren die Augen des anderen und unsere Todesangst.

Todesangst.

Noch niemals hatte ich erfahren, was dieses Wort bedeutet. Die Begegnung mit dem stärksten aller Gegner, der keine Flucht kennt. Ein Gegner, der den Horizont

des eigenen Lebens von Ost nach West ausfüllt und so hoch steigt, daß man nicht einmal den Himmel sieht. Dieser Gegner muß nicht schreien, um zu erschrecken. Er muß nicht drohen, um zu erschüttern. Er kommt daher und ist, was er ist.
Er ist das persönliche Ende. Jedes andere Erschrecken auf diesem Planeten ist ein Nichts gegen seine ausweglose Anwesenheit, die ihr Ziel kennt. Die Angst, die dort im Herzen entsteht, dort, wo der Punkt ist, an dem man immer noch eine Ausflucht findet, diese Angst ist der eigentliche Tod. Dort beginnt der Tod, noch bevor das Leben endet. Alles, was rund um das Herz aufgebaut wurde, alle Türme und Gräben und Schießscharten der Burg unserer Persönlichkeit zerfallen zu einem einzigen Punkt, an dem die Angst uns tötet. Die Angst, die unser Ich verlöschen läßt und die gleichzeitig unser Wesen befreit. Wenn dieser Felsen nicht da gelegen hätte, wo er liegt, wären wir tot. Wir beide wußten es. Und als wir das wußten, da draußen weit im Meer, gab es keine Gesichter mehr. Wir hatten keinen Raum, um ein Gesicht zu machen. Die Züge, die uns den Ausdruck der Verzweiflung leihen, standen uns nicht mehr zur Verfügung. Wir waren nackt. Wir waren so nackt in unserer Todesangst wie noch niemals in unserem Leben. Ich hatte dort draußen in diesem Strudel, der mir alles weggenommen hatte – dort draußen in diesem alles hinwegreißenden Sog hatte ich mich entdeckt. Ich hatte etwas gefühlt, das keinen Namen und kein Gesicht hat, keine Stimme und keine Geschichte. Es war da etwas in mir,

das nicht »Ich« sagen konnte, obwohl es in meinem Herzen lag – obwohl es in meiner Seele lag.
Es war maßlos, alterslos, widerstandslos und trotzdem unzerstörbar. Es war etwas in mir, das übriggeblieben war, nachdem die Todesangst mein Ich zerblasen hatte wie Löwenzahnsamen im August. Ich fühlte, daß eine Kraft da war, die zu dem Meer sagen konnte: »Dein Wille geschehe ...«, weil die Seele des Meeres mich holen wollte. Ich sollte geholt werden. Ohne Absicht, ohne Angriff, ohne mutwilliges Böses in seinem Tun hätte das Meer mich holen sollen.
Die Seele des Meeres hätte an diesem Tag meine Seele holen sollen und verwandeln in etwas, was ich erst nach dem Tod meines Körpers begriffen hätte. Ich hatte erlebt, daß nach der Todesangst ein Spiegel zerspringt, hinter dem eine Ruhe wartete, die entsteht, wenn man die unbarmherzige Kraft nicht mehr bekämpft, die unser persönlicher Tod in sich trägt. In diesem menschenlosen Moment hatte ich in die Augen meines Freundes geblickt. Ich hatte gesehen, daß auch er an diesem Punkt angekommen war und die Kraft des Schicksals akzeptiert hatte. Wir hatten Abschied genommen von unserem Leben und hatten Abschied genommen voneinander. Wie ein kosmischer Scherz erschien mir nun der Felsen, auf den wir zufällig geworfen wurden. So, als wollte der Schutzengel uns zeigen, daß auch dieser Lebenspunkt sich dem Versuch entzieht, von uns verstanden zu werden.
»Da, greif noch einmal zu«, hatte der Schutzengel ge-

sagt und die Hände auf dem Stein Halt finden lassen. Die hohe und höchste Schule des Auslassens war im nächsten Moment durch die genauso hohe Schule des Festhaltens abgelöst worden. Nichts war zu begreifen. Nichts gab es zu verstehen außer der Tatsache, daß wir dankbar leben müssen für jeden Atemzug und jeden Schritt und jeden Bissen Brot und jeden Schluck Wasser und jeden Händedruck und jeden Kuß und jeden Schlaf, der uns erlöst und aus dem wir wieder erwachen. Dankbarkeit für den Blick in die Wolken, für den Blick in den Himmel, für den Blick in die Augen eines anderen Menschen. Ich war dankbar, an diesem Strand zu liegen, den Kopf drehen zu können, den Sand auf meiner Wange zu spüren und in die Augen von Martin zu blicken. Er war der Mensch, der mich so gesehen hatte, wie ich wirklich bin, und niemand außer mir wußte, wer er wirklich war. Als ich diese Sätze fühlte, begannen wir gleichzeitig zu lachen. Wie zwei Synchronschwimmerinnen, die durch jahrelanges Training dieselben Pirouetten drehen, hoben sich unsere Gesichter aus dem Sand, und schlagartig hörte ich unser Lachen aus uns herausspringen wie zwei junge freche Hengste, die im Frühling über die Baumstämme ihrer Koppel springen, um in die Freiheit zu gelangen. Wir lagen da, und das Lachen schüttelte unsere Körper und wurde immer lauter und freier und wilder und heller, bis uns der Leib anfing zu schmerzen. Wir rollten lachend im Sand und rutschten auf Knien aufeinander zu und umarmten einander und fielen umarmt in den Sand und rollten dort auseinander und lachten und lachten und lachten. Und dann standen wir gleichzeitig auf und ließen uns noch einmal ins Meer fallen, um ihm zu sagen, daß wir nicht böse waren auf seine Wellen, und dann krochen wir lachend und stolpernd und ins Wasser platschend am Ufer umher, bis wir erschöpft von unserem Lachen im knöcheltiefen Wasser sitzen blieben und uns langsam, langsam wieder beruhigten.

Wir sahen einander an, nickten, wollten etwas sagen, wußten, daß wir dasselbe dachten, und konnten nichts sagen, weil jedes Wort zuviel und zuwenig gewesen wäre. Nach einer Weile öffnete Martin doch den Mund und sprach: »Es ist so, wie es ist ...«

Nach einer kurzen Pause der Fassungslosigkeit und der Einsicht, daß es sonst nichts mehr zu dem Thema zu sagen gab, standen wir auf und umarmten einander noch ein letztes Mal. Es war nicht das letzte Mal in unserem Leben. Es war nur das letzte Mal in diesem Zustand. Man konnte nicht in das tägliche Leben hinausgehen und in diesem Zustand sein. Das geht nicht. Man kann nicht hinausgehen und angesichts der Lächerlichkeit, die unsere Nichtigkeiten darstellen, jedesmal einen Lachkrampf bekommen.

Wie soll man angesichts dieses Erlebnisses im weiten Meer noch jemals ein ernstes Gesicht machen können, mit dem man sich identifiziert, wenn ein Polizist wegen fehlender Wagenpapiere einen Strafzettel ausstellt? Wie soll man einem Arbeitskollegen Halt bieten, wenn er existentiell erschüttert ist, wenn sein neuestes Computerprogramm abstürzt? Wie soll man sich täglich sorgfältig die Schuhe zubinden und abends das Licht ausdrehen? Das geht nicht. Das geht nicht, wenn man in diesem Zustand bleibt, den man an dem Tag betritt, an dem man erkannt hat, wie überraschend lächerlich unsere Wirklichkeit ist. Die Routine der Alltäglichkeit muß wieder angezogen werden wie ein Taucheranzug, der vor allzu großer Kälte und vor mangelndem Sauerstoff schützt. Die Rituale der Höflichkeit und des Ernstes müssen wieder akzeptiert werden, sonst fliegt man aus der Kurve. Aus diesem Grund – nur aus diesem Grund, weil wir wieder zurück mußten in unsere Welt der zeitgerecht abfliegenden Flugzeuge – verschlossen wir unsere überraschend geöffneten Herzen wieder. Um uns ein Zeichen zu geben, daß wir uns wieder in Ordnung bringen wollten, sagte ich mit dem Ausdruck fast perfekter Leichtigkeit: »Wir sollten vielleicht einen Kaffee am Hauptplatz trinken, hm?«

Martin hörte meinen Versuch in dem Klang meiner Stimme, routinierte Lässigkeit zurückzubringen, und nachdem er mich fassungslos angestarrt und wieder einen Lachanfall hinter sich gebracht hatte, schüttelte er sich zurecht und sagte mit einem Gleichmut, der mir zutiefst imponierte: »Ja klar, vielleicht sind die beiden Hübschen ja noch dort und haben auf uns gewartet ...«

Wir zogen die Badetücher aus dem Korb und rieben unsere Haut trocken, bis sie brannte wie Feuer. Ich stieg in meine Hosen und fühlte, wie der Stoff sich um meine Beine legte. Ich zog mein Hemd an, das leicht im

Meereswind um meine Schultern flatterte, und strich mir die Haare aus dem Gesicht. Bei allem Bemühen, uns zu sammeln, sah ich manchmal, wie Martin einen kurzen stillen Blick auf das Meer hinauswarf, und auch ich wurde immer wieder von der feinen Linie angezogen, an der das Wasser mit dem Himmel zusammentraf. Während wir uns anzogen, sprachen wir kein Wort, sahen uns nur hie und da an. Wir wußten, daß diese Stille, die uns umgab, eine Aufforderung an uns darstellte, unser Lachen in ein Lächeln zu verwandeln, von dem nur wir beide wußten, woher es kam.

Wir stiegen in unseren Wagen und fuhren in die Stadt. Wir parkten in der Altstadt, stiegen aus und gingen dann langsam durch die Straßen. Die Läden waren alle geöffnet, und die Menschen lachten, kauften, handelten, plauderten miteinander. Es war so wie immer, wenn der Frühling plötzlich über die Häuser herfliegt und die Kälte vertreibt, die sich in der rauhen Jahreszeit zwischen den Steinen festgesetzt hatte. Die Männer hatten Stühle vor das Haus gestellt und lasen die Zeitung, und die Frauen kauften Auberginen und Zwiebeln ein, um am Abend einen Gemüsetopf auf den Tisch stellen zu können. Tausend Düfte und Gerüche und Klänge schwebten um unsere Köpfe, als wir auf den Hauptplatz traten und uns dem beliebtesten Café der Stadt näherten.

Es war ein Ort, an dem es kein Vorbeikommen gab. Wenn man vom Flughafen losfuhr, um ins Innere der Insel zu kommen, oder an der entgegengesetzten Seite des Landes dorthin, wo die sonnigsten Buchten lagen, mußte man durch die kleine Hauptstadt fahren. Es gab kein Vorbeifahren, es gab kein Ausweichen, und wenn man in die Stadt hineingelangt war, sah man unausweichlich das alte Café und mußte aussteigen. Wer so herzlos war, einfach weiterzufahren, nur um rechtzeitig seinen Koffer in sein Zimmer zu tragen, der hatte hier nichts verloren.

Dieser Ort zog Menschen an, die ihrer Zeit einen neuen Rhythmus geben wollen. Menschen, die aus den Rennstrecken ihres Ehrgeizes noch aussteigen konnten, trafen sich hier. Es war eine einzige große Verführung, das eigene Hasten noch einmal zu überdenken und die wichtigen Ziele des Lebens noch einmal auf ihre tatsächliche Wichtigkeit hin zu überprüfen. Ich werde nie das Empfinden vergessen, das mich bei der Landung überkommen hatte.

Meine Freunde hatten mich überredet, einmal etwas anderes zu tun, als in meiner arbeitsfreien Zeit nur daheim zu sitzen und historische Bücher zu lesen. Oft und immer wieder hatte ich mich dagegen gewehrt, mit ihnen loszufliegen und in der Sonne zu sitzen und nichts zu tun. Ich war so froh, endlich erwachsen zu sein und der einzige Herr über meine freie Zeit, in der ich gern in Enzyklopädien blätterte, so daß mir ein Wegfliegen von daheim völlig sinnlos erschien. Sinnlos war es für mich und eine fast sündhafte Zeitverschwendung, meine extrabreiten Lesesofas im Stich zu lassen. Ich hatte mir für meine Wohnung zwei extrabreite aus Italien schicken lassen, in denen man völlig versinken konnte. Ich hatte diese Meisterwerke in einem Katalog entdeckt, der sich darauf spezialisiert hatte, Möbel aus Italien in Richtung Norden zu verschicken, und hatte mich in das Sofa auf Seite achtzehn verliebt. Es war ein helles, weiches Ungetüm mit dicken weichen Sitzkissen und einer weichen Lehne. Die Sitzbreite war unten rechts im Katalog angegeben, und als ich die Maße zum ersten Mal las, glaubte ich, einem Irrtum zu unterliegen. Die Sitzbreite der Polster war gut und gerne vierzig Zentimeter breiter als bei vergleichbaren Modellen in unseren Breiten. Ich zögerte nur kurz und telefonierte dann mit der Versandfirma. Eine gewisse Unsicherheit, die ich in mir hatte, räumte der Verkäufer am anderen Ende der Leitung souverän aus. Einen Moment lang hatte mich die Vorstellung in Unruhe versetzt, daß diese Sofas geliefert wurden, ich mich hineinsetzte und irgendeine Kleinigkeit mich doch so sehr störte, daß ich den Kauf bereuen würde.

»Machen Sie sich keine Sorgen«, sagte die frische Stimme in meinem Hörer, »wir bringen die Sofas in Ihre Wohnung, Sie sitzen einmal zur Probe darauf, und wenn sie Ihnen nicht gefallen sollten, nehmen wir sie wieder mit ...«

Diesem Vorschlag konnte ich viel abgewinnen.

»Seien Sie aber sicher, daß Sie uns bitten werden, daß wir Ihre neuen Sofas nicht mehr wieder aus Ihrer Wohnung räumen – ha ha ha ...«

Er lachte in mein Telefon wie ein Magier, der sein Publikum noch immer mit dem weißen Kaninchen verzaubert hatte, das in seinem Zylinder verborgen war. Ich akzeptierte seinen Vorschlag, und einen Monat später wuchteten zwei starke Männer meine beiden italienischen Sofas in meine Wohnung. Sie entfernten schwer atmend die Schutzhülle aus durchsichtigem Plastik, und dann nahm ich Platz. Ich setzte mich nicht, ich ließ mich nicht fallen – ich nahm Platz. Sie waren in der Tat so weich und breit, daß es vorkommen konnte, daß ich mitten in der Lektüre über die Fürstenkämpfe im japanischen Reich Edo einschlief und erst am nächsten Morgen wieder erwachte. Was konnte es also geben, was mich von diesem Ort der Erholung weglocken konnte? Nur, um dem ständigen Drängen meiner Freundesfamilie zu entgehen, das jedes Jahr zur Urlaubszeit auf mich hereinbrach, fuhr ich einmal mit. Widerwillig saß ich im Flugzeug und ärgerte mich, daß ich mich sogar dazu hatte verführen lassen, meine beiden Bücher über die Erstbesiedelung Amerikas daheim zu lassen.

»Dort brauchst du keine Bücher«, hatte man mir gesagt, und so war ich mehr als mißmutig, als ich in den schmalen Sitzen an Bord des Flugzeuges meinen Tomatensaft mit Pfeffer und Salz serviert bekam. Zu meiner Rettung entdeckte ich im Bordmagazin einen Artikel über die Geschichte der Luftfahrt, und diese Beschreibungen, die den Bogen spannten von Leonardos ersten Skizzen bis zur Mondlandung, hielten mich gefangen, bis wir

endlich aufsetzten. Ich nahm mein Handgepäck, verstaute das Bordmagazin in der Außentasche und verließ das Flugzeug.
Schon auf der Gangway veränderte sich mein Leben. Es war später Nachmittag, als wir ankamen, und ein warmer süßer Wind wehte über den Flughafen. Der Duft von Vanille und Moschus verband sich in diesem Wind, und als ich festen Boden unter den Füßen hatte, überkam mich eine nie gekannte Entspannung.
»Na ...«, sagte einer meiner Freunde und suchte meinen Blick.
»Was ist das für ein Duft«, fragte ich, »o mein Gott, was ist das für ein Duft ... und wieso ist der Boden so warm ... o mein Gott, warum ist es so schön hier?«
»Es hat ihn erwischt ...«, stellten meine Liebsten fest, und dann sagte einer von ihnen: »Paß auf, jetzt bekommst du gleich das Insellachen.«
»Was ist das Insellachen ...«, sagte ich und fing an zu lachen, weil ich mich so unendlich wohl fühlte.
Das Insellachen ...
Das Insellachen. Zwei bis drei Tage lang beobachtete ich mich, wie ich beim Anblick jedes Oleanderbusches und jedes Esels, der auf einem Feld stand und kaute, zu lachen begann. Ich war verzaubert und blieb es für den Rest meines Lebens. Das Insellachen überkam mich auch, als ich das erste Mal mit meinen Begleitern in die Altstadt hineinfuhr und von ihnen in das Café geführt wurde.
»Kaffee mit Milch, bitte ...«, bestellten meine Freunde,

und als ich den ersten Schluck getrunken hatte, war es schon wieder vorbei mit meiner anerzogenen Zurückhaltung, die immer verhindert hatte, daß ich an öffentlichen Orten zu lärmen begann.

»Was ist das für ein Kaffee …«, rief ich aus, nachdem ich den ersten Schluck genommen hatte.

»Was ist das für ein unwahrscheinlich guter Kaffee … so etwas habe ich ja noch nie getrunken!«

Meine Freunde seufzten, und dann sagte einer: »Vielleicht hätten wir ihn doch zu Hause lassen sollen, das müssen wir jetzt zwei Wochen lang aushalten …«

Der Kaffee war rund und süß, noch bevor ich den ersten Löffel Zucker in mein Glas geschüttet hatte. Mild und ohne das geringste Brennen blühte er in meinem Mund auf und machte mich für immer süchtig nach seinem Geschmack. Nach diesem ersten Urlaub auf dieser Insel war ich jedes Jahr dorthin gefahren – so lange, bis sie mein zweites Zuhause geworden war.

Auf das Wohnzimmer in meiner zweiten Heimat gingen wir nun zu und sahen schon von weitem, daß die beiden Mädchen, die unseren Weg gekreuzt hatten, immer noch dort saßen.

Es mag angesichts ihrer Schönheit seltsam klingen, aber sie saßen tatsächlich allein an einem Tisch und redeten miteinander.

Woran mochte das liegen? Sie waren von einer außergewöhnlichen Schönheit und Lebendigkeit, und vielleicht bestand dahin des Rätsels Lösung. An den sie umgebenden Tischen saßen einige junge Männer und versuch-

ten, einen interessanten Eindruck zu machen. Sie hielten sich aufrecht, tranken Campari Soda und spreizten dabei weit den Ellbogen vom Körper ab. Sie rauchten starke Zigaretten und blickten mit einem Blick voll ungewisser Härte in den Himmel und hofften, auf diese Weise die Mädchen von ihrem Gespräch abzulenken und sich selbst in den Mittelpunkt des Geschehens zu rücken. Das Gegenteil war der Fall. Die beiden jungen Frauen fühlten die Spannung hinter all diesen Attitüden und ließen sich nicht im mindesten in ihrer Unterhaltung beirren. Man konnte es mit den Händen greifen, wie gern sich die Männer ringsum an den Tisch der beiden Hauptdarstellerinnen gesetzt hätten, doch ein völlig unangebrachter Respekt, der sich in Angst verwandelt hatte, hielt sie davon ab.
Man roch die Angst, abgewiesen zu werden. Man sah, wie sich die Jünglinge fieberhaft überlegten, ob es angebracht wäre, nach einer Zigarette zu fragen oder die genaue Uhrzeit zu erbitten oder, als kühnsten Einfall, zwei Glas Champagner zum runden Tisch der zwei Frauen bringen zu lassen. Die Mädchen waren bildschön, und diese Schönheit ließ die anfängliche Eroberungslust der Männer erstarren. Ich sah, wie vor uns ein junger Mann in das Café ging, die Mädchen erblickte, wie vom Blitz getroffen war und am liebsten hingegangen wäre, um sie zu küssen. Dann hielt ihn in der nächsten Sekunde ein seltsamer Repekt zurück, der in Wirklichkeit aus seinem Minderwertigkeitsgefühl erwuchs. Ich ging näher und konnte seine Gedan-

ken lesen. Er stand da und dachte, ohne es zu wissen: »Wer bin ich schon, daß ich mich diesen beiden schönen Frauen nähern dürfte – so, wie sie aussehen, ist es sicher, daß sie zu einem dieser dicken Boote gehören, die weiß und nach Geld stinkend im Hafen dümpeln. Wahrscheinlich sind sie die Begleiterinnen eines Ölscheichs oder eines Mafiabosses, der mir die Knochen brechen läßt, wenn man mich in ihrer Nähe ertappt. Es ist besser, ich lasse die Finger davon und setze mich lediglich an einen entfernten Tisch, von dem aus ich ihre Bewegungen verfolgen kann. Aus dieser sicheren Entfernung kann mich niemand daran hindern, meinen Phantasien freien Lauf zu lassen …«

Er trat den Rückzug an, noch bevor er vorgeprescht war, setzte sich und sah aus wie ein in Kunstharz gegossenes, schottisches Miniaturkarree, das auf irgendeinen Angriff wartete.

Überraschend war auch zu sehen, daß die Ohnmacht, in die die Männer sich hatten treiben lassen, eine seltsame Wut auslöste. Ohne den geringsten Beweis dafür zu haben, gingen sie von der Tatsache aus, daß es keinen Sinn hatte, diese beiden Wesen anzusprechen. Sie wagten es nicht, in den nicht vorhandenen Sperrbezirk zu treten, und begnügten sich mit absichtslos wirkenden Blicken und Gesten, und tief unter diesem Ballett der gestreckten Rücken entstand eine abenteuerliche Wut auf diese Frauen. Sie unterstellten ihnen, daß sie sie mit einem ironischen Lächeln heimgeschickt hätten, wenn sie mit einer scherzenden Galanterie an den Tisch getreten wären, um sich vorzustellen. All das, weil sie die Ausstrahlung und die Lebendigkeit der Schönen erschreckte.

Vielleicht war noch eine unbewußte Angst im Spiel, die noch weiter reichte. Die beiden Frauen sahen so aus, als könnten sie jeden Mann der Welt an ihrem Tisch und in ihrem Leben haben, wenn sie nur mit dem Finger schnippten – und dann?

Was wäre, wenn das die Wahrheit sein sollte. Was wäre, wenn diese beiden lebendigen Wesen tatsächlich schon die tollsten Männer in ihrem Leben gehabt hätten?

Was wäre, wenn sie die erfahrensten und liebeskundigsten Hetären des Kontinents wären? Was wäre, wenn sie aus diesen Erfahrungen heraus vergleichen könnten? Was müßte man beweisen, um in ihrer Gunst zu bestehen? Müßte man Juwelen, Perlen und Fernreisen anbieten, um überhaupt Einlaß zu finden an der Pforte zum Paradies? Und selbst, wenn das nicht so wäre, wenn ein einfaches Lächeln genügen sollte, um ihre Zuneigung zu gewinnen, wie müßte man als Liebhaber bestehen? Wie viele Gegner in der Schattenreihe der Vergangenheit gab es zu besiegen? Wie viele Küsse mochten sie schon auf ihren Lippen gespürt haben, und wo war ihre Grenze, die sie zogen?

Gab es eine Grenze für solche Zauberwesen, die schön genug waren, die Phantasien aus Tausendundeiner Nacht zu wecken …

Wahrscheinlich begab man sich in die Gefahr, ausgelacht zu werden für den Umstand, daß man nicht mit den überraschendsten Raffinessen der Liebeskunst dienen konnte …

All das verdichtete sich bei den männlichen Gästen des Caféhauses zu der Gewißheit, daß es sicherer war, aus der Distanz zu beobachten und zu träumen, und so blieben sie sitzen und waren Zuschauer. Sie waren Publikum für eine Aufführung, an der sie teilnehmen mußten, ob sie wollten oder nicht. Der Titel dieser Aufführung hieß »Mutlosigkeit«, und ich konnte sehr gut und aus meiner eigenen Geschichte verstehen, wie viele Wurzeln diese Mutlosigkeit hatte.

All dem war noch eine Farbe hinzugefügt, die diesen Männern dort in diesem Café, das wir betraten, nicht im mindesten bewußt war. Sie waren in dem Aberglauben gefangen, daß sie etwas verlieren konnten, und deswegen verloren sie auch.

Sie waren festgenagelt und schlugen ihre Nägel auch noch selbst in das Brett ihrer Unentschlossenheit. Diese Unentschlossenheit hatte als Wurzel den Glauben, daß sie ewig leben würden. Sie waren tief innen überzeugt, ewig zu leben, und glaubten, daß ihnen das Leben eine zweite, dritte und vierte Chance liefern würde, eine so schöne lebendige Frau zu treffen.

Im Innersten vertagten sie ihren Mut auf morgen und übermorgen, und das Nichtwissen darum, daß es in einer Sekunde mit uns allen vorbei sein könnte, ließ sie an ihrer Vergangenheit kleben und verhinderte den kühnen Satz: »Darf ich mich zu Ihnen setzen …«

Besser ein falscher Entschluß sofort – als ein richtiger, der zu spät kommt …

Dieser Satz hält das Leben in Bewegung, und auch Wellington mag so gedacht haben und wurde mit dem Sieg von Waterloo für seine Tatkraft belohnt. An jenem fernen Tag gab es für uns nur das Gesetz des Handelns, weil wir erlebt hatten, daß das Leben nicht darauf wartet, bis die Nebelschleier des Zauderns durch die Sonne der Aktivität aufgelöst werden.

Wir traten an den Tisch der beiden jungen Frauen, und Martin sagte: »Da seid ihr ja – dürfen wir uns setzen …«

Sie blickten überrascht in unsere lächelnden Augen, und weil sie dort keine Angst oder Unsicherheit lasen, waren sie erheitert und sagten: »Ja, bitte …« Dann lachten auch sie und waren froh, daß der Nachmittag eine Wendung genommen hatte, mit der sie nicht gerechnet hatten.

Ich trieb langsam im Meer und erinnerte mich an diesen Tag vor vielen, vielen Jahren. Die Gedanken, die mich fortgeführt hatten von der Gegenwart, hatten mich auch fortgeführt von meiner Angst, die in mir hochgestiegen war, als ich erkannt hatte, wie weit ich vom Ufer entfernt war. Seit damals hatte ich es immer aufmerksam vermieden, so weit ins Meer hinauszuschwimmen, daß ich nicht jederzeit festen Boden unter meinen Füßen wußte. Als ich jetzt so im Wasser trieb, erkannte ich, daß es an der Zeit gewesen war, diese Angst zu besiegen. Meine Sorglosigkeit und die Gedan-

ken, die mir durch den Kopf gezogen waren, hatten mir dabei geholfen, mich über die Grenze hinauszubewegen.
Ich streckte meine Arme über den Kopf, blieb so rollend auf dem Wasser liegen und lächelte über meine Strategie. Ich muß sagen, daß ich keine bewußte Strategie gehabt hatte, als ich an diesem Tag ins Wasser gegangen war, aber die nichtbewußten Anteile in meinem Wesen hatten genau gewußt, wie sie mit mir verfahren mußten, um mich letztlich über meine Angst zu ertrinken hinwegzubringen. Oft und oft hatte ich in den letzten Jahren versucht, bewußt über diese Grenze hinauszuschwimmen. Aber immer war ich gezwungen worden, umzudrehen. Viele Male war ich hinaus ins offene Meer geschwommen und hatte gesehen, wie sich das helle Blau des Wassers mit einem Mal verdunkelte, wenn ich in den Bereich gelangte, in dem das Seegras unter mir wogte. Und jedesmal stand dann der Tag vor mir, an dem ich beinahe gestorben wäre. Mein Herz fing zu rasen an, und obwohl ich versuchte, entspannt weiterzuschwimmen, begann ich zu keuchen, und eine dunkle Faust schlug mir von unten her in den Magen und packte und würgte mich und zwang mich umzukehren. Ich warf mich dann immer im Wasser herum und kraulte und hetzte und stieß mich wie ein von Haifischen Gejagter Richtung Strand. Dort saß ich dann und starrte hinaus in die ruhige blaue See, die mich nicht weiterschwimmen ließ. Nein, es war nicht das Meer, das mich nicht schwimmen ließ, es war meine Vorstellung,

die mich lähmte. Mein Käfig der Angst, der sich auf mich gesetzt hatte, war es, der in allen Fasern meines Wesens Sprengsätze zur Explosion brachte, die mich zwangen, umzukehren. Viele Male hatte ich es versucht. Viele Male hatte ich es unternommen, über diese Grenze hinauszugehen, und immer wieder war ich wie von einem elektrisch geladenen Stacheldraht zurückgeworfen worden. Mit der Zeit und den immer wieder auf dieselbe Weise endenden Versuchen gab ich es auf. Ich saß am Strand, sah aufs Wasser und fragte mich: »Wozu?«

Wozu willst du unbedingt noch einmal so weit schwimmen. Wozu willst du wieder dorthin gelangen, wo du nicht mehr stehen kannst ... War dir dieses eine Mal nicht genug? Brauchst du noch einen Sturm ... noch eine Welle ... noch eine Todesangst, um zu akzeptieren, daß es Grenzen gibt?

Das war die Frage.

Das war in Wirklichkeit die Frage, um die es ging. Konnte ich akzeptieren, daß es Grenzen gab? Konnte ich mich damit abfinden, daß es eine Hürde in mir gab, die ich mit bestem Willen nicht mehr überspringen konnte? Das war für mich eine Frage auf Leben und Tod. Es ging mir letzten Endes nicht mehr darum, hundert Meter weiter oder eben nicht weiter zu schwimmen – es ging mir darum, ob ich mich einsperren lassen wollte oder nicht. Das Unerhörte an der Situation war der Umstand, daß ich selbst es war, der den Schlüssel zu meinem Gefängnis in der Hand hielt. Der Umstand, daß man am Weiterfahren gehindert wird, wenn die Ampel auf Rot schaltet, ist Beispiel genug für die Tausende von Grenzen, die die Welt von außen rund um uns aufbaut. Was aber tun wir mit den Grenzen, die in uns selbst erwachsen? Was tun wir mit der Furcht, die uns hindert, aufrecht weiter zu gehen, wenn wir eines Tages erlebt haben, daß dieser aufrechte Gang dafür verantwortlich ist, daß wir einen Schlag auf den Kopf bekommen?

Es ging nicht so sehr darum, über dieses lächerliche, dunkle, wogende, saugende Seegras hinauszuschwimmen … Es ging darum, die Grenzen im Kopf wieder auszudehnen. Die Signalwirkung, die eine einzige Niederlage auf den Boxer hat, kann sein ganzes Leben verändern.

Ein einziger Treffer, der ihm zu seiner großen Überraschung zeigt, daß er unvorsichtig war, kann seine Karriere beenden. Wenn er einmal nur durch eine unvorsichtige Deckung hindurch geschlagen worden ist, hat er einen Krampf in seinem Herzen. Der Boxer denkt: »Wenn mein Gegner jetzt noch einmal durch diese Lücke schlägt und mich noch besser am Kinn trifft, dann versagen meine Reflexe, meine Arme werden zu Boden sinken, er wird meine Blöße erkennen und weiter schlagen und weiter schlagen, und dann werde ich k.o. gehen.« Und deshalb zieht der Boxer seine Doppeldeckung hoch und höher, um dieser Katastrophe zu entgehen. All die Energie aber, die er in die Verteidigung steckt, all diese Energie hat er nicht mehr zur Verfügung, um zum Angriff überzugehen. Ein einziger Schlag kann genügen, um aus einem offensiv boxenden Kämpfer einen defensiven, schutzsuchenden Mann zu machen, dessen Hauptziel es ist, den Kampf zu überstehen, ohne zu Boden geworfen zu werden. Wenn sein Gegner diese Wende spürt, ist ihm der Sieg nicht mehr zu nehmen. Er wird den Druck verstärken und all seine Kraft in die Offensive legen. Er wird erkennen, daß der andere nur noch überleben will, und diese Einstellung ist keine Grundlage für einen Sieg.

Der bessere Kämpfer wird seine Deckung nur noch lässig einsetzen, um alle Kraft in seine Aufwärtshaken zu stecken, die den Feind demoralisieren. Die Wirkung dieser Schläge wird den Feind demoralisieren, ebenso die Erkenntnis, daß sein Gegner es nicht einmal für nötig hält, seine Deckung korrekt zu schließen. Diese offen demonstrierte Verachtung wird ihm den Boden unter den Füßen wegziehen, und im schlimmsten Fall wird er jähzornig werden. Er wird wütend sein über diese eine kurze Unachtsamkeit, über diesen einen harten Treffer, den er einstecken mußte und der das Match so verändert hat. Er wird jähzornig alles auf eine Karte setzen und blind vor Wut sich selbst angreifen. In diesen verzweifelten Ausbruch setzt der Champion dann eine ruhige, harte, kühl kalkulierte Gerade, und das wird dann das Ende dieses Kampfes sein. Die Folge ist eine Vernichtung des Unterlegenen, von der er sich vielleicht nie mehr erholen kann. Es wird Monate brauchen, um dieses K.o. zu vergessen. In Wirklichkeit wird

er es nicht einmal vergessen, sondern nur verdrängen, und dann wird er ängstlich, wenn er wieder in den Ring steigen soll, und dann ist es vorbei.
So kann es gehen.
So kann es gehen, und diese Lawine von Gefühlen und von sich steigernden Niederlagen wurde nur durch einen einzigen Schlag ausgelöst, der dem Boxer gezeigt hat, wo seine Grenzen liegen.
Was also ist zu tun?
Wie soll man mit den Grenzen des Lebens umgehen, die einem Angst machen, weiterzuschwimmen? Soll man mutwillig dagegen anrennen und nur mit jedem Mal verstärkt zu fühlen bekommen, daß es kein Weitergehen gibt? Soll man sich, müde geworden, arrangieren und sich begnügen? Soll man sich damit begnügen, immer nur dort zu schwimmen, wo man immer noch stehen kann? Soll man die sicheren Gewässer nie mehr verlassen, so lange, bis die Muskeln schwinden und mit ihnen der Mut, die Grenzen auszudehnen?
Das ist die Frage.
Und wenn es schon natürliche Grenzen gibt wie die Tatsache, daß man naß wird, wenn man im Regen ohne Schirm spazieren geht … Soll man dann auch noch die subtilen Grenzen akzeptieren, die nur im eigenen Denken und Fühlen liegen?
Sicher nicht.
Sicher nicht, hatte ich mir immer wieder gesagt, wenn ich wieder einmal zurückgeworfen am Strand saß und hinausblickte. Ob es vielleicht nur Zeit brauche, fragte

ich mich manchmal, wenn ich über den Gegner in mir selbst nachdachte. Ob mein Herz nur Zeit brauche, um die Angst zu überwinden ... Vielleicht. Vielleicht war es eine Frage der Zeit. Als ich an jenem Nachmittag im Meer vor mich hin trieb, erkannte ich, daß es nicht nur eine Frage der Zeit gewesen war, sondern vielmehr eine Frage der geänderten Strategie. Ich hatte erlebt, daß ich nicht mit dem Kopf durch die Wand meiner eigenen Angst hindurchstoßen konnte. Mein Herz aber hatte mich genau beobachtet und erkannt, daß es mir wirklich wichtig war, dieses Leck in meiner Sicherheit abzudichten, und seine Strategie geändert, um mir zu helfen. Ohne bewußte Absicht hatten mich meine Bewegungen und meine Beobachtungen des Vogelfluges unmerklich immer weiter von der sicheren Landmasse hinaus in die offene See getragen. Ohne willentlich hinauszustoßen und meine Grenze dabei endlich zu zertrümmern, hatte mich mein Schutzengel langsam ... langsam, ohne großen Aufwand, zuerst an die Seegrasgrenze herantreiben lassen. Eine Weile hatte er mich sachte über ihr hin und her geführt, dann, ohne es beim Namen zu nennen, hatte er mich so sehr abgelenkt, daß ich plötzlich weit, weit draußen im Meer trieb. Weit jenseits der unsichtbaren Hindernisse trieb ich im Wasser und hatte den Minengürtel meiner Angst ganz leise, ganz still, ganz unauffällig überschritten. Natürlich hatte mein Herz genau gesehen, daß das Wasser tiefer und tiefer wurde. Doch hatte es dieses Wissen nicht zu meinem Denken hochsteigen lassen. Außerdem war ich heute nicht mit der Absicht ins Wasser gestiegen, meine Grenzen zu überwinden. Ich war einfach nur schwimmen gegangen und war plötzlich dort gelandet, wo ich immer so heftig hingelangen wollte.

Ich rollte mich übermütig im Wasser herum und blickte in das Wunder dieses weichen, weiten Grasteppichs, der unter mir wallte wie das Haar einer träumenden Meerprinzessin …

Das Wasser war warm und roch nach Salz, und mein Blick zum Horizont war von keiner Welle versperrt. Es war herrlich, hier zu sein, herrlich zu leben, herrlich zu schwimmen und herrlich, keine Angst mehr zu haben …

Ich lachte über all die Jahre, die es gebraucht hatte, diesen kleinen Schritt zu vollziehen, der mich eine Engelshaarbreite näher dorthin brachte, wohin ich unterwegs war.

Der Blick zum Horizont war weit und unversperrt, und ich hatte Lust, all meine Kraft einzusetzen, über das Meer zu schwimmen und an einem anderen Horizont an Land zu gehen. Ich lachte über meinen Übermut und beschloß, mir nicht mutwillig eine neue Grenze zu setzen. Diese Grenze wäre nach dreißig Kilometern in Form eines Muskelkrampfes eingetreten, und dann wäre ich gesunken zum tiefsten Grund, und dieser Nachmittag am Meer hätte eine unerwartet tragische Wendung genommen.

Das wäre Hybris gewesen.

Das wäre das mutwillige Herausfordern der Götter ge-

wesen, das wäre falsch gewesen. Dahin also hatte der Sinn meiner Grenze bestanden. Im Anrennen an ihre Kraft, neue Kraft zu sammeln, und voller Respekt, sich in dem Bereich zu bewegen, in dem man mit der eigenen Natur zu Hause war.
Ich löste meinen Blick vom Horizont und tauchte wieder in die Erinnerung an die beiden Mädchen ein, zu denen wir uns vor vielen Jahren an den Tisch gesetzt hatten.
Sie hießen Angelina und Theresa, und das blonde Mädchen lachte mich so deutlich an, daß ich mich neben sie setzen mußte. Ich wußte, daß Martin immer schon von dunkelhaarigen Frauen fasziniert gewesen war, und so kamen wir einander Gott sei Dank nicht zu nahe. Das blonde Mädchen hieß Theresa und lachte mich strahlend an. Sie waren schon seit einer Woche auf der Insel, und noch niemand hatte den Mut besessen, sie auf ein Glas Campari Soda einzuladen. Martin und ich nickten einander wissend zu und bestellten eine Karaffe mit Mineralwasser und vier Campari.
Wir saßen gemeinsam um den Tisch und redeten miteinander, als seien wir hier immer schon verabredet gewesen und hätten uns nur kurz aus den Augen verloren. Rund um uns herrschte Fassungslosigkeit und unverhüllter Neid. Ich konnte es fühlen, wie uns die Blicke der anderen Männer durchbohrten. Im ersten Augenblick hatten sie vermutet, daß wir langjährige Bekannte waren und daß Martin und mir eine der dicken weißen Yachten im Hafen gehörte oder daß wir Kokaindealer

waren oder Millionärssöhne. Mit der Zeit aber, in der sie unsere Gespräche belauschten, mußten die Männer an den anderen Tischen erkennen, daß wir völlig Unbekannte waren, die ganz einfach an den Tisch ihrer Sehnsucht getreten waren, ohne sich von ihren selbstgesetzten inneren Grenzen aufhalten zu lassen. Vielleicht würde ihnen das eine Lehre sein für die Zukunft. An jenem Tag aber war es zu spät, und sie mußten hilflos mitansehen, wie wir nach einer Weile der heiteren Gespräche zahlten, aufstanden und gemeinsam das Café verließen. Ich legte Theresa meinen Arm um die Hüfte, und sie legte sanft ihre Hand um meine Schultern.

»Ich weiß nicht, warum ich das tue«, sagte sie und lachte ... »Ich habe das Gefühl, daß wir uns schon seit ewigen Zeiten kennen ...«

»Ich auch«, sagte ich, »und da ist noch etwas.«

»Ja?« Sie sah mich neugierig an.

»Du wirst es in diesem Moment nicht glauben, aber wir werden eines Tages tot sein, und dann gibt es keine Gelegenheit mehr, so vertraut nebeneinander zu gehen ... Also sollten wir in aller Gelassenheit keine Zeit verlieren und keine Spiele spielen und nicht so tun, als hätten wir den Rest des Universums Zeit, unsere Jugend zu teilen ...«

Sie lachte mich an, und gleichzeitig wirkten ihre Augen ernst. Sie hatte etwas in meinen Worten gefühlt, das sie nicht beim Namen nennen konnte. Sie fühlte, daß ich wirklich zu ihr hingezogen war und sie nicht verletzen wollte. Ich wollte sie nicht besitzen und übergehen und nicht daran denken, wer sie war, während ich meinen Arm um sie legte. Sie fühlte, daß mein Herz offen war und voller Zärtlichkeit für sie und ihr Leben. Sie fühlte, daß ich glücklich war, keinen Umweg genommen zu haben oder einen zu langen Anlauf. Sie wußte aus ihrer Erfahrung mit Männern, daß es nur zwei Wege gab, sich ihr zu nähern. Der eine war der Weg der unentschlossenen Ängstlichkeit, der zweite Weg war die freche Direktheit, die nur egoistisch an sich selbst dachte. Diese Männer hatten sich von ihrer Schönheit anziehen lassen und hatten die Türe ihres Gebietes eingetreten, ohne sich um ihre Anwesenheit zu kümmern. Zwischen uns beiden aber war es an diesem Tag anders gewesen. Martin und ich waren zwar ohne Umwege an sie herangetreten – man hätte auch sagen können, daß wir unverschämt gewesen waren –, aber gleichzeitig fühlten die Mädchen, daß sich in den Herzen dieser beiden jungen Männer mehr bewegte als pure Eroberungslust. Sie fühlten, daß unsere Unverschämtheit das Ergebnis einer seltenen, seltsamen Lebendigkeit war, die sie so noch nicht erlebt hatten. Martin und ich hatten an diesem Tag gelernt, daß es keinen Sinn hat, Umwege zu gehen, wenn die Türe des Lebens offensteht. Wir waren von Demut und Dankbarkeit erfüllt, mit diesen beiden schönen Frauen beisammen zu sein, und diese Dankbarkeit und diese Demut gaben unserer Frechheit einen Klang, den die beiden Frauen so oft vermißt hatten.

Es hatte keinen Sinn, sich zu schämen.

Warum also nicht unverschämt sein.
Wofür auch ... Wofür sollte man sich schämen? Dafür, daß man am Leben war, dafür, daß man sich voneinander angezogen fühlte? Dafür, daß man glücklich erlebte, in den Augen des anderen Begeisterung zu finden für sich selbst?
Das Leben ist zu kurz, um sich mit solchem Unsinn wie falscher Scham aufzuhalten.
Ohne Hast, ohne Ungeduld, ohne gieriges Besitzenwollen hatten wir die Nähe und die Herzen dieser Mädchen gesucht, und sie hatten gefühlt, daß so etwas nicht oft zu erleben ist, und uns Platz geschenkt. Sie hatten uns Platz an ihrer Seite geschenkt und begannen, uns Platz zu schenken in ihrem Herzen.
Ich ging mit Theresa Arm in Arm durch die Straßen und lachte und plauderte mit ihr. Ihr Körper war warm und fest unter ihrem hellgelben Kleid, das sich wie eine zweite Haut um ihre Beine und Schultern legte.
Ich fühlte die Hitze ihrer Hand durch mein Hemd brennen, und jedesmal, wenn ich sie wieder ansah, daß ihre Augen immer mehr und mehr zu leuchten begannen, weil sie die Zärtlichkeit fühlte, die in mir heranwuchs.
»Wo gehen wir eigentlich hin«, fragte Angelina, die sich in den Arm von Martin geschmiegt hatte, wie eine junge Katze im Korb mit ihren Geschwistern schmust und durch nichts und niemanden aus diesem Korb fortgeholt werden kann.
»Ich weiß es auch nicht«, rief ich über meine Schulter zurück und sah, wie mich Theresa zärtlich anlachte.

»Unser Hotel ist nur zwei Straßen entfernt«, flüsterte sie mir zu, und dann rief ich zu Martin: »Ihr Hotel ist nur mehr zwei Straßen weit weg.«

»Ich weiß«, antwortete er, »das hat man mir auch schon gesagt.«

Nach wenigen Schritten standen wir vor dem Hotel.

»Wir haben ein Doppelzimmer«, sagte Angelina, und ich sah Theresa fragend an.

»Dann werden wir eben fragen, ob sie noch ein Doppelzimmer frei haben«, sagte ich, und erleichtert traten wir in die kühle Eingangshalle des Hotels.

Breite, alte Ledersofas standen auf orientalischen Teppichen unter sich langsam drehenden Ventilatoren. Einige niedrige Palmen zitterten sachte unter dem Windhauch in hohen Tontöpfen, und über der Rezeption hing eine alte Messinglampe, die mit vielen roten, blauen und gelben Steinen besetzt war, durch die sich das Licht einer Glühbirne geheimnisvoll brach.

Ich schlug mit der flachen Hand auf eine alte Klingel, wie sie nur in besonderen, altmodischen Hotels zu finden ist, die Gott sei Dank niemals das Geld besessen hatten, ihren Charme wegzurenovieren. Nachdem ich ein zweites Mal geläutet hatte, erschien ein freundlicher älterer Herr, der seine beiden Mieterinnen herzlich begrüßte.

Angelina fragte ihn, ob er noch ein Doppelzimmer frei hatte, und nach einem forschenden, wissenden Blick auf Martin und mich entschloß sich der Besitzer des

Hauses, uns den Schlüssel zu einem weiteren Zimmer zu geben.

»Es liegt genau neben Ihrem Zimmer, das Sie schon haben … Und wenn Sie wollen, dann sperrt dieser Schlüssel auch die beiden Verbindungstüren auf, die zwischen den Räumen sind. Auf diese Weise können Sie sich Ihre eigene Suite zusammenstellen …«

Wir bedankten uns und gingen durch die Halle weiter zu dem uralten Lift, der sich am Ende der Rezeption befand.

Ein eisernes Scherengitter ratterte auf, und dann betraten wir den verspiegelten Liftkorb und zogen die Flügelfalttüren hinter uns zu. Diese Türen waren mit Milchglasfüllungen versehen, in die Naturmotive eingeätzt waren. Die linke Türe zeigte zwei Kamele, die unter einer Palme standen und darauf warteten, daß die Karawane weiterziehen würde – auf dem rechten Türglas waren die Pyramiden von Gizeh mit der Sphinx zu sehen, die uns mit einem undurchschaubaren Lächeln beobachtete.

Langsam zog sich der Lift Stockwerk um Stockwerk ratternd in die Höhe und hielt endlich mit leichtem Nachfedern im vierten Stock. Wir stiegen aus, und ich fühlte den weichen, dicken, alten, roten Teppich unter mir, über den schon so viele Gäste gegangen waren und in dem meine Füße versanken wie in dickem weichem Sand.

»Vielleicht sperren wir ja in zwei bis drei Jahren die Verbindungstüre auf …«, sagte Martin, nachdem Angelina

die Zimmertüre geöffnet hatte. Sie hatten den Raum mit der Nummer 231, und Theresa und ich schlossen kurz darauf die Türe mit der Aufschrift 230 hinter uns zu. Die Ziffern waren aus dickem Messing geschnitten und an den Kanten vom jahrzehntelangen Polieren schon ein wenig abgerundet. Wie oft und wie lange mußten diese Ziffern geputzt worden sein, dachte ich, damit sich ihre ehemals harten Kanten so abrundeten und anfühlten wie Perlen im Schalenbett einer Auster.
Der Fußboden bestand aus breiten, langen, dunklen Holzbohlen, die in der Mitte eine leichte Welle zeigten. Die Farbe dieser Bohlen erinnerte mich an Bitterschokolade, und auch ihre längliche viereckige Form verstärkte diese Assoziation. Die weißgestrichene Holztüre hatte leicht gequietscht, als ich sie schloß, und dann sah ich, daß es noch eine zweite Türe gab, die am Türbalken befestigt war. Auf diese Weise bildete sich eine Schleuse, die zum Zimmer führte. Man war nicht nur durch eine Tür von neugierigen Menschen getrennt, die am Gang entlanggingen, sondern doppelt beschützt vor der Außenwelt. Wenn man in das Zimmer hineinging, kam man zur Rechten an der doppelten Verbindungstür vorbei, die zum Zimmer 231 führte, das jetzt zum beschützten Reich von Martin und Angelina geworden war.

Wenn man noch weiter ging, kam man an einem großen weißen Waschbecken vorbei, das zwei riesige Wasserhähne trug. Der eine war für Kaltwasser gedacht und der andere vermutlich für heißes Wasser …

Direkt vor mir war eine doppelte Jalousientüre, die auf einen kleinen Balkon führte, auf dem Theresa jetzt stand und hinaussah auf die Straße. Sie beugte sich weit vor, und ihr Kleid spannte sich gelb um ihren Körper. Ich ging durch das Zimmer und trat zu ihr auf den Balkon. Sie stand neben mir und hielt meine Hand. Wir sahen hinunter auf die Straße, auf der ein Motorradfahrer seine Maschine parkte, seinen Helm abnahm und sich umzusehen begann. Wieder ein neuer Mensch auf dieser Insel, der dem Geheimnis dieses Ortes auf die Spur kommen möchte, und dann sagte sie: »Laß uns die Läden zumachen …«

Wir zogen die Fensterläden zu und traten in das Halbdunkel des Zimmers zurück. Von Ferne drangen murmelnd die Geräusche der Stadt zu uns herauf, im Zimmer aber war es still. Das Sonnenlicht des späten Nachmittags fiel durch die Schlitze in den hölzernen Jalousien und warf ein Muster über den Fußboden und das Bett.

»Komm …«, sagte sie und legte sich auf das breite Bett, dessen Gestell aus dem dunklen Holz geschnitzt war, das die Erbauer dieses Hotels beim Legen des Fußbodens verwendet hatten. Es war eine Kostbarkeit, weil nicht viele Bäume auf dieser Insel wuchsen, die an manchen Tagen nach dem heißen Wind der Sahara roch. Sie legte sich hin, und im Hinlegen streifte sie ihr Kleid über die Brust und den Kopf, und dann lag sie nackt vor mir und sah mich an.

Ich zog mich aus und setzte mich an den Rand des Bettes. Sie nahm meine Hand und legte sie auf ihre Brust. Sie war wunderschön. Sie war eine wunderschöne junge Frau, und ihr Körper glühte von der Sonne und vom Schwimmen im Meer und von ihrer Unbeschwertheit, mit der sie sich entschlossen hatte, mit mir ein Zimmer zu teilen. Ich strich langsam über ihre Brust und ihren Hals und dann tiefer über ihren Bauch und ihre Beine, und dann legte ich mich neben sie. Sie drückte ihren Kopf an meinen Hals, und ich fühlte, wie stark das Herz in ihrer Brust schlug. Ihr Haar duftete nach einem unbekannten Parfum, und dann legte sie ihr Bein über meinen Bauch, hob ihr Gesicht und küßte mich.

Es gab nichts anderes auf der Welt als ihren Kuß.

Ich glaubte, noch einmal das Rauschen des Meeres zu fühlen, und schmeckte das Salz. Ihre Lippen waren ein wenig aufgerissen vom Baden im Meer, und auf ihrem Mund duftete die Brandung, die ich heute wie noch nie erlebt hatte. Sie war die erste Frau in meinem neuen Leben, und ich legte meine Hände auf ihren Rücken, um sie zu spüren. Unter ihrer Haut dehnten sich ihre Muskeln und drehten sich unter meinen Fingern bei jeder Bewegung, die uns überkam.

Ich rollte langsam zur Seite und zog sie mit mir, dann lagen wir uns gegenüber und sahen einander an. Ich küßte ihre Lippen, ihre Wangen und ihre Augen und drehte sie auf den Bauch. Sie hob ihre Haare hoch, als ich ihren Nacken küßte, und langsam, ganz langsam, glitt ich an ihrem Rücken hinunter und ließ mir für jeden Zentimeter ihrer Haut ein Leben lang Zeit. Sie drückte ihren Rücken durch, als ich unten angekommen war, und dann umarmte ich sie und hielt sie mit meinen Händen unter dem Bauch gefaltet fest. Ich legte mein Gesicht auf ihren Rücken und fühlte ihr Herz schlagen.

Langsam, stark und gleichmäßig schlug ihr Herz und ließ ihr Blut in ihren Adern kreisen. Ich schob meine Hände höher und hielt ihre runde Brust und streichelte zart und ohne Eile ihre Haut. Eine Welle lief durch ihren Körper, und dann drehte ich sie auf die Seite und küßte ihre Taille und ihr Becken. Eine Handbreit unter ihrem Nabel sah ich eine lange gezackte Narbe. Das Fleisch über dieser Narbe war noch rosa und ganz fein und dünn. Was immer geschehen war, es konnte noch nicht länger als ein halbes Jahr vergangen sein, daß sie diese Verletzung erhalten hatte.

»Woher ...«, fragte ich leise und küßte sie noch behutsam und ohne zu drängen rund um ihre lange, dünne, zackige Narbe. Sie hob meinen Kopf zu ihrem Gesicht empor, und ich sah eine unendliche Traurigkeit in ihrem Blick und eine Angst, die von etwas herkam, was ich nicht kannte.

»Es ist nicht wichtig ...«, sagte sie, und als sie mich küßte, spürte ich, wie aus ihren Augen Tränen über unsere Wangen liefen. Sie wurde noch weicher in meinen Armen und hielt mich fest wie ein Tier, das im Wald nicht allein sein möchte.

»Komm ...«, sagte sie dann, »komm ...« Und dann griff sie nach mir und holte mich zu sich. Sie war heiß und

naß, und ihr Leib brannte wie Feuer. Ich fühlte jeden Teil ihres Körpers und ihre unendliche Sehnsucht.
Ich umarmte sie fest und immer fester, und sie schlang ihre nackten braunen Beine um mich, so als wollte sie mich nie wieder loslassen. Ich hatte keine Angst vor ihrem Druck. Ich hatte keine Angst vor ihrem Hunger, den sie in sich hatte und mit dem sie begann, mich aufzufressen. Ich spürte ihre Zärtlichkeit und ihre Sehnsucht nach Liebe und Vergessen und nach Hingabe in ihrem Körper und ließ mich fallen und ließ mich gehen und ließ mich auffressen und hatte keine Angst davor, den Verstand zu verlieren.
Sie war die erste Frau in meinem neuen Leben, und ich wollte ihr all das geben, wonach sie sich so lange gesehnt hatte. Immer wieder fiel ich tief in sie hinein und hielt ihren Leib fest in unserem Bett. Sie drehte sich wie eine Löwenkatze, die in der Wüste an einem Brunnen angekommen war und endlich wieder trinken konnte.
Sie drehte sich und zerkratzte mir mit ihren Nägeln den Rücken, und ich war dankbar, diesen Schmerz zu spüren. Ich war dankbar für jeden tiefen Riß, der in meinen Haut hineinfuhr, weil ich spürte, daß ich am Leben war. Ich lebte, ich atmete, und ich liebte …
Ich fühlte, wie sie langsam zu zucken begann. Immer heftiger wurde ihr Zucken, und ihr Becken begann, gegen mein Becken zu schlagen, und ihr Kopf schlug wild hin und her, und ihr schweißnasses Haar verdeckte ihr Gesicht. Sie hatte die Augen geschlossen und atmete

immer heftiger und keuchte und atmete und drückte ihre Nägel in meinen Rücken, und dann fingen ihre Lippen an zu zittern, und ihr Mund öffnete sich, und sie fing an zu schreien.
Sie schrie einen langgezogenen, langgezogenen Ton aus sich heraus, der alle Farben des Lebens in sich trug. Sie lachte in ihrem Schrei, sie weinte in ihrem Schrei, sie flüsterte, sie verlangte, sie gab sich hin, sie öffnete sich, sie verlor alle Angst in ihrem Schrei, sie lebte in ihrem Schrei. Sie schrie aus Liebe in ihrem Schrei, und sie schrie nach Liebe in diesem langen Ton, der aus ihr hervorbrach und im Zimmer widerhallte und erst nach langer Zeit zur Ruhe kam …
Dann kam ich heiß und stark. Ich fühlte, wie all mein Leben in sie eindrang und sie ausfüllte, und dann faßte ich ihren Nacken und küßte sie auf den Mund. Sie stöhnte auf und hielt mich fest, und dann rollten wir auf die Seite und hatten die Augen geschlossen. Tief seufzend atmeten wir in unser neues Leben, und unsere heißen und verschwitzten Körper rieben naß und weich aneinander, und das Bett umarmte unsere Nacktheit …
Umarmt schliefen wir ein.
Umarmt wachten wir am nächsten Morgen wieder auf. Ich öffnete meine Augen und sah durch das Zimmer. Es lag still im Halbdunkel des neuen Tages, der vor dem Fenster zu lärmen begonnen hatte. Ich hörte, wie das Motorrad startete, das gestern unter unserem Balkon geparkt hatte, und wie sich sein Brummen langsam in der Ferne zwischen den Häusern verlor. Ich hörte die

Händler, die ihre Ware anboten, und das Bellen spielender Hunde. Sie lag in meinem Arm und hatte die Augen noch geschlossen. Ihre Haut war weich und warm von der Nacht und von ihren Träumen. Ihre Haare lagen über ihren Wangen und bewegten sich bei jedem Atemzug.

Jetzt fing sie an, meinen Blick zu spüren. Ihre Augenlider mit den langen dunklen Wimpern begannen zu zittern, und dann sah sie mich an. Sie lächelte und drückte sich noch mehr in meinen Arm.

»Guten Morgen …«, flüsterte sie und lächelte.

»Guten Morgen«, sagte ich und küßte ihre Stirn. Ich atmete tief ein und wollte dieses Bett und dieses Zimmer und dieses Hotel nie mehr verlassen. Nach einer Pause fragte sie: »Hast du gut geschlafen …?«

»So gut wie noch nie in meinem Leben …«

Sie lachte und richtete sich auf und küßte mich auf den Mund. Ihre Lippen waren wie Rosenblätter, auf denen der Tau der frühen Stunden liegt, und als sie sich über mich beugte, fiel ihr Haar über mein Gesicht. Links und rechts von meinem Gesicht wehten ihre blonden Haare und bauten eine Höhle, die das Geheimnis unserer Küsse versteckte.

»Gott sei Dank bist du gestern in das Café gekommen …«, flüsterte sie.

»Gott sei Dank bist du noch dort gewesen.«

»Ich habe nur gespürt, daß ich auf dich warten muß.«

»Gott sei Dank hast du gewartet …«

»Ich habe sehr lange auf dich gewartet … sehr lange …«

Sie sah mich mit ihren weichen tiefen Augen an, und am Grund ihres Herzens fühlte ich wieder diese Traurigkeit, die manchmal durch ihr Lachen hindurchschimmerte.
»Geht es dir gut …«, fragte sie und blies mir sanft ihren Atem über meine Stirn.
»Ja, mir geht es gut …«
»Mir auch …«
Sie fragte mich sonst nichts an jenem Tag. Sie wollte nicht wissen, wo ich lebte, was ich für einen Beruf hatte, wie meine Wohnung aussah. Manchmal wurde sie still und fragte stumm in meine Augen hinein, wenn sie dort drinnen etwas Ähnliches sah wie ihre eigene Traurigkeit. Ich fühlte, wie mein Herz, das gestern neu zu leben begonnen hatte, manchmal von einem Schatten verdeckt wurde, wenn ich fühlte, wie schön es mit ihr war. Es war so schön wie die höchste volle Blüte einer bernsteinfarbenen Rose am Ende des Monats August.
Die weichen, vollen Blütenblätter unserer Liebe öffneten sich breit und weich, und die Sonne strömte eine Wärme über unsere Herzen, die nicht mehr wärmer und schöner werden konnte. Unser Zusammensein in diesem Zimmer war wie der gereifte Duft einer Rose, die alles gegeben hatte, was in ihr war. Es war so viel und so tief und so süß, daß es mich traurig machte und im nächsten Moment so glücklich, daß ich weinen mußte. Ich fühlte, wie ihr warmer Kuß tief in mich hineinsank und mich an einem Punkt berührte, den ich

noch nie in meinem Leben jemandem gezeigt hatte. Ihre Wärme umarmte mich an diesem stillen tiefen Punkt und löste meine Angst und meine Schmerzen auf, die dort verborgen lagen. Die Sehnsucht meines Lebens, einmal der Liebe zu begegnen, so wie ich ihr in dieser Nacht und in diesem Zimmer begegnet war, wurde erfüllt.

Sie wurde so sehr erfüllt wie noch niemals zuvor, und ich wußte an diesem Tag in meinem Leben, wie selten die Liebe zwischen einem Mann und einer Frau zu blühen beginnt.

Ich wußte es, und dieses Wissen hatte eine Sehnsucht und eine Traurigkeit in mich gelegt, die nun von dieser Frau berührt wurde und erlöst. Sie löste meinen Panzer, hinter dem die Sehnsucht wartete, geküßt zu werden, und ich sah, daß ich dasselbe bei ihr tat.

Als sie meine Tränen sah, umarmte sie mich und ließ mich nicht allein. Ich legte meine Arme um sie und weinte, und liebte sie, wie man das Leben liebt in der Sekunde, die vor dem Tod kommt.

Wir mußten es nicht sagen, aber wir wußten, daß dieser Tag und diese Nacht keine Fortsetzung erleben konnten ... Wußten wir es ...? Ohne es zu sagen, wußten wir, daß wir in unser Leben zurückkehren würden, das wir nur gelebt hatten, um uns auf diesen Tag und diese Nacht zuzubewegen. Wir wußten, daß wir wie zwei Kometen waren, die durch die Nacht des Universums flogen und einander begegnet waren. Wir hatten uns genähert und hatten einander berührt, und wir würden

weiterfliegen auf unserem Weg, der uns wieder voneinander wegführen würde.
Ich hatte Sehnsucht danach, sie festzuhalten und zu rufen: »Bitte bleib bei mir für den Rest meines Lebens«, und ich sah, daß sie dasselbe sagen wollte, und gleichzeitig wußten wir, daß uns diese Erfüllung nicht geschenkt war. Nach der höchsten Blüte verlieren die Rosen schon am nächsten Tag langsam ihren Duft, und ihre Blätter werden müde. Ich war so unendlich glücklich, ihr begegnet zu sein, und von Traurigkeit erfüllt, daß das Leben uns diesen Schatz schon wieder sachte aus der Hand zu nehmen begann.
Ich dachte an die Ewigkeiten im Meer, in denen es mit mir vorbei gewesen war, und mußte lachen. Es gab nichts zu bedauern. Es gab keinen Grund zur Traurigkeit. Es gab keine Wehmut. Ich lachte und erinnerte mich, wie nahe ich dran gewesen war, dieses Mädchen nicht erleben zu dürfen. Sie nicht und keine andere, und vor allem mich nicht. Dem Zufall war es zu verdanken, daß ich nicht neben Martin leblos rollend an den Strand gespült worden war und ein verängstigtes Touristenpaar uns jetzt in dieser Sekunde entdeckt hätte und schreiend vor Entsetzen davongelaufen wäre.
Ein an Land gespülter Toter ist kein schöner Anblick, und wenn ich daran dachte, wie knapp ich davongekommen war, wenn ich daran dachte, dann durfte nur noch ein einziges Gefühl übrig bleiben – Dankbarkeit.
Dankbarkeit war das einzig erlaubte Gefühl in ihren Armen. Alles andere wäre eine Maßlosigkeit gewesen,

die aus früheren Zeiten stammte, in denen ich noch geglaubt hatte, ewig zu leben. Weg also mit der Melancholie und der Schwermut. Wie viele Menschen erleben niemals so eine Nacht und kennen diese Gefühle nur aus den Erzählungen vom reisenden Sänger? Hinweg mit den Schatten einer blasphemischen Wehmut.
Ich mußte lachen, wischte meine Tränen ab, umarmte und küßte sie und flog wieder hoch hinauf in den Himmel der Leichtigkeit.
»Warum lachst du … und warum weinst du?« fragte sie und sah mich an.
»Weil ich dich liebe«, sagte ich, ohne zu zögern, und nach einem Moment der Stille sagte sie: »Ich dich auch.« Dann verstand sie mich, seufzte tief und lächelte dabei.
»Es ist so, wie es ist«, sagte ich und richtete mich im Bett auf.
»Da hast du recht«, sagte sie, »wir müssen dankbar sein.«
Ich legte meine Hand auf ihre Wange und küßte ihren Mund, und dann klopfte es an der Verbindungstüre zu unserem Zimmer.
»Die Welt ruft«, flüsterte sie, und ich nickte und rief: »Herein.«
»Du hast den Schlüssel«, antwortete Martin, und so blieb mir nichts anderes übrig, als aufzustehen und aufzusperren. Ich kehrte ins Bett zurück, und dann erschien Martin eng umarmt mit seiner Frau und sagte: »Dürfen wir zu euch kommen …«

»Das ist der Vorteil von breiten Betten ...«, sagte ich, und dann krochen Martin und Angelina zu uns herein.
»Was für ein Leben«, sagte Martin, und wir mußten ihm recht geben.
»Was haltet ihr von einem kleinen Frühstück«, fragte er.
»Ich halte viel von einem großen Frühstück«, antwortete ich, und nachdem wir noch eine Weile Anlauf genommen hatten, standen wir auf, duschten uns, zogen unsere verstreuten Kleider an und gingen aus unserem Zimmer hinaus auf den Gang. Wir stiegen in den Lift, und bei der Abwärtsfahrt sah ich uns in den Spiegeln, die an drei Seiten des Liftkorbes angebracht waren. Wir standen so dicht beisammen wie Blumen in einem Feld und bewegten uns im Wind unserer Heiterkeit ...
Die Kamele, die in die Milchglasscheibe geätzt waren, warteten immer noch darauf, daß die Karawane weiterziehen würde, und dann gaben wir die Schlüssel ab und verließen das Hotel.
Der Concierge hatte uns mit einem warmen freundlichen Lächeln begrüßt, und sein Lächeln vertiefte sich noch, als er sah, wie glücklich seine beiden Mädchen waren, die schon so viele Tage und Nächte allein bei ihm gewohnt hatten. Er hängte die Schlüssel mit den schweren Messinganhängern zurück an sein Pult und wünschte uns einen schönen Tag. Diese Messinganhänger an den Schlüsseln waren breite, längliche Platten, auf denen zwei Palmen eingraviert waren, die auf einem welligen Sandhügel standen. Die Kanten waren von den Händen der Hotelgäste abgerieben und rund gewor-

den. Wie viele Menschen würden diese Schlüsselanhänger noch in ihren Händen halten, dachte ich. Wie lange wird es dauern, daß sie so abgerieben sind, daß man die Palmen kaum noch erkennt. Lange ... Lange würde das dauern, bis dahin gab es noch viel zu erleben.

Wir traten hinaus in die Sonne, die schon auf halber Höhe stand und den Winter endgültig verjagt hatte. Wir wanderten langsam zu unserem Café und setzten uns an einen Tisch auf der Terrasse, der etwas abseits neben einem Oleanderbaum stand. Wir bestellten Café mit Milch und Orangensaft und Mineralwasser. Ich warf einen Blick in die Karte und verlangte dann noch einen Spezialtoast. Sie schrieben auf der Karte, daß er mit Landschinken und Käse gemacht war, und auf Extrabestellung konnte man ein Spiegelei dazu haben. Natürlich bestellte ich auch das Spiegelei und war erfreut zu sehen, daß meine Freunde genau dasselbe essen wollten wie ich.

Ich lehnte mich zurück und hielt Theresas Hand. Sie war so wunderschön in ihrem hellen gelben Kleid, und ich war glücklich, ihr befreites Lachen zu hören, und beneidete den leichten Wind, der durch ihre Haare strich. Wir plauderten, aßen unsere Toasts und tranken unseren Kaffee. Nach dem Essen wurden wir ein wenig müde, und ich holte uns einen Stapel internationaler Zeitschriften. Ich verteilte sie, und dann saßen wir gemeinsam um den Tisch in unsere Stühle gelehnt und lasen.

Wir saßen beisammen, als hätten wir alle Zeit der Welt

zur Verfügung, und dachten nicht daran, daß Martin und ich heute noch abreisen mußten. Es war gut so, daß wir einander nicht an den Händen hielten, die verrinnenden Minuten zählten, wehmütig wurden und unsere Zuneigung den Geschmack von zähem, klebendem Gummi annahm. Wir liebten, saßen beisammen, lasen die Zeitung und waren unter einem Dach.

Dann würden wir aufstehen und gehen und unser gewohntes Leben aufnehmen. So war das, und es war gut so, wie es war. Nach einer Stunde sah Martin auf die Uhr, atmete tief und schickte mir einen fragenden Blick.

Angelina sagte: »Jetzt müßt ihr gehen …«

Ich winkte dem Ober zum Zahlen und sagte: »In drei Stunden geht unser Flugzeug …«

Die beiden jungen Frauen sahen einander an und lachten. »So ist das Leben«, sagte Angelina und küßte Martin lange auf den Mund.

»Gut – also ich finde, wir sollten es tun …«, sagte Theresa und bat den Ober, bei dem ich bezahlt hatte, um seinen Kugelschreiber und vier Zettel. Wir schrieben unsere Telefonnummern auf und gaben sie uns gegenseitig mit in das weitere Leben. Dann standen wir auf, und Angelina küßte mich auf die Wangen. Ich sah, daß Theresa Martin kurz und voller Freundschaft umarmte, und dann nahmen er und ich von unseren Frauen Abschied. Wir traten kurz zur Seite, um den letzten Moment allein zu verbringen.

»Bleibt ihr noch hier sitzen«, sagte ich, »das wäre schön,

dann weiß ich in der nächsten halben Stunde, wohin ich meine Gedanken schicken soll.«
»Ja«, lachte sie, »ich hab auch meine Zeitung noch nicht zu Ende gelesen ...«
»Du hast meine Telefonnummer«, sagte ich, dann beugte sie ihren Kopf ganz nahe zu meinem und flüsterte: »Wir sehen uns wieder ...«
»Ja ... Wir sehen uns wieder.«
»Ich liebe dich ...«
»Ich liebe dich auch ...«
Sie legte ihre Arme um meinen Hals und gab mir einen letzten langen Kuß. Wir lösten uns voneinander, und dann rief ich Martin zu:
»Komm, liebster Freund – die Stunde hat geschlagen ...« Er küßte Angelina noch einmal und kam zu mir. Wir gingen los, und dann drehte ich mich noch einmal um und rief: »Bis gleich ...«
Sie lachten und riefen gleichzeitig: »Bis gleich ...«
Dann bogen wir um die Ecke, und ich sah noch ein letztes Mal in Theresas Augen, die zu mir herüber lachten, und dann trat die Hausecke in unseren Blick, und ich war wieder mit Martin allein.
Wir atmeten tief durch und sahen einander an.
»Wahnsinn ...«, sagte Martin, »Wahnsinn ...«
»Ja«, sagte ich.
Ich packte meine Koffer, und dann fuhren wir zum Flughafen. Die Sonne stand am Himmel und sah uns zu. Ruhig und ohne Veränderung sah sie auf uns herab und wärmte unsere Haut. Unverändert stand sie über

uns, unverändert streichelte der Wind unser Haar, unverändert klangen die Ansagen durch die Lautsprecher in der Abflughalle.

Martin sah mich an, als ich meinen Koffer auf das Förderband hob. Ich blieb in seinen Augen, bis unsere Koffer um die Ecke gebogen waren, und dann fuhren wir mit dem Bus zu unserem Flugzeug. Wir gingen die Treppe hinauf und suchten unsere Plätze. Ich setzte mich an ein Fenster und sah hinaus in die klare Luft.

»Es ist alles so wie immer«, sagte Martin, als er sich neben mich setzte.

»Ja«, antwortete ich – »fast so wie immer ...«

Er blickte vor sich hin, und ich fühlte, daß er mit seiner Erinnerung allein sein wollte.

Das Flugzeug rollte an und wurde schneller und schneller und hob sich empor und ließ den Boden hinter sich, und nach wenigen Minuten waren wir hoch oben im Himmel.

Die Insel lag unter uns, und als wir eine lange Kurve flogen, sah ich die Stadt und kurz danach den Strand. Dann blieb die Küste hinter uns, und das Meer breitete sich aus.

Ich lehnte meinen Kopf an das Kabinenfenster und sah den kleinen, weißen Schaumkronen zu, die sich unter mir an den Händen faßten und miteinander tanzten.

Hätte ich bleiben sollen? Hätte ich alles absagen sollen, was mich in der Heimat erwartete? Hätte ich diesen seltsamen, süßen Schmerz der Trennung vertauschen

sollen gegen einen möglichen Taumel des Glücks? War es falsch wegzufliegen?
Ich lehnte meine Stirn gegen das Glas und mußte an die Glastüren in dem alten Hotellift denken. Die Kamele wanderten immer noch um die Pyramiden und würden auch morgen noch diese Reise fortsetzen, und am Tag danach und jeden weiteren Tag, bis die alte Glasscheibe einmal von einem unachtsamen Gast zerbrochen wurde.
»Der Mensch fürchtet die Zeit – die Zeit aber fürchtet die Pyramiden.«
Ich hatte diesen Satz in einem alten Buch gelesen, das über den Feldzug Napoleons nach Ägypten berichtete. Damals hatte ich nicht gewußt, was mich von den Pyramiden gelehrt werden sollte. Auch beim Anblick des romantischen Bildes an der Lifttüre und auch beim Steigflug über die Wolken konnte ich noch nicht ahnen, was diese steinernen Berge für eine Belehrung für mich bereithielten.
Ich hatte nur den stillen Anflug einer Sehnsucht nach Ewigkeit in mir, für den das Bild der Pyramiden den fragenden Rahmen bildete.
Ja, das war es. Ich hatte den Gedanken kaum gefühlt – kaum angeklopft hatte diese Empfindung in mir, als ich wußte, daß ich genau deswegen wegfliegen sollte. Die Sehnsucht nach Ewigkeit war es, die in mir ihren Raum suchte. Ich hätte auf ewig dort bleiben wollen – auf ewig ihre Hand halten ... Auf ewig ihr Lachen hören ...
Deswegen mußte ich gehen – fortgehen aus dem Café –

fortgehen aus ihrem Blick – fortgehen aus ihrem Lachen. Weil ich geglaubt hatte, daß diese Momente die Kälte der normalen Tage unseres Lebens nicht überstehen konnten.

So lehnte ich dann an dem kleinen Flugzeugfenster und glaubte meinen Lügen.

Ich belog mich mit diesen Sätzen, um nicht der Wahrheit ins Auge sehen zu müssen, die eine einzige Sehnsucht war …

Nach einigen Flugstunden, in denen wir schweigend nebeneinander gesessen waren, landeten wir daheim und stiegen aus.

Martin hatte während unserer Zeit über der Erde kein einziges Wort gesprochen und kein einziges Mal aus dem Fenster gesehen. Stumm war er neben mir gesessen und hatte die freundlichen Angebote der Stewardessen abgelehnt, die ihm Orangensaft servieren wollten und Tomatensaft mit Pfeffer und Salz.

Ich fühlte, daß er genauso wie ich in dieser anderen Welt umherwanderte, deren Tor sich einen Spalt breit für uns geöffnet hatte. Für ihn fand dieses Wandern jedoch ein anderes Ziel als für mich.

Ich weiß nicht, ob es größerer Mut war, oder eine größere Tollkühnheit. Vielleicht war ich zu feige, an jenem Abend das zu tun, was er tat, als wir in unserem heimatlichen Lieblingslokal saßen.

Wir waren am frühen Abend gelandet und hatten keine Lust gehabt, uns zu trennen und in unsere leeren Wohnungen zu gehen.

»Laß uns etwas trinken«, hatte Martin gesagt, und ich war erleichtert, daß er diesen Satz ausgesprochen hatte, der mich vor dem zu schnellen Alleinsein bewahrte. Wir saßen an unserem gewohnten Tisch und bestellten Rotwein und Mineralwasser und etwas gebackenes Brot mit Olivenöl.

Nachdem wir schweigend unser erstes Glas getrunken hatten, sagte Martin: »Ich muß sie wiedersehen.«

Ich konnte nichts antworten und sah in seine Augen. Er hatte recht. Wir beide wußten, daß er recht hatte und daß er in diesem Moment des Lebens der Mutigere von uns beiden war.

Ich hätte am liebsten laut gelacht und ein Glas an die Wand geworfen, aber ich saß nur da und drückte seine Hand.

Er war mutig, und ich war an diesem Abend noch nicht soweit wie er. Noch nicht soweit wie er … Noch nicht …

Eine Woche später erreichte er seine Frau endlich am Telefon, und einen Monat später konnten sie sich wiedersehen, und ein halbes Jahr darauf lebten sie zusammen.

Ich sah diesem Feuersturm der Lebendigkeit zu und horchte in mich hinein. Angelina fragte mich nie nach Theresa, und auch Martin stellte mir keine Fragen nach meiner Sehnsucht. Er war durch diesen Tag auf der Insel mehr geworden, als ein Bruder jemals sein kann, und sein Schweigen war sein Respekt vor der Zeit, die mein Herz brauchte, um zu seiner Wahrheit zu finden.

Manchmal saßen wir beisammen, und wenn ich ihnen

zusah, war mir, als hörte ich Theresa lachen, und dann war mir, als konnte ich ihren Duft spüren, der mich begleitete. Wir fuhren auch noch einmal gemeinsam auf unsere Insel. Wir begleiteten einander ins Meer und auf langen Spaziergängen durch die grünen Hügel – er legte mir manchmal seine Hand auf die Schulter, und dann blickten wir gemeinsam hinaus aufs Meer.
Aber noch war es nicht soweit … Noch wartete ein letzter dünner Strick darauf, durchschlagen zu werden.
Martin war mein Lebensbegleiter geworden, und das was man den Lebenskampf des Alltages nennt, hatte all sein Gewicht verloren durch unsere Verbundenheit, die durch nichts zu verändern war. Was konnte es auch geben, das stärker war, als unser Lachen damals am Strand – als unser Lachen damals im Hotel – als unser Schweigen damals im Flugzeug über den Wolken.
Ich konnte mich in dieser Freundschaft mit Martin langsam, und ohne mich zu beeilen, daran machen, den letzten Faden zu durchtrennen.
Ein letzter Faden hielt mein Herz noch umfangen. Ein letzter Strick hielt es noch zurück, ließ es noch nicht endgültig befreit zu den Sternen fliegen.
Nach diesem Flug, nach diesem letzten ersten Flug, konnte ich bereit sein, das Geschenk des Schicksals zu akzeptieren.

Ich tauchte mein Gesicht in das warme Wasser des Meeres, nahm einen Schluck voll in den Mund und spritzte es hoch über mich in die Luft. Als ich mich wieder drehte, um einen zweiten Schluck zu nehmen und mein Spiel fortzusetzen, sah ich einen flachen, sandfarbenen Fisch, der unter mir über den Sandboden glitt. Ich hob den Blick, weil ich das Seegras vermißte, und sah, daß ich ein Stück weiter an den Strand getrieben worden war. Der Fisch unter mir bewegte sich mit wellenden Bewegungen seiner Flossen vorwärts und wirbelte dabei Sand auf. Man muß sagen, daß er keine Flossen im üblichen Sinne hatte, sondern so etwas wie ein Flossenband, das rund um seinen Körper ging. Er konnte dieses Flossenband wie eine rotierende Scheibe bewegen und strich suchend über den sandigen Meeresboden. Der Sand stieg in kleinen Wolken hoch, und ich mußte bei seinem Anblick an den Sandsturm denken, den ich vor vielen Jahren bei den Pyramiden erlebt hatte.

Ich hatte in einem bemerkenswerten Buch über das alte Ägypten faszinierende Details über die Baukunst vor vielen Tausenden Jahren gelesen und hatte beschlossen, dieses magische Land aufzusuchen und die Realität seiner Unvergänglichkeit zu erleben. Ausschlaggebend für diese Reise war ein Kapitel in meinem Buch, in dem das Geheimnis der Pyramiden beschrieben wurde.

Darin stand zu lesen, daß man entdeckt hatte, daß die Pyramiden nicht nur ein unfaßbares Dokument der menschlichen Architektur waren, sondern sich in ihrem Inneren auf mysteriöse Weise Kräfte entfalteten, für die man kaum eine Erklärung finden konnte.

Es gab Berichte, wonach Menschen, die sich in diesem

steinernen Berg hatten einschließen lassen, um eine Nacht in einer seiner Kammern zu verbringen, den Verstand verloren hatten. Andere wiederum, die diesem Schicksal entgangen waren, erzählten, daß sich in ihrem Geist seltsame Bilder aufgetan hatten, die sie zu Tode erschreckt hatten und sie hinderten, ein zweites Mal ihren Fuß in diese von Menschenhand geschaffenen Berge zu setzen. Was sollte man davon halten.

War alles, was da berichtet wurde, in die Märchen von Tausendundeiner Nacht zu verbannen, oder gab es irgend etwas, was sich tatsächlich unserem klaren Denken widersetzte, wenn man in die Pyramiden eintrat?

Ich hatte von einem Patent gelesen, das ein tschechischer Ingenieur angemeldet hatte. Dieses Patent war eine Vorrichtung zum Schärfen von abgenutzten Rasierklingen. Er hatte eine kleine Pyramide gebaut, die in ihren Abmessungen genau den großen Vorbildern am Nil entsprach. Dann hatte er sie exakt in der Nord-Süd-Richtung aufgebaut und in den Hohlraum in ihrem Inneren eine stumpfe, abgenützte Rasierklinge gelegt. Nach einer Woche war die Schneide so scharf, als ob sie neuwertig aus der Fabrik geliefert worden wäre. Mich erfüllte ein seltsames Zittern, als ich diesen Artikel las, und so widmete ich einige Wochen meines Lebens dem weiteren Studium dieser Phänomene, die in der Pyramide entdeckt worden waren. So hatte man unter anderem festgestellt, daß tote Katzen nicht verwesten. In Kairo gibt es ja wie in vielen Städten des Südens Zehntausende von familienlosen Katzen, die dürr und ausgehungert durch die Straßen irren und etwas Eßbares suchen. Auf ihren Streifzügen durch die Häuser des Stadtrandes hatten sich auch einige Tiere bis zum Plateau von Gizeh vorgewagt und mit ihrer für Katzen typischen Neugier den Eingang zur Cheopspyramide untersucht. Sie waren schnuppernd und lauschend weiter vorgedrungen, um Beute zu finden. Vielleicht haben sie in den niederen Gängen tatsächlich eine Maus vorbeihuschen sehen, die sie ermutigte, sich weiter und weiter vorzuwagen, bis sie dann in der Königskammer angekommen waren.

Einige von ihnen haben den Rückzug nicht mehr bewältigt und sind in den Gängen vor Entkräftung zusammengebrochen und gestorben. Und dann geschah etwas Seltsames. In den heißen Straßen der Hauptstadt verwesten die Katzenleichen innerhalb kürzester Zeit und verströmten einen üblen Geruch. In der Pyramide aber war dieser Vorgang auf mysteriöse Weise aufgehalten. Die Katzenkörper verwesten nicht, sondern sahen nach kurzer Zeit so aus, als hätte man ihnen jede Flüssigkeit entzogen, um sie für die Ewigkeit haltbar zu machen. Sie faulten nicht, sie verloren keine Haare, sie lagen da, als ob sie schliefen.

Einige Wissenschaftler hatten, durch diese Zufälle ermuntert, begonnen, mehrere Tests zu machen, um dahinterzukommen, was für seltsame Kräfte in der Königskammer der Cheopspyramide wirkten. Sie hatten unter anderem festgestellt, daß Pflanzen schneller wuchsen, wenn sie von einem Dach überdeckt waren, das die Form einer Pyramide besaß. Sie hatten festgestellt, daß Blumen länger blühten, wenn man sie mit Wasser goß, das man eine Woche lang in Flaschen aufbewahrt hatte, die die Wissenschaftler genau in das Zentrum einer hohlen Pyramide gestellt hatten. Dieses Wasser förderte nicht nur das Wachstum von Pflanzen, es ließ auch Wunden schneller heilen und bekämpfte erfolgreich Hautkrankheiten. Es gab die widersprüchlichsten Erklärungen, und eine Theorie besagte, daß sich, durch die geometrische Form der Pyramide begünstigt, kosmische Strahlungen so mit dem magnetischen Feld der Erde bündelten, daß dadurch eine neue, unserer Physik unbekannte Strahlungskraft entstanden war. Diese neue Kraft nannten die Forscher Pyramidenkraft und fuhren mit ihren Experimenten fort.

Ich war fasziniert von diesem Phänomen und suchte immer weitere Hinweise und Exempel für das eigenartige Wirken dieser uns unbekannten Kraft. In einem Buch las ich davon, daß es Menschen gab, die sich Pyramiden gebaut hatten, um in ihnen zu meditieren, und diese Menschen berichteten von seltsamen Phänomenen, die sich in ihrem Geist abspielten, wenn sie sich entspannt in eine zwei bis drei Meter hohe Pyramide setzten, die sie daheim in ihrem Zimmer aufgebaut hatten.

Ich konnte diese Schilderungen nachvollziehen. Wenn es etwas gab, das offensichtlich seinen Einfluß auf Materie hatte, dann mußte dieser Einfluß auch für unser Gehirn gelten. Was mochte in den feinen Verästelungen unseres Denkapparates vor sich gehen, wenn man ihn dieser Pyramidenkraft aussetzte? Die Wissenschaftler hatten die Schärfung der Rasierklingen damit erklärt, daß diese magische Kraft auf die Moleküle einwirke und sie in eine parallele Ordnung zwang, die zu einer Neuschärfung des Metalles führte. Durch das oftmalige Abscheren der Barthaare waren die Moleküle der hauchdünnen Klingen verzerrt worden, bis sie nicht mehr exakt ausgerichtet waren. Dadurch hatten sie ihre Schärfe verloren, und diese schärfende Ordnung wurde nun durch das Einwirken der Pyramidenkraft wiederhergestellt. Nachdem ich soviel Außergewöhnliches über dieses Phänomen in mich aufgesogen hatte, beschloß ich, die Pyramiden zu besuchen. Es ließ mir keine Ruhe, mit all diesen Informationen allein auf meinem breiten Sofa zu liegen und mich nur meiner Phantasie hinzugeben. Ich warf die Projektionen meiner Vorstellungen auf die Decke über mir und begann all das Gelesene zu einem Schwung zu verdichten, der mich aufstehen ließ. Ich stand auf, ging in ein Reisebüro und buchte einen einwöchigen Aufenthalt. Ich wählte ein Hotel aus, das direkt neben den Pyramiden gebaut war. Auf diese Weise hoffte ich, dem unerträglichen Berufsverkehr in Kairo zu entgehen, den ich aus mehreren Fernsehdokumentationen über Ägypten kannte. Außerdem war das Zentrum der Stadt einem dauernden Smog ausgesetzt, und ich sah nicht ein, warum ich mutwillig diese Giftwolke zu einem Teil meines Lebens machen sollte.

Am Stadtrand sollte die Luft etwas klarer sein, obwohl es Berichte gab, nach denen die Oberfläche der Sphinx, die die Pyramiden bewachte, auch schon erste Spuren von Säurefraß aufwies. Der Hauptgrund bei der Wahl meines Hotels bestand aber natürlich darin, daß ich so lange und ununterbrochen wie möglich in der Nähe dieser Wunderwerke sein wollte. Ich stieg auf dem Flughafen von Kairo aus dem Flugzeug und wurde sofort von unzähligen Taxifahrern umringt, die mich als ihre Beute betrachteten. Sie waren gewohnt, daß Ausländer nur in Gruppen in ihr Land kamen und dort sofort in klimatisierte Busse geschoben wurden. Auf diese Weise war für sie nicht viel Geschäft mit den Touristen zu machen, und eine um so größere Sensation stellte nun mein vereinzeltes Auftreten für sie dar. Ich wollte meine Wahl von dem Wagen eines der Taxifahrer abhängig machen, mußte aber zur Kenntnis nehmen, daß sich dafür keine ruhige Sekunde bot. Schreiend und stoßend beschimpften sich die Lenker, um an mich heranzukommen, und letztlich siegte der Stärkste von ihnen, indem er meine Koffer packte und meinen Arm ergriff und mich und mein Gepäck in seinen Wagen warf. Hupend und aus dem heruntergekurbelten Fenster schimpfend, preschte er mit seinem alten Opel Kadett durch seine Landsleute, die sich nur noch durch schnelle Sprünge zur Seite vor seiner Kühlerhaube in Sicherheit bringen konnten.

Als wir aus der Menschenansammlung draußen waren, drehte er sich lächelnd um und fragte nach meinem

Ziel. Als ich ihm das Hotel bei den Pyramiden nannte, nickte er wissend und gab Vollgas.
Nach einer Dreiviertelstunde Fahrt rollte der Wagen durch das Eingangstor des Hotels. Dieses Hotel war eine Wiederholung der Träume eines der Architekten, die vor Tausenden von Jahren die Paläste aus Tausendundeiner Nacht gebaut hatten. Das Eingangsportal war aus Holz geschnitzt und mit hellen Mosaiksteinen eingelegt. Die Treppen zur Rezeption waren aus rosafarbenem Marmor, und die Halle selbst war ein Palast des Überflusses.
Sie war halb so groß wie ein Fußballfeld, und ihre Decke war von mehreren Säulen getragen, die mit winzigen Spiegeln eingelegt waren, in denen sich das Licht brach, das von drei überdimensional großen Lüstern abgestrahlt wurde. Die Säulen, die Wände und die Decke selbst waren vergoldet. Ich war sprachlos angesichts dieser Pracht, und sprachlos war ich auch, nachdem ein rotgekleideter Page meinen Koffer in mein Zimmer getragen hatte. Ich erkannte an seinem Lachen, daß ich ihm viel zuviel Trinkgeld gegeben hatte, aber ich mochte mich nicht bei diesen Kleinigkeiten aufhalten angesichts dessen, was ich vor meinem Fenster zu sehen bekam.
Ich zog den durchsichtigen Vorhang zur Seite, öffnete die Balkontüre und trat auf den ungefähr zwei Meter breiten Sims vor meinem Fenster.
Direkt vor mir stand sie.
Groß, stumm und so unwahrscheinlich hoch, wie ich es

mir nicht gewagt hatte vorzustellen, lag die große Cheopspyramide vor mir. Ich schätzte aus der Distanz zwischen dem Hotel und der Basis des Riesenbaues, daß immer noch ein Kilometer zwischen mir und dem ersten Eckstein lag. Die Kamele, die sich dort bewegten und staunende Touristen trugen, waren so klein, daß ich ahnte, wie überwältigend hoch dieser Berg sein mußte, den Menschen gebaut haben sollten.

Ich war erschlagen von seiner Kraft und lehnte mich an die Wand des Hotels, um mich zu sammeln. Ich hatte nicht damit gerechnet, daß sie so unwahrscheinlich groß sein würden. So überwältigend hatte ich sie mir nicht vorgestellt.

Was sollte ich tun.

Sollte ich erst auspacken und meine Hemden in die Laden legen und so tun, als ob das hier ein ganz normaler Ferientag sei?

Unmöglich.

Mich packte eine Ungeduld, wie ich sie selten an mir erlebt hatte, und so wusch ich mir nur kurz die Hände und verließ dann mein Zimmer. Es tat mir leid, daß ich diesen Raum im Moment nicht länger würdigen konnte, denn was ich in der kurzen Zeit gesehen hatte, als ich in das Badezimmer gegangen war, hatte etwas Bezauberndes an sich.

Das Zimmer war ausgelegt mit alten persischen Teppichen, auf denen niedrige, achteckige Holztischchen standen, deren Platte mit sternförmigen Ornamenten eingelegt war. In der Mitte des Zimmers schwebte eine diamantförmige Lampe, die aus tausend Glasscheiben bestand, und an den Wänden hingen alte Stiche, die Bilder von ägyptischen Göttern zeigten. Ich würde alles das in Ruhe besichtigen, wenn meine erste Ungeduld befriedigt war, und so zog ich die Zimmertüre hinter mir zu und ging aus dem Hotel.

Neben der Auffahrt standen einige Ägypter mit Kamelen bereit, um die Reisenden zu den Pyramiden reiten zu lassen. Ich aber war so entschlossen, zu Fuß zu gehen, daß die Kamelbesitzer von mir abließen.

Nein, ich wollte Schritt für Schritt diesem beeindruckenden Bauwerk näher kommen. Es war zur Mittagszeit, die Sonne brannte steil herunter, und alle vernünftigen Menschen hatten sich in den Schatten zurückgezogen. Ich aber war von dem grandiosen Anblick, der sich mir bot, so fasziniert, daß ich die Hitze kaum bemerkte. Ich ging die sanft geschwungene Straße entlang und heftete meinen Blick unentwegt auf die riesigen Steinquader, die man vor unendlich langen Zeiten hier aufeinandergetürmt hatte. Langsam begann die Silhouette des Riesenbaues den Horizont auszufüllen, und nach einer halben Stunde stand ich endlich vor ihr. Die Pyramide lag schweigend da und war ein materiell gewordenes Rätsel.

Mir fiel der alte ägyptische Spruch ein, der da heißt: »Der Mensch fürchtet die Zeit … die Zeit aber fürchtet die Pyramiden.«

Eine lange Pause hielt ich stumm meinen Blick in die Höhe gerichtet. Ich sah einige Menschen, die von einem Führer geleitet den Aufstieg wagten. Sie würden zwei bis drei Stunden brauchen, bis sie an der Spitze angelangt waren, und noch einmal so lange, um wieder herunter zu kommen. Es sah so einfach aus, wenn man weit entfernt war. Die Steinquader lagen aufeinandergetürmt wie ein Riesenspielzeug, und man konnte dem Irrtum unterliegen, daß man an der geneigten Seitenfläche hochsteigen konnte wie auf einer Leiter. Wenn man direkt vor den Bausteinen stand, erkannte man die optische Täuschung. Die Proportionen der einzelnen Brocken war so meisterlich auf die Gesamthöhe der Pyramiden abgestimmt, daß eine luftige Leichtigkeit entstand. Aus der Nähe erst erkannte man, daß die klein wirkenden Stufen aus Quadern bestanden, die über zwei Meter hoch und bis zu acht Meter lang waren. Es war nicht nur ein Bauwerk, es war ein Gebirge, das man bezwingen mußte, und nur die Kundigsten unter den einheimischen Führern kannten die Routen. So wie die Bergführer in den Alpen lernten die Söhne von den Vätern, welcher Aufstieg zu bewältigen war. Ohne Führer war es aussichtslos, den Gipfelsturm zu wagen, und in früheren Zeiten ist es vorgekommen, daß Unvorsichtige abgestürzt und zu Tode gekommen sind.

Ich stand da und bewunderte.

Ich bewunderte diesen Geist, der vor unzähligen, Tausenden von Jahren daran gedacht hatte, dieses Bauwerk zu beginnen. Ich bewunderte die Kraft, die vorhanden gewesen sein mußte, um damit zu beginnen, den ersten Korb voll Sand von diesem felsigen Grund wegzutragen

und mit dem Bau zu beginnen. Wieviel Überzeugungskraft muß in diesen Menschen gewesen sein, die dieses unfaßbare Rätsel Wirklichkeit hatten werden lassen? Ich sah, wie die Fremden aus allen Ländern der Erde vor den steinernen Fragezeichen herumgingen und nicht wußten, wie sie dem Unfaßbaren begegnen sollten. Sie standen da und lachten und schüttelten den Kopf, und dann begannen sie, Photos zu machen. Sie machten die Photos nicht nur aus dem Grund, weil sie daheim beweisen wollten, tatsächlich hier gewesen zu sein. Im geheimen machten sie diese Photos, um die Größe, die ihnen gegenüberstand, auf das faßbare Maß eines Urlaubsphotos zu reduzieren. In einer Woche würden sie die entwickelten Bilder abholen, und dann wären sie selbst im Vordergrund groß und lachend zu sehen, und links hinten könnte man einen kleinen, steinernen Berg erkennen. Das würde den Schrecken relativieren, der den Menschen angesichts ihrer Sterblichkeit im Schatten der Pyramiden ans Herz griff.
Ich löste meinen Blick von der Spitze, an der eine kleine Gruppe von bunten Punkten angekommen war, und begann, um die Cheopspyramide herumzugehen.
Ich hatte eine seltsame Scheu in mir, für die ich keine Erklärung fand. Ich hatte nicht den Mut, sofort zum Haupteingang zu eilen, ein Ticket zu lösen und die Pyramide zu betreten. Ich wollte ihr meinen Respekt erweisen und mich mit ihren Dimensionen anfreunden, die rund um sie lagen, bevor ich es wagte, in sie zu dringen.

Ich begann einen Fußmarsch rund um ihre Basis. Die Sonne hatte ihren höchsten Punkt schon wieder überschritten, und auf einer Seite begann ein großer dunkler Schatten auf dem Wüstensand seine scharfen Konturen auszubreiten. Ich wanderte ungefähr eine Stunde lang um die Pyramide herum und sah dabei immer wieder zu ihr hinauf. An den Steinblöcken über meinem Kopf konnte ich eingemeißelte Inschriften erkennen. Manche waren griechisch, andere lateinisch. Legionäre hatten sich hier an der Ewigkeit messen wollen und ihre Namen eingeschlagen, bevor sie in die Schlacht gezogen waren. Französische Sätze fand ich auch auf der Südseite des Riesenbaus. Mir fiel wieder der Bericht ein, den ich über Napoleon gelesen hatte, der auf seinem Ägyptenfeldzug bei den Pyramiden gewesen war und die Königskammer betreten hatte.

In dem Bericht stand zu lesen, daß er seine Adjutanten gebeten hatte, vor der Kammer zu warten und ihn eine Weile allein zu lassen. Nach einer halben Stunde soll der Eroberer bleich und verstört aus der Kammer herausgekommen sein, und auf die Fragen seiner Offiziere, wie ihm zumute sei, hätte er keine Antwort gegeben. Irgendein erschütterndes Erlebnis muß dem Heerführer zuteil geworden sein. Irgend etwas mußte er erlebt haben, das ihn so sehr beschäftigte und sein Leben lang verfolgte, daß er diese halbe Stunde nie mehr vergessen konnte.

Auf St. Helena in seiner Verbannung hatte er kurz vor seinem Tod noch einmal davon zu sprechen begonnen.

Er wollte seinem begleitenden Offizier davon erzählen, was er dort drinnen unter den Millionen von Tonnen aus Gestein erfahren hatte. Als er soeben mit der Erzählung beginnen wollte, soll er sich noch einmal unterbrochen und gemeint haben, daß man ihm niemals glauben würde. Er hatte offensichtlich etwas erlebt, was seinen Geist über all die Jahre seines Lebens begleitet hatte und das für ihn so unbegreiflich war, daß er Angst davor hatte, sich lächerlich zu machen. Zehntausende von Soldaten konnte dieser Mann in den Tod schicken, aber diese kurze Spanne seines Lebens hat ihn offensichtlich mehr bewegt als alle seine Siege und Niederlagen.
Ich griff mit meiner Hand auf den Stein, als ich den Berg einmal umrundet hatte, und lehnte mich an die Pyramide, um ein wenig auszuruhen. Jetzt war der Zeitpunkt gekommen hineinzugehen.
Ich kaufte mir ein Ticket und stieg über die Steinstufen, die man in die Riesenquader geschlagen hatte, um den Haupteingang bequem erreichen zu können. Vor vielen Jahren hatten gierige Fürsten des Osmanischen Reiches versucht, den Weg zu angeblichen Schätzen im Inneren der Pyramide freizugraben, und waren dabei auf den Einlaß zu einem inneren Gang gestoßen, der mitten durch die Pyramide hindurchführte und bei der Königskammer endete. Gold und Juwelen hatten sie nicht entdeckt, aber ihre Habgier hatte zumindest für uns Spätgeborene den Eintritt in das Mysterium ermöglicht. Ich trat aus dem Licht des Tages in die Grotte ein, die in den Steinkoloß geschlagen war. Die Luft war ein wenig

stickig, und an der Seite war ein Seil gespannt, an dem man sich festhalten konnte, wenn man weiter vorwärts ging. Ich bog um die erste Windung in dem schmalen Gang, und dann lag der Anstieg zur Königskammer vor mir.

Steil ragte die Schräge vor mir empor, auf der eine hölzerne Trittbrettleiter angebracht war. Zur Linken und zur Rechten befand sich ein wackliges Geländer, das von den unzähligen Besuchern rund und glatt geschliffen war. Ich stieg langsam Absatz für Absatz hinauf und bemerkte, daß mir viel mehr Menschen von oben herunter entgegenkamen, als sich Touristen hinter mir befanden. Ich blickte auf meine Uhr und stellte fest, daß die Zeit, die ich vor der Pyramide verbracht hatte, schnell verflogen war.

Lachend und lärmend bog eine Gruppe von Studenten von oben herab kommend um die Ecke, die das letzte Hindernis vor dem Herzen der Pyramide darstellte. Der Schacht verengte sich, und dann mußte man sich bücken und fast auf die Knie niederlassen, um unter einem riesigen Granitblock hindurchzutauchen, der als letzte Schranke vor der Königskammer quer über den Zugang gelegt war.

Dann war ich drinnen. Im Inneren der Kammer war die Luft überraschenderweise besser, als in den anderen Räumen der Pyramide, und ich erinnerte mich daran, daß man zwei Belüftungsschächte entdeckt hatte, die von der Außenseite quer durch die Steinmassen stießen, um, von zwei gegenüberliegenden Seiten kommend, in der

Königskammer zu enden. Auf diese Weise herrschte eine Luftzirkulation, die das Atmen angenehm machte.
Der Raum war leer bis auf den steinernen Sarkophag, der am einen Ende geöffnet dastand und zu warten schien. Ich sah über die glattpolierten, dunklen Steinwände hinauf zur Decke. Quer über dem Wandabschluß lagen riesige dunkle Granitquader. Ihre schwarze glänzende Oberfläche und ihre Form erinnerten mich ein wenig an überdimensionale Schokoladeriegel, die ein spielender Gigant dort oben aufgeschichtet hatte, als er aus einer Laune heraus dieses Bauwerk begann. Ich ging ganz langsam weiter in den Raum hinein und entdeckte hinter dem steinernen Sarkophag eine in die Wand gehauene Kante, auf die man sich setzen konnte. Ich nahm Platz und ließ den Raum auf mich wirken. Nach einer Weile stellte ich ein eigenartiges Gefühl bei mir fest. Die Wände des Riesenzimmers und auch seine Decke waren ohne jede Verzierung und ohne jeden Schmuck. Es war nichts zu sehen als dunkler, kalter, glattpolierter Stein. Auch der Boden des Raumes und die massive, steinerne, sargähnliche Kiste, die als einziger Gegenstand den Raum dominierte, waren niemals von Menschenhand bemalt oder verziert worden. Alles war schlicht und bescheiden. Trotzdem oder vielleicht gerade deswegen erschien mir alles, was ich sah, mit jeder Minute, die ich dort verbrachte, von unglaublicher Schönheit zu sein.
Vielleicht waren es die perfekten geometrischen Aufteilungen und Maße, die die Architekten nach dem gol-

denen Schnitt geordnet hatten. Vielleicht war es so, daß die absolute, perfekte, durch nichts irritierte Harmonie der Steine zueinander eine Resonanz erzeugte. Vielleicht war das Nichtvorhandensein vordergründiger Schönheit die Triebkraft, daß ich beim Betrachten dieses schlichten, stillen Raumes nichts als Schönheit empfand. Eine ruhige, klare, ewige Geborgenheit strahlte dieser Raum auf mich aus, und ich fühlte, wie ich mich zu entspannen begann. Mein Rücken lehnte an der steinernen Wand, und ich sah den Menschen zu, die in gebückter Haltung unter dem Granitriegel durchtauchten und dann fassungslos dastanden. Offensichtlich hatten sie etwas Spektäkuläres erwartet. Da war aber nichts Spektakuläres. Nur eine viereckige steinerne Truhe ohne Deckel stand an der Schmalseite eines hohen, kahlen, steinernen Zimmers, in dem sich der Schall jedes Wortes zu einem unendlichen Echo verlor. Jetzt erst fiel mir dieses Phänomen auf. Ein Mädchen lachte mit ihrer Freundin um die Wette, als sie sich gegenseitig photographierten. Das Echo ihres Lachens klang nach und nach und nach und wollte nicht aufhören. Die Mädchen hatten schon wieder den Raum verlassen, da lag immer noch das vibrierende Summen ihres Lachens zwischen den Wänden. Der Schall konnte nicht entweichen. Er konnte sich nicht brechen und wurde von keinem Ornament verschluckt. Ich hatte mit einem Mal die Vision von Priestern, die hier gestanden waren mit ihren kahlrasierten Köpfen und ihren weißen Baumwollgewändern und langsam ihre rituellen Gesänge und Gebete intoniert hatten. Wenn man einen Ton von sich wegschickte, blieb er noch lange in der Atmosphäre und konnte sich mit den nachfolgenden Tönen vermischen. Auf diese Weise vermochte ein einzelner Mensch mit sich selbst mehrstimmig zu singen, dachte ich und hörte, wie das letzte Nachhallen des Mädchenlachens endgültig Abschied nahm.

Ich weiß nicht, wie lange ich dort gesessen war – mit einem Mal stellte ich nur fest, daß sich die Touristenscharen, die in der Kammer herumgewandert waren, verloren, dann war ich plötzlich ganz allein. Ich stand auf und ging langsam in die Mitte des Raumes. Als ich dort angekommen war, kroch der ägyptische Wächter unter dem Granitkoloß hindurch und zeigte auf seine Uhr: »I am sorry – it's closed now«, sagte er.

Ich wollte noch nicht gehen. Ich konnte noch nicht gehen.

Ich erklärte ihm, daß ich noch ein wenig hierbleiben wollte und bat ihn, vor dem Eingang auf mich zu warten. Ich drückte ihm einige Geldscheine in die Hand und sah an seinem erfreuten Lächeln, daß die Hälfte der Summe genügt hätte, um ihn für eine Woche und länger zu meinem persönlichen Wächter zu machen. Er winkte mir freundlich zu und ließ mich wieder allein. Für ihn war es natürlich völlig unbegreiflich, was diesem seltsamen Touristen an kalten Steinen so wertvoll erschien, er hatte jedoch offensichtlich keinen dringenden Termin im Zentrum der Stadt, also setzte er sich vor

den Eingang und rauchte eine Zigarette der Marke »Cleopatra«.
Ich hörte, wie er sich Feuer gab und zufrieden ein Lied vor sich hinsummte. Nach ein paar Minuten hörte er wieder zu singen auf, und dann war ich von völliger Stille umgeben.
Noch niemals zuvor war ich einer solchen Stille ausgesetzt gewesen. Es gab nichts, absolut nichts, was ein Geräusch hervorgerufen hätte. Kein Wind, kein Tier, keine Menschen, nichts – absolut nichts war in diesem Zimmer tief im steinernen Berg zu hören. Nur mein Atem drang an mein Ohr und das Geräusch, das meine Schuhe machten, als ich mich dem Sarkophag näherte. Ich legte meine Hände auf den steinernen Rand und blickte hinein. Der Boden war leer, und der Hohlraum in dem Steinblock war groß genug für einen Menschen von heute. Obwohl frühere Generationen im Vergleich zu uns sehr klein gewachsen waren, hätte in dieser steinernen Kiste ein Mensch von zwei Metern Länge Platz gehabt. Ich strich über den steinernen Rand des Sarkophages und kletterte hinein. Ich legte mich auf den Boden und sah mich um. Etwa zwei Handbreit von meinem Gesicht entfernt ragten die steinernen Seitenteile einen halben Meter empor, direkt über mir sah ich die tonnenschweren dunklen Abdecksteine der Grabkammer.
Ich lag da, versuchte mich zu entspannen und schloß die Augen. Ich hörte auf die Stille, die mich umgab, und begann, das Pochen meines Herzens in meiner Brust zu

fühlen. Ich spürte, wie das Blut in den Halsschlagadern gegen die Haut drückte und fühlte den harten Stein, auf dem mein Hinterkopf lag. Ich zog mein Hemd aus der Hose und legte meine Hände auf meinen Bauch. Auch dort fühlte ich das langsame, rhythmische Pochen meines Herzschlages, den ich so noch niemals vernommen hatte. Selbst wenn ich in meiner Wohnung lag und es völlig still zu sein schien, gab es doch immer ein Geräusch, das dafür sorgte, daß es niemals wirklich absolut still wurde. Vielleicht war es ein Wind, der über die Fenster strich und sie zum Vibrieren brachte. Vielleicht das ferne Singen eines Vogels. Ein vorbeifahrender Schulbus klang zwar nicht raumfüllend durch die geschlossenen Fenster, aber die Erschütterungen, die er auf dem Asphalt auslöste, verhinderten diese absolute, völlige Totenstille, die mich umgab, als ich in dieser Steinkiste lag und nichts anderes fühlte und hörte als mich selbst. Ich hörte, wie mein Hemd leise raschelte, wenn meine Brust sich bei meinen Atemzügen dehnte und wieder zusammensank. Ich hörte das leise Klicken, wenn meine Zähne sich berührten, wenn ich schlucken mußte. Ich hörte das Knacken meiner Knöchel, als ich ein Bein ein wenig ausstreckte. Ich lag auf dem harten Stein, lauschte in mich hinein und glaubte mit einem Mal den Lärm zu hören, der hier vor Tausenden von Jahren geherrscht hatte, als dieser Raum erbaut wurde. Ich sah die schweißüberströmten Arbeiter, die die Zyklopensteine bewegten, und ich hörte das Echo des dumpfen Dröhnens, als die Abdeckplatten auf die Wandkrone herabgesenkt wurden. Ich fühlte die Hitze und den Lärm, und dann sah ich, wie der letzte Stein eingesetzt wurde. Von diesem Moment an war es für immer still geworden in dieser geheimnisvollen Kammer.

Ich fühlte meine Hände auf meinem Bauch und spürte, wie sie mit einem Mal heiß wurden. War es die Entspannung oder die Wärme, die mich umgab? Eine seltsame, tiefe Müdigkeit legte sich über mich, und ich glaubte einzuschlafen. Plötzlich ging ein leichtes Zittern durch meinen Körper. Es begann bei den Füßen und wanderte die Beine hoch. Mein Becken begann zu beben und dann mein Bauch und meine Brust und mein Hals. Danach war es wieder still.

Ich öffnete meinen Mund und atmete langsam aus. Ein leiser Ton entstieg meiner Brust, und als ich das Echo des Tones rund um mich hörte, drangen die Wellen des Schalls in mich hinein, und dann wiederholte sich dieses Zittern und Rütteln, das nun nicht mehr langsam von unten nach oben durch meinen Körper wanderte, sondern schlagartig alle Teile in Bewegung versetzte. Wie ein Trommelwirbel auf einer straffgespannten Pauke rüttelte mein Leib in dem steinernen Sarg und wollte nicht mehr aufhören. Die Hitze, die von meinem Bauch ausging und von meinen Händen aufgenommen wurde, verstärkte sich mit jeder Sekunde. Obwohl ich schon fast vom Boden des Sarkophags abhob, überkam mich gleichzeitig eine unendlich tiefe Müdigkeit. Ich versuchte, wach zu bleiben, und

konnte trotzdem zusehen, wie mein Geist immer tiefer und tiefer sank und untergehen wollte.
Das heißt – es war nicht mein gesamter Geist, der sich zur Ruhe legen wollte. Ich hatte den Eindruck, als würde sich ein Teil meines Denkens vom Rest meines Bewußtseins lösen und wie ein gebündelter innerer Beobachter wach bleiben und verfolgen, wie mein Gehirn in Ohnmacht sank. Ich hatte die Augen geschlossen und konnte fühlen, wie ein Teil meines Denkens sich aus meinem Kopf löste und wie eine heiße schimmernde Perle durch meinen Körper rollte.
Jeden einzelnen Teil konnte ich fühlen, weil ich mit meinem Denken in ihm war. Meine Hände, meine Beine, meine geschlossenen Augen, all das wurde zum Zentrum meines Denkens, das der Reihe nach jedes Atom meines Körpers aufsuchte und entspannte. Wenn diese schwebende Gedankenkugel bei einem Muskel verweilte, der von einer unsichtbaren Kraft in Wellenbewegung gehalten wurde, verbreitete sie eine starke Wärme und löste die Spannungen im Fleisch so lange auf und erhitzte den Teil meines Körpers, bis ich nach und nach das Gefühl hatte, zur Gänze in Flammen zu stehen. Dieses Brennen war mir nicht unangenehm, es war wie eine Befreiung von jahrzehntelang getragenen Lasten, die ihre Narben zurückgelassen hatten. Ich verbrannte im Feuer meiner Gedankenkugel all die Spannungen, die sich in mir angesammelt hatten und die mit ihrem Ballast zu einem Teil von mir geworden waren.
Nach einer Zeit, für die ich kein Maß habe, hatte die

Hitzekugel ihre Reise durch meinen Körper beendet und jeden einzelnen Teil besucht. Ohne auf irgendeinen Widerstand zu stoßen, flossen heiße Wellen durch mich hindurch, und ich hatte das Bild von rotglühender Lava vor meinem inneren Auge, die pulsierend einen Berghang hinabrinnt. Als die weißglühende Perle wieder in meiner Stirn angekommen war, breiteten sich ihre Strahlen über meinen Kopf und begannen, von dort ausgehend, meinen Körper zu umhüllen. Ich hob meinen Kopf ein wenig in die Höhe und wollte an mir herabblicken, und dabei löste ich mich weich und gleitend aus meinem Körper.

Wie ein Schwert, das man aus der Scheide zieht, hob sich mein Kopf empor, dann meine Brust, mein Becken, meine Beine. Ich weiß noch, daß ich überhaupt keine Furcht verspürte, als ich bemerkte, daß das nicht mein Körper war, der sich erhob, sondern mein Geist. Ich kann es nicht anders nennen, weil ich nicht wußte, was das war, das sich aus mir erhob. Ich blickte mit den körperlosen Augen meines zweiten Körpers an die Decke der Kammer und war plötzlich dort oben. Es war kein Flug oder ein Aufsteigen – ich hatte an dort oben gedacht und war im Gedankensprung auch schon hoch über mir. Ich sah den Raum, der mich umgab, wie mit körperlichen Augen, obwohl mein Körper fünf Meter unter mir in der Steintruhe lag. Ich betrachtete mich und war in der nächsten Sekunde wieder dicht über meinem wie tot daliegenden Fleisch angelangt. Ich sah keine Atembewegung in meiner Brust. Ich betrachtete meine Haare und Hände und Beine, und obwohl ich wußte, daß dieser Körper dort unter mir mein Körper war, hatte ich keine Gefühle für ihn. Als ich diesen Gedanken aussprach, entdeckte ich, daß ich nicht sagen konnte, ob ich überhaupt noch Gefühle hatte. Alles, was in mir aufstieg, war ein Empfinden unendlicher Leichtigkeit, Unbeschwertheit, wie ich sie nie zuvor erlebt hatte. Im Traum hatte ich mich manchmal so gefühlt. In den Träumen, in denen ich über weite Wiesen und Felder geflogen war, durchströmte mich ein vergleichbares Fühlen der Unbelastetheit. Ich erkannte, daß ich nicht in meinem Körper war und erkannte, daß ich trotzdem sehen konnte und denken. Sehen und denken und eigenartig empfinden war die Summe an Eindrücken während dieses Fliegens. Auch das Wort Fliegen war nicht wirklich genau, weil ich nicht realisierte, wie ich von einem Punkt zum anderen kam, wenn ich meine Position im Raum verändern wollte. Ich dachte mich an die weitest entfernte Ecke der Kammer und war auch schon dort. Ich dachte mich zurück in den Sarkophag und war im Bruchteil einer Sekunde wieder bei meinem Körper. Leicht und wie unbelastet von meinen irdischen Erfahrungen bewegte ich mich in der Kammer hin und her. Ich wußte nicht, was geschehen würde, wenn ich mich aus der Kammer heraus dachte, und war im nächsten Moment von einer undurchdringlichen Dunkelheit umgeben. Ich dachte nun an ein Höhersteigen, und im nächsten Gedanken sah ich die Pyramide unter mir und die Wüste und den Himmel.

Ich wußte nicht, was mit mir geschehen würde, wenn ich weiter denken würde, und schwebte über den Steinmassen der drei Pyramidenberge. Ich hatte eine Erinnerung an das Gefühl von Angst, ohne aber tatsächlich Angst zu empfinden. Es war so, als würde sich ein Teil meines Wesens daran erinnern, daß ich in meinem materiellen Körper jetzt eigentlich Angst haben müßte, wenn ich mit ihm so hoch oben in der Luft schwebte.
Ich erinnerte mich daran, daß dieser materielle Körper in Panik ausbrechen würde, wenn er realisieren könnte, wo er sich befand. Ich erinnerte mich, wie mein Denken und Fühlen in meinem Körper reagiert hätten, aber ich empfand es nicht wirklich so.
Es war, als hätte ich eine Verbindung zu einer Existenz gelöst, die mir wie eine zweidimensionale Schablone vorkam im Vergleich zu dem, was ich in Wirklichkeit war.
Deutliches Wunschdenken veränderte meine Position im Raum. Ich erkannte, daß nicht der erste Anflug eines Wunsches meine Position über den Pyramiden veränderte, sondern daß es dazu einer Konzentration bedurfte. Ich glaubte darin so etwas wie ein Gesetz zu erkennen. Ohne die geringste Angst akzeptierte ich, daß es einen zweiten Körper in meinem sterblichen Körper gab. Dieser zweite Körper wurde jedoch von anderen Gesetzen beherrscht als mein erster Körper. Es war nicht so, daß es ein völlig unbeschränktes Existieren war – die Existenzregeln waren nur anders gefaßt. Eine dieser Regeln enthielt die Verpflichtung, deutlich zu

wünschen, um sich zu bewegen. Ich erkannte das nach einer Zeit der zeitlosen Existenz, die ich dort oben über den Pyramiden verbrachte. Ich wollte nach einer Weile wieder bei meinem Körper sein, und als dieser Gedanke nicht sofort zur Folge hatte, daß ich mich wieder abwärts bewegte, erkannte ich, daß ich mir den Ort meines Körpers genau vorstellen mußte, um wieder zu ihm zu gelangen. Nach einem Versuch des konzentrierten Wünschens gelang es mir, wieder in der Kammer zu sein. Ich näherte mich meinem immer noch wie tot daliegenden Leib, und als ich ihn daliegen sah, stiegen mir die Erinnerungen an all das, was er in seinem Leben erfahren hatte, in mein leichtes Bewußtsein.

Mein Bewußtsein war, nachdem es von den Molekülen und Atomen des Fleisches befreit worden war, leicht geworden. Ich empfand diese Leichtigkeit als das eigentliche Geschenk in diesem noch nie erlebten Zustand. Die räumlichen unbegrenzten Veränderungen erschienen mir wie ein erfreuliches Geschenk in meiner zweiten Existenz, aber sie waren nicht der eigentliche Sinn. Ich hatte mit fortschreitendem Denken in meiner körperlichen Existenz das sich immer deutlicher formulierende Gefühl, daß es die unglaubliche innere Leichtigkeit war, die ich ansehen sollte.

Ja, ich hatte das Gefühl, als sollte ich mir diesen inneren Zustand mit meinen zweiten Augen ansehen, um aus ihm etwas für mein körperliches Leben zu lernen. Als nächstes fragte ich mich, ob ich allein war in diesem seltsamen Reich, in das ich ungefragt vorgedrungen war. Kaum hatte ich das Brennglas meiner Frage auf diesen Bereich gerichtet, glaubte ich, von Stimmen und anderen Existenzen umgeben zu sein, die sich neben mir befanden. Ich konnte niemanden sehen, aber ich hatte den Eindruck, als seien Stimmen und Töne zu hören. Wie aus einem Nebenzimmer in einer großen Wohnung hüllten mich feine Klänge ein, die mir zeigten, daß ich nicht allein war.

Ich wußte nicht, aus welcher Richtung diese Botschaften kamen, und ich kann nur sagen, daß sie mich an die Art erinnerten, in der mein Schutzengel in heiklen Lebenssituationen an mich herangetreten war. Ein Sprechen mit einer Stimme, die direkt im eigenen Denken liegt und trotzdem von außen zu kommen scheint.

Die inneren seelischen Aufnahmegeräte entziehen sich der Formulierung durch unsere materiellen Lippen. Zu der heiteren Erleichterung, die mein Schweben erfüllte, kam nun auch noch das wärmende Gefühl, nicht allein zu sein.

Sie waren da.

Sie waren da. Mehr kann ich nicht sagen. Ich weiß nicht, ob es Frauen oder Männer waren oder die Geister des Windes. Ich weiß nur, daß sie da waren und daß wir eine heitere, gelassene Gemeinschaft bildeten. Obwohl ich niemanden sehen konnte, wußte ich ganz genau, daß links und rechts von mir, oberhalb und unterhalb, vor mir und hinter mir etwas am Leben war. Wieder blickte ich auf meinen Körper und dachte ungenau daran, wie weit ich mich wohl von ihm wegbewegen konnte.

In diesem Denken glaubte ich so etwas wie eine Warnung zu vernehmen. Ohne ein Wort zu sprechen, das ein Verbot darstellen sollte, wußte ich plötzlich ganz genau, daß ich mich nicht bis an das Ende des Universums von dem Trägerkörper meines Geistes wegbewegen durfte. Ich durfte eine ungewisse Grenze, von der ich nicht ahnte, wo sie lag, nicht überschreiten, ohne mich zu verlieren. Ich erkannte, daß es eines Tages an dieser Grenze eine Entscheidung geben würde – wußte aber auch, daß ich mich nun noch einmal für meine Arme und Beine und für meinen Kopf entscheiden sollte.

Ich fragte mich, was ich wohl tun müßte, um in meinen Körper zu gelangen, und im nächsten Moment glaubte ich zu ersticken.

Es wurde dunkel um mich und tonnenschwer. Tausende von Bleikugeln lagen auf mir und drückten mich erbarmungslos zu Boden. Ich öffnete meinen Mund und riß den Atem in meine Lungen, und in dieser Sekunde wußte ich, daß ich wieder in meinem Körper angekommen war. Seine Erdenschwere zu fühlen bedeutete einen unfaßbaren Schock. Ich hatte mich so daran gewöhnt, absolut keinen Widerstand zu fühlen, daß es mir kaum erträglich war zu erkennen, daß mein Leib aus Fleisch und Blut bestand und daß diese Materie ein deutliches Gewicht hatte. Ich mußte mich regelrecht zum Atmen zwingen, weil ich wie zum ersten Mal in meinem Leben lernen mußte, daß ich Sauerstoff brauchte, um nicht zu sterben. Ich zwang mich in der Folge, meine Augen zu öffnen und mich umzusehen.

Der Stein war immer noch der Stein, und mein Rücken schmerzte von der ungewohnten, harten Unterlage. Langsam erhob ich mich und umfaßte mit den Händen die Kanten des Sarkophages. Mir wurde schwindlig, und ich wünschte mir, daß mein Denken genügen sollte, mich in eine aufrechte Haltung zu bringen. Es half nichts – ich mußte meine Muskeln einsetzen und meine Knochen und Sehnen, und ich mußte mich strecken, um aufzustehen. Was für eine mühsame Existenz, dachte ich, als ich den ersten Fuß über die Kante geschwungen und auf den Fußboden der Königskammer gesetzt hatte. Wie umständlich war es doch, sein zweites Bein daneben zu stellen und dann nach diesem Abenteuer durchzuatmen.

Ich sah den Ausgang der Kammer ein paar Meter von mir entfernt und wünschte mir ganz deutlich, schon dort zu sein. Umsonst, ich mußte Fuß vor Fuß setzen, um hinzugelangen. Der Weg erschien mir wie eine Ewigkeit, aber endlich hatte ich es geschafft. Ich stützte mich mit einer Hand an den kühlen Granit und blickte noch ein Mal zurück in die Grabkammer, deren Geheimnis ich nun mit Napoleon teilte.

Danach bückte ich mich und kroch unter dem waagerecht liegenden Steinblock hinaus zu meinem Wächter. Er saß eingeschlafen neben dem Eingang. Ich blickte auf meine Uhr und stellte zu meiner großen Überraschung fest, daß drei Stunden vergangen waren. Ich weckte ihn vorsichtig, und dann gingen wir gemeinsam die hölzerne Treppe hinunter, die von der Hauptkammer abwärts führte.

Als wir die Pyramide verließen, war es bereits Nacht geworden.

Die Sterne standen blitzend am dunkelblauen Himmel, und die Mondsichel wuchs über der Stadt Kairo heran. Ich stand da und legte meinen Kopf in den Nacken und sah hinauf zum Firmament.

Ich suchte den Punkt, an dem ich vor einer halben Stunde geschwebt war. Hätte ich weiterfliegen sollen …

Mein Wächter verabschiedete sich, und der Klang seiner Stimme holte mich aus meinen Träumen. Er winkte mir zu und begann fortzugehen.

Seine Silhouette verschwand zwischen den Dünen, die rings um die Pyramiden lagen. Als ich ihm nachsah, bemerkte ich am Horizont eine sich drehende, helle Wand. Ein Sandsturm rollte dort in der Ferne durch die Wüste. Wie dieser Sturm von oben aussehen mochte … Vielleicht mochte er mich an die Sandpirouetten erinnern, die Fische in Ufernähe aufwirbeln, wenn sie nach Nahrung suchen.

Ich versuchte, dem Fisch zu folgen, der im flachen Wasser vor mir wegtauchte. Er fühlte, daß ich ihn beobachtete, und schwamm in schnellem Zickzackkurs von mir weg, bis ich ihn aus den Augen verloren hatte. Das war eine heiße Nacht gewesen damals in Kairo, dachte ich und bekam Grund unter meinen Füßen. Ich richtete mich auf und blickte zum Strand. Es wird mit jedem Jahr heißer, dachte ich und begann, an das Ufer zu waten. Obwohl ich gern noch länger geschwommen wäre, hielt ich es für vernünftiger, den Schatten aufzusuchen.

Diese Nacht in Kairo ging mir nicht aus dem Sinn.

Ich war in mein Hotel gegangen und hatte lange Zeit auf dem Balkon gesessen. So vieles war an meinem Herzen vorbeigezogen. Die Liebe ... der Tod ... die unvorhersehbaren Überraschungen des Schicksals ... Alles war vor mich hingetreten und hatte mir gezeigt, daß es in der ewigen Lebendigkeit des Universums keine Unterbrechung gibt. Eines Tages würde ich all das hinter mir lassen. All die Szenen unseres Lebenstheaters würden abgespielt sein, und dann würde ein neues Abenteuer beginnen. Ich saß auf meinem Balkon in Kairo und dachte daran, daß es angesichts der kurzen Zeit des Daseins keine Sekunde zu verlieren gilt.

Ich war aufgestanden und hatte in meiner Brieftasche nach dem Zettel gesucht, den mir Theresa an jenem fernen Tag in die Hand gedrückt hatte. Ich wählte ihre Nummer, und nach dem fünften Läuten hob sie in ihrer Heimat den Hörer ab.

»Ich bin es ...«, hatte ich gesagt, und nach einer langen Stille hatte sie gelacht, so als wären wir nie getrennt gewesen.

»Ich bin lange genug allein gewesen in diesem seltsamen Theater unseres Lebens«, hatte ich gesagt und war am nächsten Tag zu ihr geflogen.

Die Fäden des Schicksals wurden neu verwebt, und wir versuchten, seinen Fragen an uns gerecht zu werden.
»Das war die klügste Tat meines Lebens«, dachte ich, als ich aus dem Meer stieg und mich in meinen Liegestuhl setzte. Ich suchte meine Sonnenbrille in meiner Badetasche und setzte sie auf, um von den gleißenden Lichtern auf der Wasseroberfläche nicht geblendet zu werden.
Spielende Kinder warfen rote Bälle in die Luft, und aus dem Strandcafé drang leise Musik …
»Was für ein schöner Augenblick …«, dachte ich und sah auf Theresa, die im Liegestuhl neben mir lag.
»Geht es dir gut …?« fragte sie.
»Ja«, sagte ich, »ich lebe so gerne …«
»Das ist schön. Ich auch …«
Sie lächelte mich an und sagte dann noch: »Setz lieber deinen Hut auf, die Sonne ist sehr stark heute …« Dann las sie weiter in ihrer Zeitschrift.
Ich griff nach der Rückenlehne meines Liegestuhls, auf der mein Strohhut hing. Ich glättete eine Falte in seinem schwarzen Seidenband, das um sein Krempe herumlief, und setzte ihn auf. Ich blickte noch eine Weile hinaus auf die See, dann nahm ich das Buch, das ich lesen wollte, aus meinem Badekorb, lehnte mich zurück und schlug die erste Seite auf …

Anfang